Lux Pasquet

La Poésie du Temps

Impression à la demande
ISBN : 9782322155064
Dépôt Légal : Juin 2022

À toi,
qui me lis dans un souvenir prochain.

« *Autant que je puisse en juger, le seul but de l'existence humaine est d'allumer une lumière dans l'obscurité du simple être.* »

Carl Gustav Jung
(1875-1961)

Première Partie

« Le chant d'un martin-pêcheur s'éveillant de tout son être sur le tronc humide du premier noisetier. Il siffle, il murmure aux coins des feuilles qui servent d'enceinte à son cri. Le ruisseau qui coule doucement sur les cailloux, l'accompagne dans sa partition. Et puis le vent, si frais du matin, souffle et s'égard dans les branches, donnant lieu à la plus tendre des musiques. Ce trio virtuose compose à chaque aube, une nouvelle œuvre qui soutient le lever du jour. Petit à petit les notes parviennent jusqu'au soleil, qui soudain embrasse la poésie de la nature. C'est la beauté qui naît alors. Des cendres de la nuit naquit une nouvelle lumière. Après tout, il n'y a qu'un gros point orange à l'horizon. Et un concerto pour l'accompagner. Mais rien n'est plus simple, rien n'est plus beau. L'art, c'est la nature mon brave. La nature pêche chaque jour dans le puits de mes mots… »

M

1 : La fin en approche ?
Mercredi, 14h14

C'était une belle chambre faite de pierre, de bois et de tissus divers. Une pièce richement décorée par toutes sortes d'ornements. Des antiquités, des affiches de cinéma, des peintures et d'autres objets plus ou moins futiles trônaient un peu partout dans le logement. Il y en avait des dizaines... Mais parmi eux, aucune photo. Aucun dessin d'enfance, aucun objet empli de nostalgie. Dans cette grande pièce, ne dépassait pas le moindre souvenir...

Le passé. Voilà une chose qui n'avait plus sa place ici. Elle ne l'avait plus depuis bien longtemps. Le passé, aussi profond soit-il, était absent de ce lieu. William Luvenis l'avait renié. Il l'avait rejeté, au profit de son propre futur et du temps présent, qu'il avait tout au long de sa vie considérés comme les choses les plus importantes en ce monde. Il s'était concentré sur sa carrière d'artiste, et avait délaissé tout le reste.

Pourtant aujourd'hui, il allait mourir. Il allait périr, et il se sentait affreusement seul... Depuis le début de son existence, il avait toujours songé à ce moment. Il l'avait imaginé de bien des façons. Mais elle était là, la triste vérité. « Will », de son diminutif, allait mourir seul. Dans sa chambre, à l'intérieur de sa villa américaine, dans laquelle il séjournait depuis déjà bien des années.

Combien de temps cela faisait depuis qu'il n'était plus retourné dans son pays natal ? Cette si belle France, qui elle aussi devait avoir bien vieilli aujourd'hui. Will avait quarante-cinq ans. Il était atteint par une « terrible » maladie, « incurable », dont il ne se souvenait même plus du nom. Cette dernière était censée lui détruire son cœur, ou plutôt, ses reins, ou peut-être ses poumons... Will ne se souvenait vraiment de rien. Pas même du nom ni des propriétés du syndrome qui allait causer sa fin.

Ainsi, très bientôt, la mort allait frapper à sa porte. C'est donc comme cela qu'il devrait partir. Regrettait-il quelque chose ? Avait-il omis de réaliser un de ses rêves avant de partir ? Peu importe, c'était trop tard. Il allait être confronté à sa propre fin, comme toute personne. Le lendemain, ou peut-être seulement la semaine prochaine (mais un jour en tous cas), toute la presse parlerait de lui. Puis bientôt, l'international serait mis au courant. Et le monde entier aurait pris connaissance de sa mort. La population, ses « fans », se verraient probablement affectés par son départ. Des gens qu'il ne connaissait pas. Et qu'il ne connaîtrait jamais...

À cet instant, Will se tenait, assis sur une chaise, face à l'ouverture que lui offrait la fenêtre de sa chambre. Depuis le lieu où il était, c'est-à-dire sa maison, il avait la chance de posséder la plus belle vue sur la côte Pacifique. Il l'avait tant admirée ces dernières années. Il l'avait observée avec son légendaire « regard inspiré ». Il avait même été jusqu'à réaliser un film sur cette plage ! Celui-ci contait les mésaventures sanglantes d'un serial-killer, avide de meurtres en bordure d'océan. Pendant près de deux heures, nous suivions les aventures burlesques d'une jeune journaliste désespérée, alliée à la police, à la recherche du tueur, pour parvenir à créer l'article de sa vie. « *Une œuvre puissante, traitant de l'obsession professionnelle et de la dure loi du milieu journalistique* » selon une majorité de critiques, qui lui aura également valu un succès colossal dans les salles de cinéma. À l'époque, même s'il ne s'en rappelait pas, Will avait ressenti de la joie ! Ce qui n'était certainement plus le cas aujourd'hui. Le dernier long-métrage qu'il avait eu l'occasion de réaliser, deux ans auparavant, exposait la vie d'un homme dépressif, à l'existence vide de sens et aux rêves enfouis au fond d'un puits. D'une durée d'une heure trente environ, on avait qualifié le film « d'affreusement rude et de stupidement négatif ». Il est vrai que la mort subite du héros à la fin n'avait pas aidé à redonner de l'espoir aux spectateurs, habitués à voir ce genre d'histoire s'achever de façon « poétique »…

Fixant la côte d'une vilaine grimace, Will gratta l'ongle de son index contre le rebord de la fenêtre. Cela produisit un bruit irritant dans le bois usé. Ce genre de son qui aurait pu paraître désagréable pour la plupart des gens, mais qui pour lui, semblait plaisant. Les choses agaçantes du quotidien, comme racler un ongle sur du bois, faire grincer la craie sur un tableau, râper sa lame de couteau sur la faïence des assiettes… Tout cela détendait Will. Sans pour autant les apprécier, il trouvait que ces petites choses faisaient « passer le temps » ; ne nécessitant ni de vrai effort physique, ni de réflexion protubérante. En vérité, elles l'aidaient simplement à occuper les heures et les minutes qui lui restaient. Will était arrivé à un point de non retour. Un point où il n'appréciait plus rien en ce monde…

C'était triste car toute sa vie, il s'était donné pour sa passion, pour son travail, et pour son image publique. Il avait offert sa vie à l'art. Il la lui avait dédiée. Le souci, c'était que maintenant que son œuvre touchait à sa fin, il ne trouvait pas de bonne manière pour la conclure. Tiens, par exemple, qu'aurait-il bien pu faire à cet instant ? Ecrire un tendre poème d'adieu, telle une belle et noble célébrité au grand cœur ? Mater un bon vieux film de gangster, pour finir sa vie avec quelques sourires vilains ? Discuter avec quelqu'un, même s'il n'écoutait personne, et qu'hormis son infirmière qui venait parfois lui rendre visite, il n'avait personne à qui parler ? Que faire, que faire, que faire…

Il avait toujours été un homme anxieux, stressé, cela dû à son taux de travail élevé. Un homme en quête perpétuelle de perfectionnement. Un homme qui, jusqu'à un certain point, avait toujours visé plus haut. Quelqu'un qui, depuis son adolescence, s'était toujours montré très ambitieux. Mais par-dessus tout, quelqu'un qui en dépit de ses exploits et de ses mérites, semblait n'avoir compris qu'une seule vision de la vie… : la sienne.

Car il était ce genre d'humain. Egocentrique. Uniquement captivé par sa réussite personnelle. Délaissant allègrement le bien-être des autres au profit du sien. Il avait fini par adopter cette manière de vivre. Son intérêt primait toujours ; plus haut que les autres ;

plus loin que quiconque. Ses petits plaisirs, que le temps avait effacés, restaient malgré leur régulière inexistence une priorité absolue. Son public ? Il le négligeait. Sur scène et au cours des interviews qu'il avait données, il s'était toujours montré comme un valeureux artiste, au langage et aux principes stricts. Mais la vérité était tout autre. Les évènements non médiatisés auxquels il avait participé, ne s'étaient jamais révélés réellement chaleureux. Aux yeux de quelques spectateurs du moins, il avait laissé paraître sa nonchalance et son orgueil. Ceux-ci, par chance, n'avaient jamais lancé de grosses rumeurs sur sa vie...

Chose que l'on aurait pu considérer comme « positive » : ces dernières années semblaient l'avoir écoeuré de ce narcissisme ambiant. Lassé de se valoriser par rapport au reste du monde, il avait laissé place au vide complet de son existence, venu s'installer depuis l'annonce de sa maladie...

Se levant de sa chaise avec un petit grognement, il se rendit jusqu'à la porte de sa chambre et l'ouvrit. Dehors, le temps semblait bon. Une petite bise de passage, serpentant entre les bâtiments, sifflant sur le crépi des murs. Un doux soleil, aux rayons blancs, éclatant dans un ciel immaculé. Nous nous trouvions à la mi-février. Le douze pour être exact. A une époque fraîche de l'année. On n'avait pas encore vu de neige. Mais on espérait qu'elle ne saurait tarder...

Sentant une dernière fois l'odeur nauséabonde de la sueur, de l'alcool et de la cigarette émanant sa chambre, Will attrapa sa veste grise, et referma la porte.

Il l'enfila, toujours avec quelques grognements. Et dans cette matinée, qui peut-être serait sa dernière ici, il décida pour la première fois depuis plusieurs jours... d'aller marcher un peu.

2 : Retour de promenade
Mercredi, 18h08

Il était dix-huit heures passé. Will rentrait tout juste de la longue promenade qu'il avait faite. Aujourd'hui, le soleil n'avait pas pointé le bout de son nez bien longtemps ! Il était venu le saluer, avant de repartir aussitôt, sans prendre la peine de lui dire au revoir ! En haut, il n'y avait eu que nuages et grisaille pour le remplacer. Rien de bien nouveau, en cette triste période hivernale. Los Angeles arborait un visage mélancolique. Plus de festivités interminables après minuit. Plus de chansons et de sorties pressées. Plus d'évènements à passer entre amis… De toutes manières, cela ne changeait pas grand-chose au quotidien de Will. La solitude et la froideur définissaient sa routine.

Détournant ses yeux des flots attenants à sa villa, l'homme reprit son chemin d'un pas lent, en direction de sa demeure. Il portait sa veste de laine grise sous son bras. En dessous, il était vêtu d'une fine chemise blanche, attachée jusqu'en haut, ainsi que d'un pantalon soyeux couleur de jais. C'était une tenue aux tons aussi distincts que froids. Pas de nuance, rien que du noir et du blanc pour le caractériser. Le pauvre semblait porter le deuil de sa propre vie.

Au niveau de sa tête, on lui notait de beaux yeux concombre, une barbiche mal taillée, ainsi qu'un gros nez retroussé. Il possédait un petit front, souvent plissé, masqué par des cheveux ondulés, à la couleur semblable au goudron de la route qu'il arpentait. Celle-ci, probablement usée par les années, avait quelques fissures par endroits. Des blessures non guéries. Des cicatrices, marquées dans le temps…

Non préoccupé par toutes ces métaphores qui en temps normal auraient pu peupler son esprit, Will fixait ses pieds qui peinaient rien qu'en portant ses élégants godillots. Sans aucun sujet auquel penser, il traçait son chemin, d'une allure lourde, très loin d'être mesurée ! C'était sans doute cela qui lui donnait ses airs d'ivrogne.

Sur ce même chemin, il ne croisa que peu de monde, si ce n'est sa voisine Alma (une scripte au physique peu avantageux), un gosse d'une dizaine d'année qui devait être le fils d'un de ses nombreux voisins, ainsi qu'un octogénaire probablement de passage ici. C'était un quartier très calme, il faut l'avouer. Les fameuses « soirées hollywoodiennes », qui réunissaient les grands noms des studios, se déroulaient en contrebas, dans des rues où se concentraient des villas d'un luxe indécent, mais où le niveau d'animation devait assourdir à la longue.

Enfin, tandis que le soleil illuminait l'océan de son orange ardent, Will parvint à distinguer sa maison. Cette dernière, ancrée au fond de l'impasse à laquelle conduisait la route, était relativement riche aussi, mais elle gardait néanmoins des proportions équilibrées. L'étincelante pierre blanche avec laquelle elle avait été construite, signifiait que ce n'était pas la villa de n'importe qui. Un certain raffinement y avait été incorporé, ainsi qu'un caractère à l'effigie de son propriétaire. Le paradoxe, c'était qu'aujourd'hui on ne savait plus vraiment à qui appartenait quoi ici. La demeure gardait en elle l'âme envolée de son père, quand celui-ci n'était même plus sûr de posséder la moindre once d'humanité. Quelle différence entre une demeure et un esprit éteint ? Si l'on n'y prend pas garde, ce sont les matériaux qui finissent par tout récupérer. Ce sont les objets qui achèvent de posséder les êtres. Quelle tragique ironie quand on y songe !

S'approchant, de son allure pénible, Will fut subitement interpellé par un détail troublant. Le genre de chose que l'on remarque, même avec un esprit vide. La porte de la villa était ouverte.

Accélérant le pas, il remarqua rapidement que les clés se trouvaient à l'intérieur de la serrure. « Qui a bien pu avoir l'idée de fouiller sous le paillasson ? » se dit-il, en ayant pourtant pas l'air si surpris. L'entrée n'avait donc pas été forcée. Quelqu'un avait bien eu la sournoiserie de pénétrer dans son logis, sans le moindre scrupule, après avoir découvert la cachette des clés.

Ressentant soudainement un rare sentiment de peur, Will se précipita à l'intérieur, constata le déplacement bref de quelques objets, et commença prestement à inventorier chaque meuble, à la recherche d'un potentiel vol. Sautillant de coins en coins, il sentit sa respiration s'alourdir. Au fur et à mesure qu'il se fatiguait dans son enquête, il pressait ses gestes. Tout y passait : les tiroirs, les plantes, les oreillers, les pots à crayons… Absolument tout !

S'épuisant à une tâche pour la première fois depuis longtemps, Will parut redécouvrir des endroits oubliés de sa propre maison. Des livres et des objets perdus, tirés de coffres qu'il n'avait plus l'habitude d'ouvrir, parsemaient le sol. Des bouts de papier anciens sur lesquels une multitude de notes étaient inscrites s'étalaient le long des étagères. Pour autant, l'ironie fut de nouveau, car au final, il ne trouva rien, hormis des poussières. Après avoir écumé chaque recoin, il s'assit sur son lit, soulagé. Rien ne semblait avoir été volé. Rien n'avait disparu. En revanche, quelque chose, qu'il n'avait pas vue, avait fait son apparition. Essoufflé, Will tourna plusieurs fois sa tête de chaque côté. C'est alors qu'il aperçu, posée sur le rebord de la fenêtre qui lui servait de point de vue, une lettre. Un sentiment d'excitation lui parcouru le dos. Il l'attrapa d'un mouvement vif. Faite d'un papier ambré à l'agréable odeur de parchemin, elle était inscrite d'un noble cachet rouge, signé de l'imposante lettre « M ».

Will la décacheta le plus vite possible. À l'intérieur, un papier blanc, cette fois-ci, sur lequel étaient écrites cinq phrases courtes, qu'il lut :

« *Le présent vous fait souffrir. Le futur vous est incertain. Le passé vous parait si vain. La vie et la mort tourne. Songez à votre existence.* »

Interloqué, Will se demanda qui aurait bien pu lui faire parvenir une chose pareille. Il n'avait plus aucune fréquentation, ni de vrais contacts. Aurait-ce été un inconnu ? Sans doute. L'enjeu restait de découvrir qui.

Relisant plusieurs fois le message, Will s'interrogea autant sur la mystérieuse signification des phrases, que sur l'identité de celui ou celle qui avait bien pu lui écrire ceci. Les mots avaient soigneusement été préparés, et l'encre avait été correctement utilisée. Pas une seule lettre ne lui était parue mal dessinée. Un soin particulier avait donc été apporté à ce curieux avertissement. L'inconnu était-il au courant de la mort qui l'attendait ?

Réfléchissant un instant, Will repensa aux récentes rencontres qu'il avait pu faire au cours des dernières semaines. C'était tout juste la quatrième fois qu'il sortait de chez lui en un mois, et les passants qui l'avaient salué se comptaient sur les doigts d'une main. Listant tout de même ce petit nombre de gens, Will ne trouva rien qui puisse coïncider… Si ce n'est…

Il lui réapparut soudain cet homme. Oui, ce vieux qu'il avait croisé il y a tout juste dix minutes ! Posant la lettre sur le lit, Will sortit par l'entrée et courut comme il ne l'avait plus fait depuis des lustres, à la recherche de l'octogénaire. Dans sa course, plus il réfléchissait, plus il se disait « C'est lui, c'est sûr ! C'est ce salopard de retraité qui m'a joué ce mauvais coup ! ». Trottinant de moins en moins vite alors qu'il descendait la rue, Will finit par s'arrêter, lorsqu'il arriva au niveau des quartiers plus remplis. « Et merde ! » jura-t-il intérieurement, à bout de souffle. « Il s'en sera fallu de peu pour que ce vieux schnock me file entre les doigts ! ». Dépité, l'artiste repartit dans le sens inverse.

Le soir, après avoir pris sa douche (ce qui faisait à présent deux nouvelles choses par rapport aux derniers jours), il s'assit sur son tabouret en face de la fenêtre, alluma une cigarette, et se mit à relire la lettre en fumant. Soufflant sur la belle écriture, il songea au véritable sens de tout ceci. Il était persuadé que l'octogénaire y était pour quelque chose. Mais il n'arrivait pas à savoir, si cela n'était qu'une vilaine plaisanterie, ou bien tout autre chose.

Éjectant un peu de fumée par le nez, il toussota en levant la tête. Fixant les flots de ses yeux verts, il crut un moment entre apercevoir une silhouette similaire à celle de l'homme dans le lointain. Il éteignit les lumières. Écrasa sa cigarette dans son cendrier, et laissa la fumée se dissiper par la fenêtre. Il y avait bien quelqu'un sur la plage. Il le savait. Mais il ne voulait pas penser à l'histoire qu'il s'imaginait.

Après s'être brossé à moitié les dents (pas sûr que la brosse ait apprécié les rejets de tabac encore présents dans sa bouche), il referma la fenêtre, rabattit la moustiquaire, et partit se coucher. Emmitouflé dans ses draps, il prit la position d'un foetus, et ferma les yeux. Seulement, il n'arrivait pas à s'endormir. Les minutes passaient mais il n'y avait toujours rien. Aucun sommeil séduisant. Aucune envie de rêver, ni de cauchemarder. Rien. Mais pourquoi n'y parvenait-il pas ? Au fond de lui, il le savait.

Aujourd'hui, il avait recommencé à sentir son

coeur. Il avait recommencé à ressentir des émotions. De la peur, du stress. Des choses enfouies au plus profond de lui. Des choses qu'il avait délaissées, au point même de ne plus vouloir les retrouver. Certes, ce n'était pas celles qui lui manquaient. Et oui, il était très agacé par ce qu'il venait de vivre. Mais plus profondément, il avait retrouvé une part d'humanité. Car il avait inconsciemment été motivé par un but. Celui d'éclaircir l'énigme qui lui avait été posée.

Cette petite histoire avait donc déjà réussi à le faire réfléchir. Et il en serait de même, pour les journées à venir…

3 : La rencontre des inversés
Vendredi, 11h18

Will avait attendu la journée de vendredi pour ressortir. Il avait ressenti le besoin de méditer sur tout cela ne serait-ce que pour un jour. Au final, il n'avait fait que gratouiller le rebord de sa fenêtre, fumer des cigarettes et recommencer à boire. La petite histoire de mercredi avait été remise au second plan. Néanmoins, ce matin là, il avait eu la curieuse envie d'aller refaire un tour. En partant, il préféra garder ses clés sur lui. Il avait retenu la leçon.

Une fine brise filait le long des rues aujourd'hui. A sa sortie, elle lui caressa tendrement le visage, sans qu'il n'y fasse réellement attention. Il se dirigea instinctivement vers la plage qu'il observait il y a encore deux minutes. Descendant la route qui menait à celle-ci, il remarqua l'absence complète de gens sur son chemin. Il espéra un instant que cela dure. Cependant, lorsqu'il arriva en dehors de son petit quartier tranquille, il s'aperçut rapidement que la foule habituelle était déjà bien présente, et qu'elle semblait elle aussi avoir eu l'idée de sortir faire un tour à la plage. Râlant muettement, Will traversa la rue où régnait un bruit désagréable, et tenta de se trouver un banc.

Autour de lui, les « classiques » parfums fétides de sueur, de cigarettes et de pollution parcouraient les rues, là où les agréables senteurs d'eaux de toilettes peinaient à se faire une place. Les gens faisaient leur jogging, fumaient au grand air, ou fusaient à toute vitesse au travail dans leur SUV, laissant dans tous les cas un tas d'odeurs nauséabondes. Coutumier du fait, Will était le premier à sortir son tabac à l'extérieur de chez lui. Ces arômes déplaisants ne le gênaient pas. Sans parler de la sueur (qui pouvait à la rigueur l'irriter légèrement), il considérait tout cela comme « naturel », et « normal ». Le monde aurait pu être peuplé de gaz en tout genre, que le nombriliste qu'il était ne se serait même pas inquiété pour l'environnement !

Marchant calmement, sans direction précise, l'artiste finit par se trouver un banc. Celui-ci, face à l'océan, lui parut correct. Aucun ivrogne ne semblait y avoir dormi, encore moins un sans-abri ! S'asseyant, il écrasa allègrement sa cigarette sur le côté de l'assise, en crachant une dernière dose de fumée. Uniquement maintenant, il n'en avait plus que faire de tout ce qui l'entourait. Aucun son, aucune odeur, aucun bruit ne l'atteignait… Si ce n'était celui des vagues sur le rivage. Il admirait la vue, cette étendue infinie de cyan. Cet océan à la nature si fascinante. Ce paysage si apaisant…

Lorsqu'il sortait comme cela, les demandes d'autographes et de selfies se faisaient rares. La première raison à ceci était qu'il n'avait plus fait d'apparition publique depuis un bon bout de temps, et qu'il aurait été un peu difficile de le reconnaître dans cet état. La seconde, était que la période de la journée n'était pas propice à cela. En effet, au cours de ses allers et venues, Will avait appris à quelles heures de la journée les envies des gens variaient. Le matin, il n'y avait pas de risque ! La plupart des gens travaillait, ou au pire, quelques uns sortaient comme lui pour s'évader. Tout le contraire d'une fin d'après-midi où il aurait été bien plus aisé de quémander toute sorte de chose à une star sortant se promener. Quoiqu'à cette heure, en fin de matinée, les ennuis pouvaient déjà commencer…

Will sentit soudain une main se poser sur son épaule :

— William Luvenis ? entendit il venant d'une voix enjouée.

Il se retourna. C'était un adolescent en fin de puberté, auquel il n'aurait pas donné plus de dix-sept ans.

— Hmmm oui c'est moi, répondit-il en anglais d'un ton las.

— Oh comme je suis heureux de vous rencontrer monsieur ! s'exclama le gosse. Je suis l'un de vos plus grands fans ! J'ai essayé de vous joindre de nombreuses fois vous savez ? Et j'ai vu absolument tous vos films au cinéma ! « The Tearsbook », « Love is a Fantasy », « Cry In The City », qui m'avait semblé un peu bizarre sur la fin mais qu'importe ! Ou encore « Lost John » qui m'avait même un peu fait pleurer… Oh mais j'oubliais, mon préféré reste bien évidemment « Dead People on Ocean », un vrai chef-d'œuvre celui-là !

— Bon, très bien, d'accord, j'ai compris, tu aimes

mon travail et j'en suis ravi ! Mais pourrais-tu m'expliquer pour quels motifs tu te sens en droit de venir me taper la discute, tandis que tu vois parfaitement que je me repose sur ce banc. Hein ?

L'adolescent se tut.

— J'entends rien ? tonna Will.

— Excusez-moi monsieur, balbutia l'enfant d'une voix fragile, je voulais simplement vous demander un autographe sur mon DVD, mais je pense que je vais plutôt vous laisser pour le moment. Pardonnez mon dérangement...

— En voilà une bonne décision ! Parce que moi je vais te dire gamin : des autographes j'en signe tous les jours, mentit-il avec arrogance, des photos, des machins... des morveux comme toi qui me demandent ce genre de choses, j'en croise à longueur de journée ! Alors au lieu de faire une fixette sur mon boulot de « star », tu pourrais peut-être aussi t'intéresser à la désespérante tâche que nous, artistes, avons à porter, qui est de signer des vieilleries pour des rejetons même pas sortis de la puberté. Qui plus est : qui osent venir nous importuner lors de nos moments d'apaisement privés ! C'est un niveau d'insolence que j'ai beaucoup de mal à tolérer quotidiennement figure toi ! Alors apprends à te remettre en question avant de venir me faire chier avec ton DVD et ton stylo !

Un français n'aurait rien compris tellement il débitait vite. Mais dans tous les cas, il lançait ses paroles dans le vent, car l'adolescent avait déjà décampé.

Retournant son regard vers les flots, il fit exprès

d'afficher un visage contrarié pour les passants qui l'observaient. Par la suite, il ressortit une nouvelle cigarette, la mit dans sa bouche, ferma les yeux, et leva sa tête vers le ciel en soufflant. Toussotant, il remit son cou droit et reprit son air nonchalant. « *Qu'est ce qu'ils peuvent être chiants à cette heure…* » Pensa-t il. Décidément, Will n'avait plus du tout l'esprit clair…

Alors que sa tête se vidait petit à petit, Will repensa à l'affaire de ce mercredi. La lettre était toujours froissée dans sa poche de pantalon. Glissant ses doigts sales à l'intérieur de celle-ci, il ressortit la feuille ambrée, la défroissa, avant de l'aplatir sur ses jambes. Relisant le message plusieurs fois, il ne remarqua même pas qu'entre le moment où il avait hurlé et maintenant, un homme louche avait eu le temps de s'approcher et de s'asseoir sur le banc voisin. Celui-ci, vêtu de noir de la tête au pied, malgré une soyeuse chemise écarlate, portait une élégante paire de solaires ainsi qu'une très jolie canne ébène. Cette dernière, collée à sa main droite, était pourvue d'une extrémité en argent, en forme de tête de loup. D'un point de vue général, l'homme semblait riche.

Fatigué de chercher, Will chiffonna la lettre et la jeta en direction de la poubelle (dans laquelle elle n'atterrit pas). L'homme sur le côté fixa le papier en haussant les épaules. Il y eut un long moment de calme sans que les deux hommes ne se préoccupent des actions de l'autre. Will venait d'avaler un surplus de médicament contre la migraine, tandis que le mystérieux homme en noir avait découvert son visage de ses lunettes de soleil. Pendant un temps, il n'y eut plus que le bruit des vagues pour rythmer les mouvements de chacun. Pendant un court instant, les hommes furent seuls dans leur monde. Quand subitement...

— Je croyais pourtant vous avoir laissé une note indiquant une rencontre aux alentours de huit heures. Vous n'êtes pas très ponctuel.

Choqué, Will se détourna de l'océan. Ayant compris qu'on lui parlait, il rétorqua d'un ton sec :

— Je vous demande pardon ?

L'homme rit. Il retira son chapeau, se leva de son banc et déclara chaleureusement en tendant sa main :

— Enchanté monsieur Luvenis, mon nom est Morgan Nix.

4 : Un personnage venu d'outre temps
Vendredi, 12h07

C'était une énorme fourberie.

— Vous !

Pour une fois, Will n'eut aucun mal à reconnaître l'homme qui se trouvait face à lui. Ce n'était nul autre que l'individu qu'il soupçonnait d'avoir fait intrusion dans sa villa. Sa tenue était la même que l'autre jour. Composée de noir pour les trois quarts, elle était très élégante. Cependant il n'avait pas remarqué la splendide canne à tête de loup l'autre jour. Était-ce une nouveauté ? Peu importe… Sans son chapeau et ses lunettes, l'homme dévoilait un visage abîmé. Des rides parsemaient son front. Quant à ses joues, elles semblaient s'être creusées au fil des années. Au centre, un nez busqué prenait place, ainsi que deux discrètes lèvres mauves. Plus haut, on en concluait que ses iris étaient d'un gris aussi profond que celui des nuages en temps de pluie, et que ses yeux ne devaient globalement pas se reposer souvent à cause des cernes qui les entouraient. Le vieil homme aussi semblait en fin de vie.

Will resta figé. À première vue, l'homme paraissait inoffensif. Une aura d'une intense douceur se dégageait de lui. Une aura qu'il n'avait pas l'habitude de voir.   Quelque chose de complètement étrange et inhabituel... mais en même temps si bon.

— Eh bien, vous ne me serrez pas la main ? ajouta-t il.

Will s'exécuta avec un visage grimaçant.

— Est-ce que je peux sav... commença t'il.

— La question Monsieur Luvenis n'est pas de savoir mais de comprendre, le coupa-t-il directement. Quelqu'un qui se contente d'apprendre quelque chose sans en approfondir les aspects est un idiot. Vous devriez le « savoir », ça ! Mais qu'importe, ceci n'est peut-être que la preuve que le temps a affecté vos compétences en matière d'érudition.

Surpris que quelqu'un ose lui faire la morale, Will hésita à se lever pour gronder le vieillard.

— Enfin, ce n'est pas que je n'apprécie pas de vous donner des leçons, mais nous n'avons pas une minute à perdre, levez-vous !

Une nouvelle fois, Will obéit. L'homme avait comme un effet de dominance inhabituelle sur lui.

— Euh... J'aimerais tout de même que vous m'apportiez quelques éclaircissements si cela ne vous gêne pas, intima-t-il. C'est bien vous qui avez déposé cette lettre après vous être introduit dans mon domicile ? déclara-t il en montrant le papier du doigt, tandis que le vieux avait déjà commencé à marcher.

— Oui, et je vous l'ai dit, vous êtes en retard, répondit le vieillard sans se préoccuper réellement des questions de son interlocuteur.

— Et pourrais-je avoir le loisir de « comprendre »

le motif de cette subite intrusion ? Je pourrais vous signaler aux autorités ! Et au vu de mon statut, je pense qu'ils n'hésiteraient pas à vous jeter au trou !

— Oh oui, mais vous ne le ferez pas, pas vrai ? rétorqua l'homme. Vous avez en vous bien trop de paresse, et trop peu d'audace pour poursuivre de telles actions. Et si vous souhaitez à tout prix connaître les impérieux motifs de ma brusque visite, qui ma foi vous aura tout de même permise de retrouver un brin de votre passé...

Il se retourna et fixa Will avec un regard tendre et un très large sourire.

— Sachez seulement que je suis là pour vous aider.

Surpris, Will répliqua instinctivement :

— Et, qu'est ce qui vous fait dire que j'ai besoin d'aide ?

— Certaines sources m'affirment que le temps vous est compté, William... répondit Morgan en se retournant.

— Mais, qui, quoi ? balbutia Will.

— Que diriez-vous de recompter les jours ? Les vôtres en prime, ajouta-t-il d'un ton enjoué.

Will était déboussolé. Que signifiait toute cette mascarade ? Qu'est ce que cet homme voulait lui faire comprendre ? Pourquoi s'incrustait-il de la sorte dans sa vie privée ?

— Vous m'avez tout l'air perdu William, lança l'homme qui sentait un profond combat interne dans l'esprit de son compagnon de marche.

Ce dernier était à la fois gêné et irrité.

— Comment ne pas l'être… grommela-t-il.

Morgan se retourna une nouvelle fois, s'approcha de Will, et lui prit les deux mains.

— Will, lui dit-il calmement en employant son diminutif de manière à l'apaiser, je crois ne pas me tromper en affirmant que vous n'aimez plus ce que vous êtes, ni ce que vous faites. Il est temps de remédier à cela…

— Qui êtes-vous ?

— Assez de questions. Acheva Morgan d'un ton vif, en se retournant derechef. Ne cherchez pas à embobiner cette affaire. Si je suis ici, c'est pour une seule chose : vous redonner le goût de la vie !

— De quoi vous mêlez-vous ? reprit Will. Ma vie ne concerne que moi…

— Et, pourtant, vous paraissez l'avoir oubliée monsieur Luvenis. La dite « essence » même de votre propre existence. Vous n'aimez plus votre vie. Vos passe-temps n'ont plus d'importance et vous attendez patiemment l'arrivée de votre déchéance comme un vieux fruit moisi tombé d'un arbre attendant d'être englouti par les vers. Vos souvenirs même vous ont lâché ! Vous n'avez plus rien à quoi vous raccrocher ! Oui William je suis au courant de tout. Cependant, tout n'est pas perdu. La solution c'est de…

— Assez vous aussi ! ragea Will.

Morgan se tut. Will, bien qu'il s'efforce de le cacher, se trouvait affecté par toutes ces paroles.

— Comment savez vous tout cela ? demanda-t-il

en toussant.

— Dans une chambre où s'empilent les boîtes de médicaments, les paquets de cigarettes et un bazar d'alcool en tous genres, il est facile de supposer que vous souffrez d'un état dépressif Monsieur Luvenis. Je sais que la vie d'artiste est compliquée mais tout de même… Vous hurlez sur des enfants qui vous admirent. Vous ne respectez plus aucune émotion. Les vôtres, comme celles des autres. Vous n'avez d'empathie pour rien ni personne, y compris vous-même ! Vous négligez vos besoins, et ne vous alimentez que de tabac et de produits néfastes. Vous ne faites plus rien dans le monde extérieur, si ce n'est ces promenades, que vous passez sans les apprécier. Et surtout, vous ne vous souvenez de rien… Vous êtes vide mon pauvre Will. Cela fait plusieurs semaines que je vous observe discrètement. Que je vous suis en contemplant avec pessimisme votre état se dégrader au fil du temps. Cela a été rude de vous espionner sans rien faire pendant tout ce temps. D'ailleurs, nous avons eu l'occasion de se croiser un bon nombre de fois au cours de vos petites sorties. Mais encore une fois, vous ne devez pas vous en souvenir…

Métaphoriquement, ces paroles étaient comme la gifle de toutes les vérités. Celles qui éclatent au grand jour, qui frappent, qui agressent… Et par conséquent, qu'on a du mal à accepter.

Incapable d'articuler quoique ce soit, Will n'entendait même plus le bruit des vagues. D'autre part, il ne savait que dire.

— Asseyez-vous Will, asseyez-vous, lui conseilla

Morgan en l'amenant jusqu'à un banc.

Will s'assit mécaniquement sur le banc. Les yeux fixés sur la plage, il resta muet durant un long moment. Au fond, il était extrêmement concentré. Sérieux comme il ne l'avait plus été depuis longtemps. Pour la seconde fois en une semaine, Will s'inquiétait…

Il était treize heures et l'on se trouvait pile dans les heures où les gens étaient de sortie. Plus haut, les clients des restaurants abondaient. Les bars côtiers étaient très prisés. Dans cette atmosphère bruyante, peu de gens venaient se détendre pour observer la plage. Néanmoins, deux hommes, Will et Morgan, fixaient intensément le paysage face à eux. Comme « coupés du monde ». Au cœur d'une profonde méditation pour l'un, et d'une attente stoïque pour l'autre.

Lorsque Will eut fini de digérer et spéculer sur ces révélations, il croisa les bras, rabattit sa colonne vertébrale contre le dossier du banc, et demanda d'un léger soupir :

— Que proposez-vous ?

Morgan esquissa un petit rictus.

— Levez-vous, murmura-t-il, il y a beaucoup de choses à « comprendre » dans ce que je vais vous expliquer.

5 : L'Invitation au voyage
Vendredi, 13h04

— Tout d'abord, débuta Morgan, je vous prie d'entendre sans mépris la nature des faits que je vais vous énoncer. Certains pourront vous paraître suspects, invraisemblables, voire carrément extravagants ; mais il est très important que vous m'écoutiez et que vous suiviez attentivement mes instructions.

— Vous avez mon attention, répondit Will, en baillant et avançant d'un pas lourd.

— Très bien. Voilà l'idée : comme j'ai commencé à vous l'expliquer toute à l'heure, il est temps pour vous de retrouver vos moments passés. Pas ceux datant d'un, deux, trois ou même cinq ans. Non, je parle de souvenirs bien plus profonds. Ancrés au cœur d'un lointain vécu. Des choses que vous avez oubliées.

— Ah oui, et comment comptez vous faire cela ?

Morgan eut un petit rire. Il se tourna vers Will, et lui dit de son air innocent :

— Eh bien, par le biais du voyage dans le temps, mon ami.

L'artiste eut un haut le cœur. Il songea subitement à tout ce qui venait de se passer. Cet homme, inconnu, qui affirme vouloir l'aider, après avoir vraisemblablement identifié un « mal-être » chez lui. Cette histoire de pistage et d'espionnage hebdomadaires.

Ces longues phrases minutieusement construites... Tout cela pour une histoire invraisemblable de « voyage dans le temps » ?

— Non mais vous vous prenez pour qui au juste ? lança Will en reculant, avec la dérangeante sensation de s'être fait embobiner.

— Will, vous venez de promettre...

— Ça suffit, je n'ai pas que ça à faire d'écouter les conseils d'un vieux fou !

Sans un mot de plus, Will repartit en marche arrière, résigné à ne plus jamais croiser ce « Morgan ». Filant à toute allure, il ne savait maintenant plus quoi penser. Il avait réussi à se faire berner par un octogénaire ! Un peu plus, et il aurait...

Tandis qu'il traversait la rue, une voiture passa. Il n'eut même pas le temps de la voir. Par instinct, il donna un vilain coup sur le devant de la bagnole, qui « par chance », freina juste à temps. De l'intérieur, un conducteur aux allures de colosse sortit :

— Non mais ça va pas, t'as un problème connard ! hurla t-il. Mate un peu l'état de ma caisse maintenant sale enfoiré !

En effet, une partie de la face avant était complètement cabossée. De son côté, Will était tétanisé.

— Eh oh, j'te cause là, tapette ! C'est quoi ton problème ? Tu m'entends pas, c'est ça ? lança t-il en poussant Will cette fois-ci.

Ce dernier était bien trop tétanisé pour répondre. Cela faisait longtemps qu'il n'avait pas été confronté à ce genre situation. Bien trop longtemps même...

— Eh, mais attends, poursuivit le colosse d'une voix maligne, j't'ai déjà vu toi. Oui, t'es le gars qui fait des films, pas vrai ? Le p'tit con qui préfère rester glander bien sagement chez lui au lieu de se salir les mains ?

« *Eh merde...* » Pensa Will, qui se tenait toujours en plein milieu de la route, entouré de la foule qui était venue assister au dialogue.

— Eh, mais regardez, c'est William Luvenis ! cria soudain un jeune dans le fond.

Ces paroles lancèrent une série d'affolements, de cris et de rires de la part du public alentour. Après cela, tout le monde commença à vouloir s'approcher de la vedette. Puis bientôt, tout le monde eut l'envie mal élevée de sortir son téléphone pour prendre en photo l'individu gêné. Encouragé par le conducteur robuste à l'esprit limité, qui en voulait au détracteur de son SUV, ce fut le début d'une humiliation mémorable pour Will qui, prit d'assaut par les civils et aveuglé par tout un tas de flashs, n'eut même pas la force de s'échapper.

Tandis qu'il se faisait capturer en photographie partout autour de lui, quelqu'un fendit la foule. C'était Morgan. Le vieil homme avait franchi les montagnes de gens, et se trouvait à présent au côté de Will pour intervenir.

— Bougez d'ici vous tous ! envoya t-il d'une voix portante. Bougez vous dis-je ! Bougez !

Son message sembla ralentir une bonne partie des civils, qui cessèrent de capturer le visage embarrassé de la star. Il répéta son ordre un bon nombre de fois, de façon à ce que l'ensemble de la foule soit écarté. Une fois cette partie des gens « dégagée », il vint à la rencontre du conducteur et déclara d'une voix cette fois-ci douce et décontractée :

— Bonjour cher monsieur, je m'appelle Morgan Nix et je suis le majordome de Sir Luvenis ici présent, dit-il en désignant le pauvre Will qui lui n'arrivait même plus à prononcer le moindre mot. Comme vous l'avez probablement remarqué, Sir est un peu « tête en l'air » ces temps-ci. Mais, voyez-vous, c'est à cause...

Morgan s'approcha du colosse intrigué pour se montrer plus discret.

— ... C'est à cause de ses mots d'estomac, finit-il. Disons qu'avec son transit perturbé, il lui arrive d'avoir quelques « remontées », qui ont le don d'embrouiller légèrement son esprit...

— Mais qu'est ce que j'en ai à foutre de ses 'blèmes de bid' à votre gars moi ? répliqua vulgairement le conducteur en allumant une cigarette.

— Hein ? réagit Will.

— Mais, comprenez, renchérit le vieil homme, ce n'est pas facile non plus pour lui, de supporter, ces « pics » qui brouillent son esprit tout en lui donnant des envies de...

— Ou là, mais attendez ! le coupa le conducteur en s'approchant pour murmurer à l'oreille du vieil homme. Vous êtes sincèrement en train de me dire que ce gars, dit-il en le pointant du doigt, l'une des étoiles les plus connues d'Hollywood, qui se trouve juste devant moi, a actuellement une énorme envie de... ?

— Eh bien… oui, je crois bien ! répondit Morgan avec un sourire gêné.

L'homme cracha sa fumée, toussa, s'adossa au dos de sa voiture et pouffa d'un rire étranglé.

Alors qu'il le voyait ne pas pouvoir s'arrêter, Morgan se mit à glousser aussi pour donner du sens à son ingénieux mensonge. Will, de son côté, ne comprenait absolument rien à la scène qui se déroulait sous ses yeux. Toujours à moitié éclipsé dans sa paralysie, il avait du mal à intégrer la grossière « farce salvatrice » que venait de lui faire le vieil homme.

— Si vous me le permettez, lança Morgan sans cesser de rire, je vais de ce pas ramener Monsieur Luvenis chez lui, pour qu'il puisse répondre à ses « besoins pressants ».

— Allez-y M'sieur le majordome, répondit l'autre, toujours au cœur de son interminable hilarité.

Morgan prit Will par le bras, et l'emmena avec lui promptement.

— Je peux savoir ce que vous lui avez raconté au juste ? demanda celui-ci.

— Oh eh bien, disons que…

— Eh ! lança le conducteur derrière eux.

Ils firent volte-face. Durant un instant, tous deux craignirent qu'ils n'aient encore besoin de se confronter à cette immense brute. Au lieu de cela, l'homme fit signe à Morgan et lui dit :

— Dites M'sieur le majordome, pensez-vous qu'il serait possible que j'rapporte la petite aventure d'aujourd'hui aux médias ? Vous savez, les gens parlent pas mal de votre type ces temps-ci, et de son état bizarre. Ils se posent des questions. La thune que j'me ferais en rapportant vos infos à la presse compenserait pt'être l'accident que ce pauv' mec a causé à ma bagnole ?

Morgan réfléchit un instant. William le regarda, inquiet.

— Faites donc haha ! répondit le vieux d'un air espiègle. Je suppose que l'on peut juger cela comme un « juste compromis ».

Les deux hommes éclatèrent de rire.

Will pour sa part, ne se doutait toujours pas de la vilaine galéjade qu'on venait de lui faire…

~

Ils s'étaient posés un peu plus loin, toujours en bordure de plage.

— Bon, êtes-vous prêt à m'écouter à présent ?

— Je crois que je n'ai surtout pas le choix. Vous et vos histoires de voyages dans le temps semblez vouloir me poursuivre…

— Oh mais ce ne sont pas des histoires Monsieur Luvenis…

Et ça recommence.

— … Par ailleurs, je peux vous en donner la preuve !

Levant les yeux vers son interlocuteur, Will répliqua d'un ton emprunt de défi :

— Donnez-la.

Le vieux sourit. Il partit marcher à quelques

mètres de Will, en farfouillant dans ses poches.

— Combien d'années me donneriez-vous Will ? lui lança-t-il.

— Je vous demande pardon ? répondit ce dernier, qui n'avait pas entendu la question.

— Quel est mon âge d'après vous ?

Will réfléchit.

— J'aurais tendance à dire que vous vous situez autour des quatre-vingt-six ans, proposa-t-il.

— Vous avez tout bon ! C'est précisément mon âge.

Content d'avoir trouvé la bonne réponse, Will ne demeurait pas moins en attente de la preuve promise.

— Et, concernant cette preuve… commença-t-il.

Morgan lui lança sans prévenir un petit portefeuille châtaigne, qu'il saisit de justesse.

— Vous y trouverez ma carte d'identité, déclara-t-il d'un ton étonnamment enjoué.

Curieux, Will ouvrit le portefeuille et chercha la carte jusqu'à la trouver. Celle-ci avait une apparence crasseuse et usée, mais heureusement les écritures y étaient encore bien lisibles.

Arpentant de ses yeux le petit objet, Will découvrit tout d'abord un Monsieur Nix d'une beauté enfouie sur la photo d'identité : un visage aux traits fins, des yeux pétillants, un sourire charmeur ainsi que de beaux cheveux bruns, épais et bouclés. Par la suite, Will apprit que le vieil homme était de nationalité française comme lui ; ce qui ne l'étonnait guère au vue de la langue qu'il avait utilisée dans sa lettre, qu'il avait un poids et une taille corrects pour l'époque, ou encore…

Son regard se stoppa sur une information. Le choc fut tel qu'il ressentit le besoin de la relire à voix haute : « Né le 2 Juin 1968. »

— Qu'est ce que cela veut dire ? demanda-t-il sans même regarder Morgan. Comment est-ce possible ?

— Le voyage dans le temps, mon cher Will. En voilà la raison. J'ai réellement quatre-vingt-six ans, et je suis réellement né en 1968. Cependant, au travers de ces chiffres, j'ai voyagé ! J'ai passé ma vie à diverses époques. Dans l'Amérique des années 70, comme dans l'Italie d'après-guerre, ou encore la France de ces derniers temps. J'ai vieilli à des époques où je n'étais même pas né. Grâce à des rencontres, des hommes et des femmes et plein d'autres avec qui j'ai eu l'immense chance de faire connaissance. Des gens qui m'ont ouvert les portes de leur mémoire. À travers leurs souvenirs, je me suis construit non pas « un », mais « des » passés. Des années que j'ai vécues partout. Pendant qu'un Moi vivait en 1984 ses premiers émois amoureux dans un Paris disco, un autre Moi vivait la même année, des temps paisibles au Chili, pour passer la crise de la quarantaine... Et c'est ainsi que j'ai vécu toute ma vie Monsieur Luvenis. En voyageant ! En découvrant le monde et les gens. En apportant mon aide aux plus démunis.

— Mais, « Comment » ? reprit Will. Comment, avez-vous réussi ? Quels ont été les moyens de ces voyages ? Je veux l'entendre.

— Vous me paraissez avoir un subit intérêt pour mes « histoires », petit Willou…

— Ne m'appelez pas comme ça ! s'offusqua celui-ci en rendant la carte à son propriétaire.

Morgan la récupéra. Il la rangea et effectua ensuite une curieuse expérience.

Tout d'abord, il leva son élégante canne au niveau de ses yeux. Il y tourna trois fois le pommeau d'argent, et comme dans un mécanisme complexe, l'extrémité en forme de loup sauta, laissant un trou béant dans la canne. Morgan passa ses doigts à l'intérieur, et pencha l'objet, avec semblait-il, l'objectif d'en faire tomber quelque chose. Une poignée de secondes plus tard, il se tenait avec un petit morceau de parchemin dans sa main droite. Will était surpris car celui-ci était de couleur or. Non pas jaune, comme il aurait pu se trouver après un certain temps passé à macérer dans la canne, mais bien de la même couleur des pièces que convoitent les corsaires dans les films de pirate.

— Le voici, le moyen, Monsieur Luvenis.

— Vous plaisantez ? Qu'est ce que ce bout de papier a à voir avec le voyage dans le temps ?

— Ce « bout de papier » comme vous dites, c'est LE moyen de voyager dans le temps. D'ailleurs, comme vous devez vous en douter, il ne s'agit pas d'un simple morceau de parchemin. Ce que vous avez sous les yeux, dit-il en l'approchant de Will, est une feuille issue d'une variété très rare d'arbres appelés : « Pins des étoiles », qu'on ne trouve qu'au Sud du Brésil. Et il serait bien trop ennuyant de vous expliquer comment et pourquoi, mais ce fascinant végétal possède en lui certaines propriétés magiques. Je l'ai découvert au cours d'un circuit latino-américain que j'ai eu l'occasion de faire pour mes vingt-cinq ans. Comme appelé d'instinct par cet arbre surprenant, j'en ai extrait le papier nécessaire pour y faire mes premières expériences. Rapidement, j'ai découvert que la feuille possédait énormément de facteurs faisant d'elle un objet surnaturel. Tout d'abord, elle était pourvue d'un poids étonnamment élevé pour du papier. Mais une fois froissée, on lui découvre une incroyable légèreté ! Sinon, dans un cadre encore plus fantastique, j'ai remarqué que si l'on osait la déchirer, de petites étincelles bleutées s'en détachaient. Enfin, et c'est probablement l'aspect le plus extraordinaire que j'y ai vu, si l'on y inscrit n'importe quoi, l'écriture, quelque soit les détails de son encre, s'enflamme instantanément, sans pour autant infliger le moindre dégât à la feuille.

Interloqué, Will observa le morceau de parchemin avec intensité, tout en buvant avec enthousiasme les paroles de Morgan. Une partie de lui, très pragmatique, avait du mal à croire à tout cela. En revanche, une autre, plus enfouie, se trouvait fort intéressée…

Fascinant.

— Ce qui nous amène au deuxième élément, essentiel ! poursuivit Morgan en sortant de son autre poche un stylo d'un noir immaculé. Ce stylo tel que vous le voyez, n'a lui aucune importance dans la préparation. C'est son encre, qui bénéficie du pouvoir permettant au voyage de s'effectuer. C'est un liquide aux attributs quantiques très puissants. Je l'ai déniché dans des mines perdues, au fin fond d'une île minuscule et inhabitée, située au mile près entre la Polynésie et le Japon.

— J'entends bien tout ce que vous me dites, mais pouvez-vous seulement m'expliquer à quoi servent concrètement ces deux éléments ? entonna Will, qui recommençait à questionner « le bien-fondé » de ce que lui racontait Morgan.

Ce dernier se mit à rire.

— Vous pensiez peut-être que j'allais vous sortir une vieille voiture ou un frigo comme dans vos films préférés, c'est cela ? lança t-il ironiquement. Je vais peut-être vous surprendre, mais le moyen que j'ai trouvé, est bien moins scientifique, et au contraire beaucoup plus…

Morgan chercha un moment le mot adéquat.

— … Poétique ! Oui c'est cela, poétique !

Will attendit des explications, les bras croisés et correctement adossé au banc.

— Voyez-vous William, j'ai beau moi-même me décrire comme un adepte de la science du temps, et en particulier celle des souvenirs, je suis plus proche d'un artiste comme vous que d'un éminent physicien tel qu'Einstein. Pour la simple et bonne raison, que ma science est si subjective qu'on ne pourrait pas la considérer comme telle. Et, au contraire, elle est si élégante, si propre et si emprunte d'humanité, qu'on pourrait la confondre avec un art… Et par ailleurs, quand j'y pense, c'en est un ! Sauf si vous ne considérez pas la poésie comme tel évidemment.

— Attendez, vous voulez dire qu'il vous suffit d'écrire un poème sur cette feuille pour voyager dans le temps, décrypta Will en montrant le parchemin du doigt.

— Sans parler de poème, je dirais qu'un seul quatrain suffit. Car de manière assez grossière, voici le principe : quand le papier que vous avez sous les yeux permet à votre corps de se préparer physiquement au voyage temporel, l'encre elle, crée un lien avec le cerveau qui lie directement le quatrain que vous avez inscrit, au souvenir que vous imaginez. Vous n'avez ensuite qu'à ingurgiter le papier magique et...

— Vous avez bien dit « ingurgiter » ? Vous voulez sérieusement que j'avale un papier à l'encre inflammable ? Mais vous êtes malade ma parole !

— Oh, cessez un peu vos pleurnichages pauvre bobo ! En tous cas, je constate que vous commencez à inclure mes explications dans votre petite tête. C'est déjà un bon début !

— Mais pour en revenir à la base de tout cela, à quoi cela doit-il servir au juste ? Parce que je veux bien vous écoutez parler de vos histoires de voyages dans le temps qui ma foi je dois l'admettre, en dépit de l'objectivité, me paraissent bien réelles ; mais j'en reviens sans cesse à cette même question, qui malgré vos belles explications, ne me paraît toujours pas éclaircie : Pourquoi ? Et là ce n'est pas mon esprit de « maniéré » qui vous parle, je veux seulement savoir pourquoi vous tenez tant à me faire voyager dans le temps ? C'est vrai, quelle en sera la véritable finalité ? Quel but me cachez-vous ?

Il y eut un moment de silence entre Morgan et Will.

— Je me doutais que vous désireriez d'avantages d'explications à propos de cela, déclara le vieux d'un ton sérieux. Toute à l'heure, je vous ai parlé à de nombreuses reprises de l'importance des « souvenirs », et plus précisément, des vôtres.

— Vous connaissez mes souvenirs ? Vous feriez mieux de ne pas m'apprendre que vous avez été les explorer contre mon gré.

— En avez-vous seulement gardé pour oser me les interdire ?

Will n'eut de réponse à cette attaque de Morgan.

— Si cela peut vous rassurer, je vous réponds que non. Il est nécessaire que ce soit la personne qui vous accompagne qui note le quatrain sur la feuille pour aller avec elle dans ses souvenirs. Mais si je puis répondre à votre place à la question que je vous ai posé : la réponse est également « non ». Dans votre cas, il est même fort possible que votre idiotie vous ait permise de l'oublier. Après tout, il n'y a que les sots pour oublier de telles choses… Si belles et fraîches.

— Je ne vous permets p…

— Mais vous avez raison ce n'est pas le sujet de la discussion ! le coupa Morgan qui venait de laisser passer un avis personnel au travers de ses explications. Revenons-en aux souvenirs, dans leur ensemble. Et pour m'expliquer, je vais tenter d'être assez direct : ce qui est clair, c'est que notre vie entière est basée sur les souvenirs. Notre histoire est basée sur les souvenirs. Nos émotions sont basées sur les souvenirs. Nos actions le sont aussi. Tout y est finement lié. Et tout cela, parce qu'un seul instant, un seul, répéta Morgan pour être très clair avec ce qui allait suivre, réussit à définir notre existence. Un court moment, durant notre jeune âge, qui nous marque, à jamais. Ce n'est pas forcément le plus doux, bien qu'il le soit souvent. C'est uniquement le souvenir sur lequel le fil conducteur de notre destin a réellement commencé à se tisser. C'est ce qui constitue le début, le centre, et la fin de notre vie. Ce souvenir qui nous définit, je le nomme sous le nom de « trace hyaline ». Et ma mission, ou plutôt, « notre mission », Will, c'est de retrouver la votre. Je ne vous garantis pas que ce sera chose aisée. Mais si vous voulez partir l'esprit en paix, si vous voulez conclure votre voyage dans l'harmonie, et ramener votre esprit dans le droit chemin : c'est la fin que je vous offre.

Face à un soleil culminant, Will médita, et tenta un instant, comme dans le but de contredire Morgan dans cette histoire de souvenirs perdus, de songer au temps passé. Des bribes lui revenaient en tête. Des passages tardifs de sa vie d'avant. Les années où il n'était pas encore connu. Les années où la popularité qu'il connaissait aujourd'hui ne l'avait pas encore atteinte. Il songea à tout cela... Simplement, en essayant, il remarqua que le passé ne lui revenait pas au-delà d'un certain point. C'était comme si sa mémoire s'était bloquée à un certain moment dans le temps. Par exemple, il n'arrivait plus à se souvenir d'un passage antérieur à son arrivée ici. Les passages de la vie qu'il avait autrefois passée en France, étaient flous. Ce n'était certainement pas un trouble semblable à la maladie d'Alzheimer qui lui causait cela, car il se souvenait encore du nom des gens avec lesquels il avait grandi. Mais il n'avait plus la moindre image, la moindre scène marquante en tête. Mais alors, comment ferait-il pour se souvenir des faits passés ? Comment ferait-il pour retrouver cette « trace hyaline » dont parlait Morgan, s'il ne se rappelait que d'aussi peu de choses ?

— Et pour vous initier au voyage, poursuivit ce dernier, nous allons d'abord partir faire un tour dans des souvenirs qui ne vous sont pas familiers.

Will ressentit brusquement un sentiment de soulagement et en même temps, celui d'une peur soudaine.

— Autrement dit, William, je vais vous emmener à la rencontre d'évènements qui je l'espère, vous en apprendront plus sur les bases du voyage et vous inspireront pour la suite de cette aventure !

— Euh, attendez, quels genres d'évènements…

— Vous verrez bien. Cela vous offrira au moins une petite leçon d'histoire…

Morgan avait déjà commencé à inscrire quelque chose sur un morceau du parchemin doré. C'est alors que Will vit le papier prendre feu, dans la forme des lettres qu'il n'eut le temps de décrypter.

Le vieil homme froissa le quatrain qui, comme consumé de l'intérieur, apparut dès lors comme une sorte de boule explosive. Des dizaines d'étincelles bleues en jaillissaient, et les passants autour commençaient tout juste à s'inquiéter de la scène qui se déroulait sous leurs yeux.

— Morgan… commença Will.

Alors qu'il s'apprêtait à faire patienter Morgan une fois de plus, Will se vit subitement projeté à terre. La bouche écartée, bloquée, et avec comme ultime vision : l'image d'une sphère enflammée, imprégnant son visage…

6 : Un océan d'amour

« Océan d'âmes étouffées dans la haine
Ceci est la bataille d'un nouveau jour
Sur cette vieille terre qui traîne les peines
C'est là qu'apparaît, la force de l'amour»

Une nuée ardente de violence et de coups. Une foule sans fin. De la colère parcourant les bouches. Des cris venus de toutes parts…

Will se retrouva subitement, en un éclat de seconde, en plein milieu d'un amas de gens, pour la plupart, « armés » jusqu'aux dents. La nuit était tombée, et pourtant l'affrontement semblait comme un cri de lumière sous cette lune observatrice. Un besoin d'extériorisation du mal. Un besoin de justice.

Les gens qui l'entouraient se confondaient. Hommes, femmes, et autres se pressaient tout autour de lui, bâton au poing, en direction d'un barrage de policiers, situé face à eux. Will l'aperçut au loin. Les agents formaient un barrage féroce et avaient l'air de se défendre face aux assauts répétés de la population. Cependant, il n'aurait su dire avec précision combien de gens cela représentait. Il y avait bien plusieurs dizaines d'assaillants autour de lui.

« Bats-toi » lui cria une femme aux cheveux courts, « On va pas les laisser avec l'injustice qu'ils ont commise ! ». Will n'avait pas la moindre idée d'où il était. Perdu dans la foule, il chercha à s'en défaire. Mais à chaque fois qu'il tentait une échappatoire, quelqu'un le replaçait en direction de « la cible ». Les gens paraissaient bien décider à en découdre avec les policiers.

Tandis qu'il remontait tant bien que mal en arrière, Will sentit brusquement une main se balader au niveau de ses…

— Non mais ça va pas ! lança t-il en se tournant vers le responsable.

Il se retrouva nez à nez avec un individu uniquement vêtu d'une brassière et d'un collant pour femme, maquillé et équipé d'une perruque similaire aux cheveux de Marilyn Monroe.

— Excuse-moi p'tit chéri ! rétorqua t-il gentiment. J'espère qu'on aura la chance de faire plus ample connaissance, quand les choses se seront calmées…

Il le regarda d'un regard sensuel, puis repartit après une légère caresse sur le bras. Choqué par cette rencontre, Will se retrouva un moment incapable de bouger et d'articuler. Les yeux écarquillés, il se reposa cette fameuse question : « Où suis-je ? ».

— Vous m'avez tout l'air d'être perdu, monsieur Luvenis, entendit-il à sa gauche.

Il se retourna et aperçut un vieil homme vêtu d'un uniforme à paillettes lui sourire à pleines dents.

— Morgan ! s'exclama t-il.

Celui-ci éclata de rire.

— Arrêtez ça tout de suite ! ordonna Will. Je ne trouve vraiment pas ça drôle ! Vous avez intérêt à m'expliquer ce qu'il se passe immédiatement !

— Ah, en tous cas je constate qu'une petite virée

temporelle ne vous enlève pas vos questions et vos petites attitudes coquettes.

D'abord offusqué, Will repensa à la suite d'évènements qu'il venait de vivre. Ils avaient voyagés ! Ils n'étaient plus en 2018 !

Balayant ses épaules du regard, il remarqua qu'une veste de cuir noire à la mode rock avait été ajoutée par-dessus sa chemise. De plus, on avait remplacé son élégant pantalon en toile, par un vieux jeans délavé, tout décousu par endroit. *Le voyage dans le temps modifie donc l'habillage*, déduit-il. *En même temps, vu tous ces looks, il vaut mieux ne pas paraître trop « étrangers » !*, ajouta-t-il en observant tour à tour les tenues romanesques qui l'entouraient. Il y avait des uniformes de tous genres autour de lui. Des hauts flashies, jusqu'aux couvre-chefs provocateurs, en passant par les pantalons troués ou absents… Par déduction, il aurait parié qu'ils se trouvaient dans les années 60.

— Où sommes-nous ?

— Mon cher William, nous sommes actuellement au beau milieu des émeutes de Stonewall, survenues dans l'état de New-York, dans la nuit du 28 Juin 1969.

— Par là, vous souhaitez désigner les fameuses manifestations homosexuelles ?

— Si vous préférez…

Tout paraissait plus clair à présent.

Will n'avait que peu entendu parler de cet évènement, pourtant si célèbre dans le monde. Des émeutes violentes, ayant éclaté dans un bar, qui avaient pris une ampleur brusque et soudaine. Une simple irritation qui s'était rapidement transformée en un terrible courroux contre l'injustice policière. Une rage renfermée et contenue depuis bien trop longtemps par la « communauté LGBT » et qui subitement, avait éclaté au cours d'une nuit. Ceci avait marqué les premiers signes d'une révolte qui serait perpétuée dans le temps. Une cause qui, étrangement, n'avait jamais interpellé Will. C'était sans doute parce que le vaste sujet des discriminations ne l'avait jamais vraiment intéressé.

Avec l'aide de Morgan, il parvint enfin à se dégager du centre de cette foule brutale, en proie à une effrayante impulsivité. Joignant bientôt un immense chêne planté entre des barreaux, les deux compères se mirent à observer de plus haut les deux camps qui s'affrontaient. Perchés au sommet des barreaux de fer, ils se prêtèrent à observer l'enclave de policiers. De là, ils purent noter que certains allaient bien au-delà de la simple défense. Dans des coins écartés de la foule, on discernait aisément un militant se faire frapper, écraser, malmener par une troupe de deux à trois agents. Eux ne se battaient pas pour la justice, loin de là. C'était des soldats nourris par la haine et la corruption. Des salariés des institutions publiques, au service de leur propre cause. Sachant finalement qu'au fil des abus, naissaient des envies agressives, qu'ils assouvissaient en toute impunité sur les groupes allant à l'encontre du pouvoir majoritaire.

Soudain, une grenade fumigène traversa l'assemblée de manifestants. Celle-ci, d'un mouvement effaré, se fendit en deux. L'objet éclata, laissant aux

LGBT la vague de fumée les disperser. Ils en reçurent d'autres, des dizaines. Une armée de bombes incendiaires, de façon à ce qu'ils se dissipent, et n'aient plus la notion des repères. Tout cela dans le but de les affaiblir. Était-ce une bonne chose ? Pour limiter la violence ? Pour calmer les ardeurs ? Mais d'un point de vue purement moral, cela était-il juste, de repousser une parole qui s'illustre ?

Des militants vinrent se réfugier dans des culs-de-sac alentours, en attendant que la fumée se dissipe. D'autres, plus têtus, s'en prirent aux policiers d'autant plus remontés. Fracassant des bouteilles d'alcool sur leurs boucliers, frappant de leurs pieds et de leurs poings les défenses de leurs adversaires. Ceux-ci, résistants, tentaient d'avancer tant bien que mal, pour pousser les manifestants à reculer toujours plus.

Will, de son côté, aperçut la femme, sans doute transgenre, qu'il avait croisé toute à l'heure. Elle était de ceux qui se battaient en avant comme des furies

— Pourquoi nous avoir emmené ici Morgan ? demanda-t-il à ce dernier.

— Il fallait bien que le voyage commence quelque part, répondit celui-ci. Et puis, je n'ai pas vécu les émeutes, mais j'ai...

Ils furent brusquement interrompus par un funeste évènement. D'abord alertés par un étonnant silence, ils comprirent bientôt ce qui était arrivé. Un manifestant, placé au devant des hostilités, avait été abattu d'un tir net par un agent. Ce dernier, comprenant ce que son acte impliquait, eut un petit mouvement de recul et replaça vivement son bouclier. Or, ce meurtre de sang-froid, semblait avoir éveillé une rage inouïe chez le reste des révoltés.

Dans un vacarme assourdissant, tous se précipitèrent en direction du coupable. Écartant le rideau de fumée, ils se jetèrent tels des félins sur la police, en bousculant tout sur leur passage, y compris Will et Morgan. Tous deux se retrouvèrent subitement coincés en plein milieu d'une foule sauvage. Poussé, repoussé, frappé, Will se trouva étourdi par les gens qui déferlaient autour de lui.

Certains, à moitié nus, transpirant le sang et la sueur, le heurtaient, le recouvrant en même temps de toutes leurs odeurs. D'autres, crachant et criant à tue tête leur colère, lui envoyèrent leurs salives en plein visage. Finalement, il y avait ceux qui faisaient preuve d'une véritable agressivité, y compris entre eux. Donnant des coups dans la foule pour avancer, feignant d'attendre pour exprimer leur désarroi et, leur désir de laver cet affront. C'était de véritables guerriers.

Chutant, Will fut jeté, écrasé par les pas et pris dans les filets de jambes. Cherchant à se relever à maintes reprises, il n'y parvint pas, tant le mouvement de foule continu était puissant. Il tenta plusieurs fois de s'agripper à quelqu'un, mais pas moyen. Il demeurait à terre, repoussé d'un coup de bras par un tel, une telle ou un autre.

Étouffant, il rampa dans une direction qu'il croyait être, ou plutôt espérait être celle de l'arbre de toute à l'heure. Complètement abasourdi par les sons autour de lui, Will avait l'impression de retourner à un état primitif. Délaissé de sa dite « fortune », de ses douilletteries et de ses « petits soins habituels ». Privé de richesse, revenu à l'ère où il n'y avait pas de privilège. Peinant dans son avancée, il repensa à sa belle vue sur le Pacifique. À cet instant, il avait l'impression qu'il ne le reverrait plus jamais.

Soudain, surgie d'en haut, il vit une main se tendre vers lui. Sans se soucier de qui pouvait être son détenteur, il l'attrapa, et se laissa soulever par le membre frêle qu'on lui offrait. Se relevant, au-delà du mal de dos qu'il ressentait, il fut heureux en apprenant que c'était Morgan qui avait réussi à le sauver. Au milieu de cette foule enragée, celui-ci lui dit :

— Alors, qu'est ce que ça vous fait de revenir à la vie des rues Monsieur Luvenis ?

— Euh… je… balbutia-t-il, surpris que Morgan lui sorte le genre de choses auxquelles il pensait tout juste quelques secondes auparavant.

Ricanant, le vieillard ajouta :

— Ne me répondez pas ! Nous verrons cela au terme du second voyage !

Avec ce bruit, Will n'eut le temps d'entendre que les deux derniers mots de sa phrase.

— Comment ? lança-t-il à bout de forces.

Il vit Morgan se retourner. Celui-ci sortit discrètement un nouveau morceau de papier de la canne qu'il avait toujours sur lui, avant d'y inscrire les quelques mots qui lui suffisaient. En voyant le papier prendre feu, Will n'eut pas le temps de comprendre ce qu'il se passait, et se vit une nouvelle fois, enfoncer le parchemin dans la bouche. L'ultime image qu'il eut de ce mouvementé souvenir, fut celle d'une marée flamboyante de gens, encore bien décidés à en découdre...

Morgan, revenu sur le côté de la foule, regarda Will disparaître dans un tourbillon d'étincelles bleues. Sans attendre bien plus longtemps, il inscrit le même quatrain qu'il venait d'écrire pour son compagnon. Le papier froissé, il observa l'armée bataillante en face de lui.

Au-delà des violences, au-delà du chaos que cela engendrait, il y avait là un lyrisme dans lequel il ne pouvait trouver qu'admiration. Ces personnes hurlant leurs peines. Ces jeunes, mais aussi ces vieux qui ne demandaient qu'à être aimés. Des gens qui en étaient venus jusqu'au sang pour faire entendre leur voix... Tout autour de lui, c'était un combat que les gens menaient. Un affrontement fait de chants, de couleurs et de rejets enfouis. Le début d'une bataille sans fin, mais qui, un beau jour, il en était certain, parviendrait à satisfaire le rêve que bon nombre se seront lancés.

Sans une seconde de plus, il avala la boule de parchemin, et disparut discrètement, dans un crépitement azuré.

7 : L'horreur des temps perdus

« La folie guerrière avait tout pris
Le sang, la chair les avaient engloutis
Sous ce long fleuve de vase infâme
Où aujourd'hui repose les âmes. »

Un épais tissu de feuilles l'entourait. Sa vision brouillée par la végétation, et son corps retenu par une masse étonnante, il se dégagea tant bien que mal de l'endroit dans lequel il se trouvait. Il se leva, remarquant au passage qu'il était couché sur un amas de terre pourvu de nombreuses racines. Tirant son bras de l'une d'elles, il vit qu'il portait un haut kaki aux manches retroussées. Observant ses vêtements avec plus de précisions, il arriva à la conclusion qu'il portait une tenue militaire. La lourdeur conséquente qui lui collait au dos était due à un sac en toile, qui semblait contenir un matériel d'un certain poids. Simplement, cet accoutrement était-il stupidement à but humoristique, comme pour un cosplay, ou bien…

Il entendit un bruit sourd au dessus de lui. Se mettant debout, il aperçut par-delà la cime des arbres tropicaux, une armée d'hélicoptères raser de près la forêt. La chevauchée semait le chaos avec une puissance de feu démoniaque ! Will perçut jusqu'à l'impact des tirs. Percuté par cette violence, il ne prit que peu de temps à remarquer le nourrisson de cette barbarie attaché à sa taille.

« Qu'est ce que c'est qu'cette merde ? » balbutiat-il en tirant le pistolet de sa ceinture. Il était chargé.

Subitement, il entendit de nombreux tirs au sol à quelques pas de lui. D'abord tétanisé, il s'avança ensuite dans la direction des coups de feux, en écartant minutieusement les branches qui l'entouraient. Découvrant au passage une jungle d'une beauté et d'un gigantisme ahurissant, il finit par repérer la source des tirs.

Écarquillant les yeux, il comprit avec stupeur qu'un conflit entre deux camps se déroulait juste sous ses yeux. Depuis combien de temps dormait-il ? Avait-il pris du temps avant de se réveiller ? Plusieurs chaînes d'hélicoptères étaient-elles déjà passées avant son éveil ? Toujours est-il qu'ici et maintenant, de terribles affrontements militaires avaient lieu, et ce juste sous son nez.

À force d'hésiter à faire un pas de plus, il finit par s'écrouler au sol. Paralysé, sa peur se répandit jusque dans son esprit, qui ne parvient plus à articuler la moindre pensée. Tout autour de lui, se mêlaient les sons des fusils d'assaut, des véhicules enragés et de la nature spectatrice. Des brassages de feuilles, percées, détachées de leur habitat par des démons volants. Un esprit sain n'aurait eu qu'à tendre l'oreille pour percevoir à quel point la jungle subissait cette violence.

Toujours immobilisé au sol, Will fut soudain secoué par un pied sur sa hanche droite. Réveillé par ce mouvement extérieur, il cligna plusieurs fois des yeux. S'attendant à tomber sur Morgan une nouvelle fois, il ne découvrit qu'un jeune homme pressé, à la peau brune et à l'uniforme maculé de sang.

— Allez, mon vieux ! lui lança-t-il. On n'a pas le temps pour piquer un somme. Ces enflures de Viêts attaquent de front et si on n'se bouge pas, on risque d'y passer un par un.

Sans doute un peu trop brutalement remis dans le contexte de l'apocalyptique mais toute aussi légendaire Guerre du Viêt-Nam, Will se leva à l'aide de son ange gardien. Leurs pieds raclant la boue, ils filèrent en direction du champ de bataille qu'avait vu Will, et se dirigèrent à couvert des balles, à l'arrière des dites « tranchées ». Ils traversèrent le pôle allié pendant un instant qui parut durer une éternité pour Will. Se couchant à terre, ils enfilèrent des casques restés à l'abandon, et pile à l'instant où ils furent en sécurité, les tirs reprirent. D'ici, on les entendait bien mieux. La répercussion du son sur la terre, donnait l'impression qu'un monde entier explosait.

Encouragé par son ami à bouger, il reprit son chemin, effrayé, en longeant accroupi la petite tranchée. La tête légèrement émergée, il aperçut, au-delà du poste de combat, des hommes tirer en rafales à l'aide de mitrailleuses. Les attaques provenaient d'un autre banc de terre, délimité par un cours d'eau, tout juste assez grand pour être nommé fleuve. À l'aspect verdâtre du liquide, Will devina qu'il devait contenir beaucoup de vase. La faible distance qu'il offrait semblait faciliter la traversée des balles. L'artiste sentit même l'une d'entre elles heurter le haut de la tranchée, juste à côté de sa tête. Désarçonné par cet évènement, il se cambra par terre, mais fut à nouveau remis en place par son compagnon lui ordonnant de poursuivre la route.

« On va essayer de rejoindre le poste de repli ! » lui intima-t-il bruyamment. « On sera bien mieux là-bas ! ». Le jeune homme ne semblait répondre qu'à ses propres règles.

Depuis son arrivée en Amérique, Will n'avait eu de cesse d'entendre des témoignages à propos de cet abominable conflit, ayant opposé principalement les Etasuniens aux communistes du Nord Viêt Nam. Pour beaucoup, la folie et le désordre étaient omnipotents. Les troupes avaient rapidement sombré dans un abîme d'illusions destructrices et de confusions malencontreuses. Les drogues, l'alcool, le meurtre... Tout avait été permis aux soldats qui bientôt s'étaient laissés glisser dans un déséquilibre sans fin. Une descente aux enfers qui, pour les vétérans, avait laissé de nombreuses séquelles psychologiques.

Cachés du cœur diabolique et sanglant des affrontements, les échappés du front parvinrent bientôt en amont d'une colline protégée, en haut de laquelle paraissaient se réfugier les rescapés du combat.

« C'est ici ! » beugla le jeune homme. Will commença tant bien que mal à gravir la pente.

Sortants de la tranchée, ils visualisèrent nettement cette fois les ennemis face auxquels ils se battaient. Totalement fous alliés, ces derniers sautaient d'un engin à un autre tels des diables. Ils les pivotaient, tournaient, les malmenaient dans tous les sens sans vraiment prêter attention à une cible précise. Les troupes alliées, elles, semblaient dépassées par leurs attaques.

Alors qu'ils gravissaient ensemble la colline, un projectile en provenance d'une rafale vint se planter dans la jugulaire du sauveur de Will. Le jeune homme au pantalon déjà craqué, vit son habit se fendre d'un rideau pourpre. Hurlant de douleur, il se retourna sur le dos en amont de la colline, trébucha, avant de retomber en bas au milieu des assauts.

Will, incapable de décider quoi faire, se cacha le plus possible des tirs. Voyant son « ami » mourrant, il hésita à lui porter son aide, mais une part de lui, terrifiée, le lui interdisait. Et dans un conflit interne comme celui-ci, il resta une nouvelle fois, statique. Incapable de bouger, de parler, ni d'accomplir quoique ce soit. Il demeura dans cet état, et sans qu'il ne s'en rende compte, son ami finit par se prendre une balle, cette fois-ci en pleine tête. Depuis son emplacement, Will vit froidement la balle ressortir du crâne, faisant jaillir la cervelle et le sang. Le corps écorché du garçon tressaillit, et c'en fut fini pour lui.

Tétanisé mais pas en mesure de verser la moindre larme, Will recommença à monter la pente, pour chasser cette image troublante de son esprit. C'était trop dur. Trop dur d'assister à la mort d'un être humain. Mais le pire restait cependant d'admettre notre indifférence en matière d'affectation. En ce sens, dans le but d'échapper à la culpabilité de notre âme, on chassait cette chose. On l'enfermait, avant de la réduire au silence. On effaçait ce souvenir de notre esprit…

Parvenant finalement en haut, on l'aida à gravir les derniers décimètres de terre, pour ensuite le laisser se reposer. Ici, une dizaine de soldats fumaient silencieusement ou buvaient, assis ou couchés sur des sacs de sable qui leur servaient de barrages éventuels. La moitié avait l'air saoul. L'autre paraissait souffrir de démence. Seul un soi-disant capitaine semblait avoir encore l'esprit à peu près sain. Assis sur une chaise en bois à l'avant, il observait, un cigare à la bouche, l'ennemi décimer ses lignes. Il avait le crâne rasé, sans oublier les classiques lunettes d'aviateur. Sa chemise militaire était déboutonnée jusqu'au sternum, et ses bottes aussi répugnantes soient-elles, faisaient office d'attrapes mouches.

« Allez vous autres ! cria t-il aux soldats présents, je veux que quelques uns d'entre vous aillent prendre la place des trous d'culs qui se trouvent en bas. Et qu'ça saute ! ». La demande du chef fut de suite exécutée. Deux bonhommes balancèrent leurs bouteilles de bière au loin, glissèrent, puis se ramassèrent tels des clowns le long de la descente de terre. Arrivés en bas, l'un des deux se releva, fit quelques pas en direction des armes à disposition, mais fut de suite exécuté par un tireur au loin. Tandis qu'il voyait la tête de son camarade se faire perforer, le second fila, les jambes tremblantes, jusqu'à une mitrailleuse qu'il empoigna. La riposte imprécise ne fut pas glorieuse, et il déserta.

Observant la scène depuis la barrière de sacs,

Will souffla de désespoir. Où pouvait bien se trouver Morgan ? Il était perdu au beau milieu d'une troupe de soldats ravagés, avec en bonus, aucune possibilité de se déplacer à moins de se faire tirer dessus ! La situation dans laquelle il était le mettait vraiment de mauvais poil.

— Eh, toi là-bas ! Ramènes un peu ton cul pour voir ! parut lui lancer le capitaine au devant.

Se tournant, il répondit d'instinct en bégayant :

— C'est moi que vous appelez ?

— T'en vois d'autres des pédés qui se planquent en douce derrière des sacs ?

Il est vrai que les autres étaient plutôt occupés à boire ou à jouer. Se levant, il approcha.

— Dis donc, t'es sûr qu'on s'est déjà rencontré tous les deux mon mignon ? lui dit-il d'une voix perverse cachant un vilain désir d'intimidation.

— J'avoue que je ne m'en souviens plus… mon capitaine, répondit-il avec quelques sueurs froides.

— Ouais, c'est bien ce qui me semblait !

Will avala sa salive. Il y eut un long silence dérangeant entre les deux hommes, sans qu'aucun d'eux ne bouge.

— C'est rude en bas, pas vrai ? questionna le capitaine avec une voix douce.

— Oh oui, très, répondit Will. D'ailleurs, il serait sans doute judicieux de…

— Je me demande bien quand qu'c'est qu'on en sera sorti de cette merde, le coupa le capitaine en tirant son cigare de sa bouche, quand qu'c'est qu'on pourra rentrer à la maison, retrouver le bon pays qui nous a envoyé ici.

Will qui s'était tu, s'intéressa finalement aux paroles du capitaine. Celui-ci se munissait d'un ton empli d'une étonnante sensibilité.

— Au fond, ça me manque tu sais, poursuivit-il. Tout ça... Le parfum d'une femme, les soirées interminables au coin du feu, le café du matin avec les copains... L'odeur apaisante de la maison, les gamins qui criaient tout le temps... Les nuits où on fêtait autre chose qu'une victoire de guerre. Les bonnes bouteilles de whisky qu'on avait obligation de payer quand on voulait faire la fête. Les bonnes raisons qu'on avait de faire la fête... Le son des voitures filant dans les rues. Le chant de nos dames tendant le linge. Le goût exquis d'une énorme barquette de frites. Les repas en famille le dimanche midi...

En écoutant tout cela, Will perçut toute l'émotion que le capitaine voulait lui transmettre. Au fond de lui, cet homme qui semblait fait pour la guerre, gardait de profonds souvenirs de sa vie passée. Il était nostalgique et ne souhaitait qu'une chose : la retrouver. Mais en même temps, c'était louche. C'était comme s'il avait en lui...

— Enfin ! lança t-il. Ce n'est certainement pas le moment de repenser à tout ça ! À l'heure actuelle, on a encore une putain de guerre à gagner, et une plâtrée de commus à éliminer ! Pas vrai les gars ?

Tous approuvèrent en riant et levant leur bouteille.

Will avait donc vu juste. Le capitaine se

satisfaisait de la situation. C'était comme s'il possédait deux faces dans sa personnalité. Une, qui elle voulait rentrer. Et une autre qui voulait rester. C'était cela qui allait provoquer petit à petit la détérioration de son esprit. Et c'était la même chose qui avait rendu les soldats Américains (pour une partie du moins) complètement aliénés ou loufoques. Le traumatisme issu d'un trouble du devoir et du bien en était la cause. Ces pauvres hommes avaient été abandonnés à leur propre sort...

— Et toi pignouf, le rappela le capitaine, t'es bien d'accord pas vrai !

Will hocha la tête et fit mine d'encourager cette pratique.

Se sentant définitivement perdu, il recommença à désespérer. Tous autour de lui chantaient, tombaient, trébuchaient, toujours une bouteille à la main. La cacophonie de leurs bouches et des balles l'étourdissait. *Morgan, où êtes-vous...* pensa-t-il une nouvelle fois.

Subitement, il entendit comme un bruit mécanique à sa gauche. Tournant lentement la tête, en même temps que tous les soldats qui rapidement s'en aperçurent, il sentit son cœur s'arrêter de battre. Sans prendre le temps de s'attarder une seconde de plus sur le danger imminent, il se retourna et prit ses jambes à son cou. Simplement, alors qu'il prenait encore son élan pour s'enfuir de la colline, l'impact de la bombe enclenchée par les Viêts sur la plage d'en face, le propulsa brutalement en avant. Plongeant violemment d'en haut, il n'entendit plus que le son qui allait désormais le hanter...

Comme cela, sans qu'il ne le vît, le projectile qui avait été tiré avec tant de minutie, parvint à détruire, puis à raser tout bonnement l'entièreté du point de ralliement.

8 : L'humain, cet être primitif

Un bruit de ferraille puissant. Un éclat sans fin qui siffle. Un écho de durée similaire… C'était l'enfer contenu dans un seul son. Quelque chose qui brouillait votre ouïe, en plus de vous arracher tous les sens. Un chant semblable à celui des démons censés vous accueillir ici bas... Une sensation qui faisait croire à votre corps, que vous plongiez loin dans votre damnation.

Le choc d'ondes avait, au cours d'un instant, traversé sa tête. Will était sonné comme jamais il ne l'avait été. Pendant une seconde, il avait cru que son heure était arrivée. Car il ne voyait plus rien. Son visage était recouvert de poussière. Et il ne sentait plus son corps, celui-ci écrasé sous un monticule de débris. Son nez et sa bouche baignaient dans un lit de crasse, engloutis par la terre et la boue.

Ses sens en état de dysfonctionnement, il finit tout de même par ouvrir les paupières. Lentement, car ces dernières étaient alourdies par la quantité de saletés déposées dessus. Il ne put d'ailleurs qu'entrouvrir légèrement les yeux, à cause de la masse trop importante. Se réveillant petit à petit, il fut progressivement délaissé par le sifflement de l'explosion, et tenta de comprendre dans quel état il se trouvait. Il comprit rapidement que son corps était enseveli par la terre, et qu'à moins de pousser très fort avec ses pieds, il n'avait aucun moyen de s'en dégager. Ses muscles endommagés, il n'eut le courage de tenter quoique ce soit. Relevant simplement le bas de son visage englouti par la crasse, il souffla de façon à se nettoyer la bouche. À bout de forces, il ne sut quoi faire, et songea une nouvelle fois, comme dans une prière : *Morgan, où êtes-vous…*

Au fur et à mesure que l'écho disparaissait, il distinguait de nouveaux sons. Des paroles. Des mots. Intrigué, il se dégagea en grinçant des dents pour essayer d'en percevoir davantage. Les mots lui parurent alors plus clairs d'écoute. Cependant, c'était une langue qu'il ne connaissait pas.

Déduisant qu'il s'agissait des soldats Vietnamiens, il fut subitement pris de panique. Il entendait le son de leurs voix se rapprocher. Il entendait presque leurs pas… Contre son bon vouloir, il tenta donc de sortir du tas qui le recouvrait à l'aide de ses bras. Poussant toujours plus fort, il parvint bientôt à extirper son buste, puis ses hanches. Donnant cette fois des coups de pieds, il leva une à une ses jambes, ramollies par le poids.

Se mettant debout, il se mit à marcher en boitant. Son cœur battait la chamade. Les Vietnamiens l'apercevraient bientôt, et à l'allure à laquelle il allait, il se ferait toute suite prendre. Mais, s'il se mettait à courir, ils le repéreraient aussi et il risquerait de se blesser. Qu'y avait-il donc de mieux à faire dans de pareilles circonstances ?

Un cri lui décida que faire. Alarmés par la présence d'un « soldat américain », les Viêts qui semblaient vraisemblablement l'avoir vu, hurlèrent dans sa direction, et sans qu'il n'eût le temps de s'en rendre compte, Will fut pourchassé par une troupe aliénée de guerriers. Attrapant son courage à deux mains, il prit instantanément ses jambes à son cou. Il se retrouva étonnamment libéré de toute la douleur qui le parcourait. Lui-même surpris, il réussit à détaler comme jamais ! Tel un animal, bien décidé à semer ses ravisseurs.

Ceux-ci, derrière, le virent fuser à travers la jungle. Dégainant leurs armes, ils lui tirèrent plusieurs séries de balles, mais aucune ne parut l'atteindre. L'homme allait trop vite. Mais il était surtout possédé par un profond désir de survie. Et lorsque l'on y réfléchissait, sa réaction était la plus naturelle qui soit. Ou du moins, la plus humaine…

Car l'humain fonctionne comme l'animal. Il est un être primitif, stimulé par le danger quelque soit sa personnalité. Toute son existence, le caucasien des pays riches vit en se croyant inconsciemment immortel. Il ne songe pas à la mort, car le progrès l'en empêche. La routine, simple, lui fait oublier qu'il est une espèce mortelle, à laquelle on peut retirer à tout moment le droit de vivre. Par conséquent, c'est dans des moments comme ceux-là que toute son énergie est mobilisée. Pour la première fois de sa vie, l'homme est confronté à la mort. Il se met alors subitement à ne plus penser. Il met tout en œuvre pour fuir le trépas. Car l'humain est primitif. C'est un fait indéniable…

En écartant les feuilles et les branches de sa route et en esquivant les troncs, Will poursuivit sa course à travers les arbres sans que rien ne l'arrête. Les bruits à l'arrière, bien que s'éloignant, le poussaient à continuer. Et cela, au dépend de la fatigue qu'il ressentait. Tous ses sens étaient en alerte, et cela l'encourageait à ne jamais s'arrêter.

Au bout d'un moment, l'énergie du mental ne le tenant plus, il se sentit sérieusement affaibli. Mais c'est également à cet instant, qu'une voix à consonance plus européenne décida de faire son apparition.

— Ramenez-vous ici Luvenis ! entendit-il à sa gauche tandis qu'il ralentissait.

Il vira sa tête de côté et aperçut son ami Morgan lui faire de grands signes avec les bras depuis un bosquet attenant.

Sauvé, il fila dans sa direction. Son ami était vêtu d'un habit de soldat comme lui et portait un casque où était écrite l'inscription en anglais « Né pour tuer ».

— Morgan ! s'exclama-t-il en essayant de garder une part de discrétion. Bon sang où étiez-vous passé ? Et quelle folle idée vous est passée par la tête pour nous emmener dans un endroit pareil !

— Comme vous le voyez je n'étais pas bien loin, dit-il en riant. Pour ce qui est du reste, je constate que j'ai eu la bonne idée. Vous avez su prouver votre désir de survie.

— Prouver mon désir de survie ? s'énerva Will en commençant à agiter ses mains. Mais vous êtes malade ma parole ! Quel réel besoin y a t'il à m'envoyer au milieu d'une faune sauvage pour « prouver mon désir de survie » ?

— Une « faune » vous dites ? Je n'ai pas croisé d'animaux. Cela fait bien longtemps qu'ils ont dû fuir la jungle avec tous ces bombardements.

— Je parlais de mes poursuivants…

— Vous vouliez parler des Vietnamiens ? Mais, qu'en est-il des Américains ? Je ne vois pas en quoi l'un ou l'autre serait pire.

— Au demeurant, vous admettrez bien que les américains restent davantage civilisés.

— Pour nous occidentaux, c'est la différence de culture qui fait des Vietnamiens des êtres plus « hostiles » dans ce contexte. Mais dans le fond, ce ne sont que des innocents aux commandes d'imbéciles encore plus irréfléchis. Tout comme les Américains le sont. Rien de plus. Des gens que l'on envoie se battre sans leur consentement direct. Des humains qui s'entretuent au bon vouloir d'autres humains. Il ne faut pas blâmer les soldats Vietnamiens pour ce qu'ils ont pu être en temps de guerre. Seules les armes réveillées par l'homme ont le droit d'être jugées.

— « L'Absurdité de la guerre », en voilà un sujet de réflexion original ! Mais dites-moi, vous passeriez presque pour un artiste ? Avez-vous déjà pensé à en faire un livre ? répliqua Will avec une pointe de sarcasme. Un conseil, les critiques n'apprécient guère les œuvres trop « démago ».

— Cessez de jouer au sarcastique avec moi. Vous faites pitié pauvre homme !

— « Pauvre homme » ? Ce n'est pas moi qui ai eu l'idée géniale de nous envoyer en pleine guerre du Vietnam !

— C'était pour vous prouver à quel point vous teniez encore à la vie !

Will pouffa.

— Quel intérêt, quand tout le monde ici sait que je vais mourir !

Morgan lui offrit sa plus belle gifle. Dans ses yeux se lisait une colère sans nom. Et si l'on s'y attardait, on comprenait aisément ce que cette colère voulait dire :

« Ce n'est pas parce que la fin approche, que l'on ne doit pas profiter du temps précieux qu'il nous reste. Les jours heureux sont ceux qui précèdent la mort. ».

L'artiste se renfrogna en caressant sa joue, le visage rouge d'ego blessé. Ses amandes vertes dressées vers le ciel, il ordonna d'un ton furieux :

— Ramenez moi tout de sui…

— Couchez-vous ! le coupa Morgan.

Il lui donna un coup dans le dos qui le fit s'exécuter.

Le rejoignant au sol, le vieil homme lui fit signe de se taire. À quelques mètres devant eux, il avait entendu les soldats Vietnamiens s'approcher. Ces derniers semblaient encore à l'affût du moindre bruit. À la recherche de « la fusée » qu'ils pourchassaient il y a encore quelques minutes...

— Quand je vous le dirai, lui murmura Morgan d'une voix discrète, et uniquement quand je vous le dirai, nous nous enfuirons par la barrière végétale à l'arrière. Il pointa du doigt un long champ de buissons qui semblait s'enfoncer dans la jungle. Compris ?

En guise de réponse, Will cligna des yeux. Son approbation reçue, Morgan commença à compter :

— Très bien. Alors, dans trois…

En entendant les pas des soldats s'approcher d'eux, Will sentit un vilain courant lui parcourir le dos. À cet instant, il ne ressentait qu'une seule chose : de la peur. Il craignait que l'idée tordue de Morgan n'ait raison d'eux, et qu'ils se fassent attraper.

— Deux… poursuivit-il, toujours avec beaucoup de mesure dans sa voix.

Will, qui respirait de plus en plus fort, ne réussit à compter les battements de son cœur qui, à présent, lui semblait comme une bombe prête à exploser.

— Un…

Qu'est ce qui m'a pris de faire confiance à un fou pareil ?

— Maintenant !

Une seconde suffit pour que tous deux se mettent à courir. Bondissant tels des fauves, ils fusèrent en direction de la barrière végétale. Plusieurs secondes s'écoulèrent avant qu'un soldat ne les repère. Heureusement, lorsque ce fut le cas, ils avaient déjà tous deux réussi à atteindre le tunnel d'arbres. Une fois à l'intérieur, ils se débattirent à travers l'amas de racines qui retenaient leurs pieds. C'était le seul moyen qu'ils avaient d'échapper à cette troupe de soldats bien décidés à en découdre.

Écrasant tout sur leurs passages, ils se battirent

aussi avec les branches et les insectes volants qui attaquaient leurs visages. Donnant parfois des coups dans le vent, ils tentèrent de sortir rapidement de cet immense tunnel. Au loin, ils entendaient les soldats hurler contre eux dans la langue qui avait fini par devenir la plus terrifiante aux yeux (ou plutôt aux oreilles) de Will. A priori, ils n'avaient pas prévu de s'aventurer dans le tunnel, mais leurs rafales de balles donnaient du fil à retordre aux deux compagnons, déjà fatigués par l'armée de végétaux qu'ils se devaient d'affronter sans relâche. Après les moustiques, les épines, les racines et les branches pointues, c'étaient ces projectiles meurtriers qu'ils étaient forcés d'esquiver s'ils voulaient s'en sortir.

Malmené par une racine qui ne voulait pas se détacher de son pied, Will leva celui-ci mais reçut une balle dans le talon de sa botte. Tombant brusquement à terre, son visage s'égratigna contre les pics féroces des racines. Apercevant son compagnon au sol, Morgan qui se tenait juste devant, lui tendit sa main droite. Will l'attrapa, et il se laissa remorquer par l'aïeul, qui en plus de savoir encore courir, possédait toujours une force musculaire surprenante pour son âge.

Pendant qu'il traînait Will, Morgan vit enfin la sortie du tunnel se dessiner. Simplement, en se retournant, il s'aperçut que les Vietnamiens avaient finalement décidé d'entamer leur parcours dans la barrière naturelle. Écarquillant les yeux, il accéléra en tirant Will d'un coup sec. Toujours au sol, celui-ci vit son visage une nouvelle fois rayé par les branches et gémit de douleur. Arrivés à la sortie, Morgan le releva et ils purent ensemble se remettre debout. Un bras autour de l'épaule de l'autre, ils marchèrent tels de vrais soldats sortant d'un important conflit.

Une fois échappés, Morgan calla Will contre un arbre et observa rapidement l'état de son pied. La balle n'avait même pas traversé la botte. Relevant son visage sur celui qui avait l'air de souffrir d'une importante douleur, il eut envie de le sermonner. Mais le temps pressait, et il dit :

— Debout ! Dépêchons-nous, le chemin n'est pas terminé !

Ils se remirent à trottiner avec les forces qui leur restaient.

Bientôt, ils arrivèrent face à un hameau de terre marqué par une concentration étonnante de cercles creusés. Ces derniers avaient l'aspect de grands fossés, très larges, et remplis de boue.

— Couchons-nous ici ! suggéra Morgan.

— Je vous demande pardon ? répliqua Will.

Sans se préoccuper des attitudes coquettes de ce dernier, Morgan fila se jeter dans une des fosses, plongeant ainsi son corps tout entier dans le liquide vaseux. Retirant son couvre-chef, il le trempa lui aussi dans la boue, et dès qu'il eut pris l'aspect désiré par son propriétaire, ce dernier le remit sur sa tête.

Dégoûté par la répugnante technique de discrétion caméléonienne qu'utilisait son ami, Will hésita. « Venez ! », lui lança Morgan, sans qu'il ne distingue le moindre mouvement de bouche dans le trou. D'un autre côté, il entendit au loin les voix sauvages et violentes des Vietnamiens, qui, à l'allure à laquelle ils allaient, ne tarderaient pas à le débusquer s'il ne se cachait pas.

Prenant son courage à deux mains, il se jeta dans la boue. Une fois dedans, il faillit pousser un cri d'inappétence, mais son compagnon se chargea de le faire taire en lui plongeant instantanément la tête dans la boue. Étouffant un petit rire sadique, Morgan s'étonna de voir Will rester bien sage dans sa position, pour le moins… déconcertante.

Ainsi, dissimulés dans leur cuve de vase, ils patientèrent longuement. Entre temps les minutes passèrent. Ils n'entendirent plus le moindre bruit. Plus un cri, plus un pas. C'était comme s'il n'y avait plus rien autour d'eux. Comme si, tout ce qui les entourait c'était subitement endormi…

~

— Eh oh, vous deux ! Debout !

Morgan releva son casque. Will quant à lui, se retourna, le visage couvert de boue. En clignant des yeux, ils comprirent qu'ils se trouvaient face à une troupe de soldats qui pointaient leurs armes sur eux. Tous vêtus de vert, ils arboraient des mines froides et dures, prêts à en découdre avec n'importe qui. Pourtant, en les découvrant, Morgan comme Will n'avaient pas ressenti la moindre peur. Cela devait être dû à la langue. Les hommes qui se trouvaient devant eux étaient des américains.

En outre, au cours de ces quelques secondes de silence, ils déduirent sans se l'admettre qu'ils avaient sommeillé de longues heures sans s'en apercevoir (qui plus est, endormis dans la boue).

— Bien le bonjour messieurs ! leur lança Morgan avec un petit signe de tête. Veuillez excuser nos positions, nous avons été contraints de nous cacher, et je crois que nous nous sommes assoupis.

— C'est à cause de l'attaque qui a eu lieu ? lui demanda le même homme en lui tendant sa main.

— C'est exact, répondit Morgan en baillant et se laissant aider.

— Ça a dû être horrible.

— Je ne vous le fais pas dire…

Will rit en s'essuyant le visage.

— Quel baratin… murmura-t-il en baillant.

— Tu as quelque chose à ajouter toi ? lui lança furieusement un homme à gauche de celui qui semblait être le chef.

En observant de plus près l'arme imposante que le soldat tenait, Will préféra garder sa bouche fermée.

— Ne faites pas attention à lui, il a été très touché par les affrontements et il n'a pas l'esprit clair, ajouta Morgan.

Will grimaça.

— On va vous emmener au camp militaire le plus proche, reprit le chef. Vous serez en mesure de vous reposer là-bas.

— Merci à vous, camarade. Sachez que votre aide

compte beaucoup pour nous

— Mais de rien camarade ! répondit l'homme avec un air satisfait. D'ailleurs, qu'est ce qu'un homme comme vous fait ici ? Vous n'êtes pas un peu âgé pour participer aux combats ?

— Oh vous savez, j'ai vécu des choses terribles dans ma vie…

— Ramassis de conneries… recommença Will.

Une nouvelle fois pointé de l'arme par le même soldat, il se tut pour de bon et se leva. Debout, il se mit à la suite de Morgan et du chef, en adressant son plus beau sourire au soldat agressif.

— Avance ! lui cria-t-il.

Soupirant, il reprit sa légendaire attitude nonchalante et pensa : *Pour sûr, s'ils savaient à quel point ce vieux est fou, ils ne le traiteraient pas de la même façon !*

9 : Le souvenir des âmes lointaines

Ils sortaient d'une agréable douche qui leur avait été offerte par le colonel, responsable du camp militaire. Ce dernier les conduisait jusqu'à leur chambre.

Ils avaient pénétré à l'intérieur d'un bâtiment composé uniquement de pierres et de bois, spécialement conçu pour les besoins de l'armée. Arrivés dans la petite pièce, les deux hommes découvrirent deux couchettes et une fenêtre, qui à cette heure répandait une ardente lumière sur le sol. Morgan et Will sourirent et adressèrent une poignée de main au colonel en signe de reconnaissance.

— Je vous souhaite bien du repos ! leur lança celui-ci. Si vous avez besoin de quoique ce soit, n'hésitez pas.

Après un dernier signe de tête, il quitta la pièce.

Will quant à lui, ne perdit pas une seule seconde, et alla se jeter sur un des lits.

— La cigarette me manque… grommela-t-il la bouche ouverte comme s'il était déshydraté.

— Tenez donc, lui dit Morgan en lui lançant un paquet de clopes qu'il gardait dans sa poche de pantalon ainsi qu'un briquet.

— Merci, lança Will en attrapant les deux objets.

Avant d'en enflammer le bout d'un geste vif, Will tira une cigarette du paquet et la plaça délicatement au bord de ses incisives. Quelques secondes plus tard, il expirait lentement la fumée, la laissant s'enfuir par l'ouverture, tel un nuage attiré par le soleil.

Morgan qui observait la scène silencieusement, s'assit à son tour. Will lui jeta un coup d'œil avant de se redresser, en venant par cette même occasion coller son dos au mur.

— Bon, commença-t-il en écrasant sa cigarette contre le mur de pierre. En dépit du fait que vous ayez miraculeusement réussi à nous sortir du trou de cul dans lequel vous nous avez mis…

— Pas de gros mots s'il vous plait Luvenis, le coupa Morgan d'une voix fatiguée.

Ce dernier jeta son mégot par la fenêtre. Après un court instant de réflexion, il tâcha d'être plus poli. Même avec l'homme qui avait failli les faire tuer…

— Je disais donc, reprit-il. Ce n'est pas cela qui m'enlèvera de la tête que c'est par VOTRE faute que nous avons dû échapper à ces mille dangers. Car quitte à mourir bientôt voyez-vous, je préfère de loin le faire paisiblement dans mon lit. Par conséquent, je pense que vous me devez des explications. Et je veux du concret !

Morgan soupira.

— Pauvre Will… chuchota-t-il.

— Arrêtez avec ça ! Je mérite des clarifications. Pour quelles raisons m'avoir emmené ici ?

— Il n'y a parfois pas besoin de raison pour justifier un acte monsieur Luvenis. Les sentiments comptent aussi.

— Soit, quels sentiments vous ont-il motivé dans ce cas ?

Morgan garda le silence. Il monta ses jambes en haut de son lit et se mit tant bien que mal en position tailleur.

— Avez-vous idée d'où me vient ce souvenir ? le questionna-t-il.

— Aucune. Tout ce que je sais c'est qu'il n'est pas de vous. Je vous vois mal retourner dans le temps juste pour vous battre dans la jungle avec des mitraillettes. Grand sage que vous êtes…

Morgan ignora son sarcasme.

— En effet, il n'est pas de moi, dit-il. Il me vient d'un dénommé Michael, que j'ai eu l'occasion de rencontrer il y a de cela bien longtemps. À l'époque, il fut envoyé ici, à l'âge de seize ans. Avant cela, il vivait pauvrement dans un coin isolé du Texas, et ne passait ses journées qu'à aider sa mère, veuve et souffrante. Celle-ci étant dans l'incapacité de travailler, il cumulait tous les petits boulots pour subvenir à leurs besoins. Simplement, lorsqu'il dut partir au Vietnam, tout bascula. Sa mère, effondrée par la nouvelle, sombra dans une importante dépression. Quant à Michael, il vint se battre ici, mais dut y laisser une partie de son bras… Cependant, le pire arriva la veille du souvenir que nous vivons. Ce soir là, tandis que ses camarades fêtaient une importante victoire de guerre, il reçut une lettre. Dessus étaient inscrits, noir sur blanc, les mots terribles qui annonçaient le décès de sa mère. D'épuisement, elle s'en était perdue dans l'un de ses miséreux hôpitaux, qui traînent aux quatre coins du Texas. Il n'eut pas le temps de faire son deuil, car le devoir l'appela.

C'est terrible, pensa Will. Après une courte pause, Morgan reprit :

— Lorsque je l'ai rencontré, bien plus tard, vers la fin des années 90, il était atteint d'une maladie génétique et reposait dans une clinique en Oklahoma. Travaillant en tant qu'aide soignant cet été là, je pris bien sûr le temps d'écouter chacun de ses malheureux récits. Il faut dire qu'il en avait des choses à raconter, ce monsieur qui faisait plus vieux que son âge ! Et c'est au cours d'une de nos longues discussions, qu'il me conta l'histoire que je viens moi-même de vous décrire. Ému par tant de tristesse, je lui confis le secret de mon invention. À l'époque, je n'avais pas encore beaucoup pratiqué le voyage dans le temps, et il ne devait être que la deuxième, ou troisième personne avec qui j'en discutais. Il me parut intéressé par l'expérience. Je lui demandais donc, quel souvenir il souhaitait revoir, pour conclure sa vie qui allait bientôt s'éteindre. Savez-vous lequel il choisit ?

— Euh… Non… Enfin, je ne sais pas, un souvenir avec sa mère peut-être ? Ou sa trace hyaline, s'il avait une idée de ce qu'elle pouvait être ? proposa Will qui n'en avait pas grande idée.

— Non. C'est précisément ce souvenir qu'il choisit. Celui dans lequel nous nous trouvons. Et savez-vous ce qu'il y fit ?

Au ton que prenait Morgan, Will devina que ce

n'était pas quelque chose de bon.

— Allez-y… dit-il, tremblant.

— Il prit le premier outil qu'il vit. Non préoccupé par les soldats qui se battaient, il navigua dans la jungle, jusqu'à finalement parvenir au lieu qu'il recherchait : ce camp. Là, il tua les quelques gardes sur son chemin, puis se rendit directement au bureau de l'homme aux commandes de la base. Ayant vu de ma cachette tout ce qu'il y fit, je n'ose vous décrire quel sort funeste il réserva à ce bon vieux colonel…

— Attendez ! l'arrêta Will. Que voulez-vous dire ? Si votre ami Michael a tué le colonel, comment ce fait-il que celui-ci nous ait…

Pris de stupeur, Will s'imagina entendre soudain une série de coups de feux. *Tout devrait se répéter…*

— Il y a une règle dont j'ai oublié de vous faire part concernant le voyage dans le temps. Le détenteur du souvenir ne peut influer sur ce dernier par une action émanant de lui-même. Sauf dans certains cas, où il est « prévu » que le futur fasse parti du passé sur la logique d'une boucle temporelle. Un type d'évènement qui, vous vous en douterez, s'accompagne d'une infinie rareté. Mise à part cela, il est impossible de modifier quoique ce soit, à l'intérieur de ses propres souvenirs. Voyons, ce serait bien trop simple sinon…

— Ce qui veut dire en toute logique que notre présence ici a une influence sur le passé. Ce n'est pas mon souvenir, et ce n'est pas le vôtre ! Notre présence va donc avoir un impact sur l'Histoire !

— Désolé, je me sens obligé de vous contredire

jeune Will, rétorqua Morgan comme s'il parlait à un enfant. Ce souvenir est le mien. Car en m'ayant fait voyager dans le sien, Michael m'en a également laissé une trace. C'est là toute la logique de la mémoire. Sauf que celui-ci est comme neuf ! Pas de Michael en furie, ni de meurtre au campement ! Car son acte, en non accord avec les règles du voyage, a été supprimé. On pourrait même dire qu'il a été puni par les lois du temps.

Will réfléchit.

— Et c'est aussi de cette même façon, poursuivit Morgan, que je possède aujourd'hui toute une galerie de souvenirs. J'ai accordé ma confiance aux gens, et en échange, ils m'ont offert d'innombrables connaissances, par le biais de ce qu'ils ont vécu. Au travers des souvenirs qu'ils m'ont transmis, j'ai pu m'aventurer dans diverses époques, y construire des choses et y rencontrer toujours plus de nouvelles personnes. Ça avait un impact car ce n'était pas encore des souvenirs à moi. L'Histoire ici n'en sera en rien modifiée ! Avec un zigoto comme vous, je ne vous explique pas les conséquences désastreuses.

— Néanmoins, dans vos explications, vous ne précisez pas que l'invité n'a pas le pouvoir d'influer, répliqua Will.

— Sur ce point, il est vrai que je n'ai pas été très clair. En pratique, c'est beaucoup plus complexe que cela. Il faudrait que l'invité parvienne à se plonger dans le souvenir de l'autre sans son accord ou son aide. Autant dire qu'il lui faut soit : une très large vision du passé, et en particulier une grande connaissance de celui du détenteur visé, soit beaucoup de chance due à son imagination ! Il m'est parfois arrivé d'avoir recours à cette méthode. Les gens me décrivaient leurs souvenirs en y mettant tout leur cœur. J'inscrivais ensuite en secret ce qu'ils m'avaient dit, et je me retrouvais parfois au milieu de nulle part, car je m'étais trompé dans mes mots. Mais enfin, comme vous devez vous en douter, c'est une tâche très compliquée que je n'ai pas très envie d'aborder avec vous pour le moment. Pour en revenir au récit de ce bon Michael, j'observais de mon côté la scène, avec un effarement sans pareil. Très vite, je vis rappliquer un groupe de tireurs à l'intérieur du bureau. Michael ne bougea pas. Il ne leva même pas les mains. Et sans un geste de plus, il prit sa fin. Je ne pus défaire mon regard de son corps. Il avait été exécuté froidement. Cependant, au fond de moi, je sus qu'il avait eu la fin qu'il souhaitait. Car ce qu'il désirait par dessus tout en venant ici, c'était se venger. Se venger des responsables de cette guerre. Des hauts placés qui lui avaient ordonné de se battre, tandis que sa mère dépérissait. En assassinant un homme comme le colonel, c'était comme s'il avait accompli symboliquement sa mission. Pour la première fois de sa vie, il avait remporté une victoire qu'il considérait comme noble. Quelque chose qu'il voyait comme réjouissant… Et beau.

— L'aviez-vous prévenu que ses actes n'auraient aucun effet ?

Morgan sourit tragiquement. Il tourna son visage vers la fenêtre. C'était comme si la lumière du soleil remplaçait celle d'un projecteur lui remontrant les images de cette scène déchirante.

— Non, répondit-il doucement. Et la décision que j'ai prise ce jour là, doit bien faire parti de la minuscule liste de choses que je ne regretterai jamais, conclut-il en se levant.

Ses paupières à demi closes, Will se mit à méditer. Il songea à tout ce que venait de lui raconter Morgan. Au récit tragique de la vie de cet homme. Au destin forcé qu'on lui avait donné ; à sa mort qui était la seule chose qu'on lui avait laissée choisir... Puis, bientôt, il repensa à ses propres souvenirs. Il se remémora la mort de l'homme qui l'avait conduit jusqu'à la colline. Ce n'était peut-être pas un souvenir lointain, mais il s'en souvenait très bien. Lui aussi ne devait pas être très vieux. Parallèlement à Michael, il avait dû subir les terribles conséquences de ces affrontements... Finalement, quoique il en pense, la morale était toujours la même. La guerre est une chose terriblement inutile et les conséquences grotesques.

Alors qu'il réfléchissait, il entrevit son ami Morgan sortir un pistolet de son pantalon et le charger.

— Que faites-vous ?

— Ne vous en faites pas.

Il tira deux fois en direction du sol. À la place des balles sortirent deux morceaux de parchemin. Rassuré, Will souffla.

— Bien qu'elle ne soit pas là physiquement, ma charmante canne suit partout, rit-il. Elle aime prendre une forme différente à chacun de mes voyages !

Ramassant les deux morceaux de papiers, il les

chiffonna, avant de déclarer :

— Pas un mot n'est nécessaire, lorsqu'il s'agit de rentrer chez-soi !

Allumant une nouvelle cigarette, Will se la vit aussi vite tirer de la bouche. S'offusquant, il n'eut encore le temps de se rebeller, car Morgan lui ouvrit une nouvelle fois la bouche, avant de le forcer violemment à avaler l'une des boules de papier. Le vieux possédait décidemment sa part de folie…

~

Vendredi : 19h00

Un soleil orangé miroitait sur les flots au milieu de ce ciel incarnadin. La marée était basse et des enfants serpentaient le long de la côte. Se levant, Will qui avait retrouvé tous ses beaux habits, observa sa montre. *19h* lut-il. C'était l'heure du crépuscule… Morgan se tenait à ses côtés, revêtu de son riche chapeau. Il observait l'horizon avec intensité et semblait déjà remis de leurs aventures. À part lui et les enfants, il n'y avait presque personne. La majorité des gens étaient chez eux à cette heure-ci. La ville était quasiment déserte.

S'approchant du bord du trottoir, Will caressa le sable de ses doigts, en laissant ses pieds tremper dedans. A posteriori d'un moment de silence durablement long, il demanda, gêné :

— Vous ne m'avez pas raconté d'où vous venait le premier souvenir ? Celui sur les émeutes…

Morgan le fixa. Il ôta son chapeau en le posant sur ses cuisses, et vint s'asseoir à ses côtés.

— Il me vient d'une fille, qui s'appelait Asma. C'était une jolie jeune femme. Simplement, pour tout vous dire, à la naissance elle s'était trouvée dans le mauvais corps. Et, elle en souffrait, beaucoup… Heureusement, très jeune, elle avait eu l'audace d'affirmer son identité, qu'elle n'avait eu aucun mal à déceler. Il faut dire qu'elle subissait beaucoup les clichés de la masculinité… Ainsi, quand elles eurent lieu, les émeutes de StoneWall marquèrent, comme pour beaucoup de marginaux, son premier combat contre les discriminations qu'on lui infligeait. Même si, pour elle, cet évènement signifiait bien plus que cela…

— C'était sa trace hyaline, comprit Will à haute voix.

— C'est cela, confirma Morgan d'une voix douce.

Will imagina cette fille, à l'identité construite à partir de ces violentes manifestations. *Ce devait être une vraie battante*, pensa-t-il intimement.

— Et où est-elle aujourd'hui ?

— Je dois bien vous avouer que je n'en sais rien… répondit Morgan. La dernière fois que je l'ai vue, c'est-à-dire dans un patelin perdu de la Norvège, elle n'éprouvait que le désir d'être exilée. Loin de tout, avec comme seul compagnon l'amour de sa vie. Là où elle ne subirait plus la moindre remarque. J'ose espérer qu'elle aura au moins fini par atteindre ce rêve, et qu'aujourd'hui, elle se porte bien… C'était vraiment une femme fabuleuse. Et si là maintenant, je la rencontrais et lui proposais de se rendre dans un souvenir, je suis sûr qu'elle me demanderait encore de l'envoyer là-bas. Pour elle, sa trace constituait bien plus que son identité. C'était la marque de son combat, de sa lutte. En un mot : sa vie. Et ce qui était fou, c'est que même sans rien connaître à la mécanique des souvenirs, elle en avait parfaitement conscience.

En contemplant l'horizon, Will pensa à tout ce que lui disait Morgan, plus particulièrement au sujet de la trace hyaline. Il craignait de ne jamais la trouver ; la sienne qui semblait perdue. Car depuis que Morgan lui avait en parlé, il avait beau réfléchir, il ne trouvait rien, pas même la moindre bribe, qui puisse coïncider. En y pensant, il avait l'impression de ne détenir aucun souvenir joyeux. Ou du moins, pas assez pour qu'il en soit déterminant sur toute une vie. Morgan lui avait dit que parfois la trace hyaline n'était pas un souvenir heureux. Par conséquent, elle pouvait aussi être l'image émouvante d'un évènement dramatique. Il continua de chercher…

À côté de lui, Morgan se leva et remit son chapeau. Une fois debout, il lui lança sans le regarder :

— Je crois que le temps est venu de nous dire au revoir Will. Nous nous retrouverons demain pour…

— J'ai encore une dernière question pour vous Morgan.

Ce dernier se retourna.

— Vous ne m'avez pas dit, commença Will d'une voix dissimulant une certaine anxiété, ce qui se passera si je trouve cette trace qui est la mienne. Que ressentirai-je si je la découvre ? Et comment saurai-je qu'elle est ce qu'elle est ?

Une petite émotion traversa le regard de Morgan, qui ému, dessina un petit sourire sous les traits âgés de son visage.

— Vous sentirez le monde tel que votre esprit l'a longtemps rêvé, répondit-il calmement. Plus qu'à n'importe quel autre moment. Vous ressentirez les odeurs, les sensations et les sons encore plus forts que ceux que vous pouvez imaginer. Tout ce que vous verrez vous fera l'effet d'un choc puissant. Le reste est indescriptible. Chaque individu perçoit sa trace de différentes manières, toutes plus ou moins fortes. Mais si je dois conclure ces explications sur une seule chose, c'est qu'il n'y a pas de fonction concrète pour savoir. D'ailleurs, il est impossible d'en opérer la moindre équation tant la trace dépasse les limites scientifiques de la rationalité. La trace est incompréhensible, car elle n'est pas faite pour être apprise. La trace est faite pour être ressentie, Will.

Cela créait encore un millier de réflexions à l'intérieur de sa tête.

— De toutes façons, c'est en essayant que nous réussirons. Je pense que nous effectuerons les premières tentatives demain.

Will sentit ses battements de cœur s'accélérer. Il devint anxieux à la simple écoute de cette annonce. En vérité, l'artiste avait peur d'affronter son passé. C'était une des raisons pour lesquelles il se sentait bloqué.

— Mais si cela peut vous rassurer, reprit Morgan,

avant de commencer à creuser dans votre mémoire, je nous ai déjà prévu une nouvelle sortie souvenir ! Et je peux déjà vous assurer que ce dernier sera bien plus joyeux que les précédents. Ce qui, en revanche, n'exclut pas le risque qu'il ne soit pas de tout repos !

— Je crois m'être déjà suffisamment habitué à vos pratiques pour y survivre désormais.

Morgan rit.

— Dans ce cas, je pense qu'il est temps de vous souhaiter une bonne soirée vieil homme !

Il se détourna à son tour. Il retourna près du banc sur lequel il avait laissé sa veste, l'attrapa, puis repartit dans la direction de sa villa. Il allait beaucoup méditer cette nuit encore. Il en était certain...

— Will !

Il fit volte-face.

— S'il vous plaît, évitez de m'appeler Morgan à l'avenir. En ce qui concerne mes amis, je préfère quand ceux-ci m'appellent sous le nom simple et court que j'ai autrefois choisi de porter. Et bien que je ne vous force pas à me considérer comme un ami, j'apprécierais que vous me nommiez sous ce petit surnom.

Will resta un instant bouche-bée.

— Et, quel est-il ? demanda-t-il curieux.

À l'entente de cette question, Morgan parut lui afficher son plus beau sourire. Ce genre d'expression qui nous rappelle à quel point nous sommes humains, et à quel point l'émotion peut se montrer puissante à la simple déclaration d'une amitié.

— Aussi loin que je puisse m'en souvenir, déclara

le vieil homme de sa douce voix, mes amis m'ont toujours appelé M.

FIN DE LA PREMIÈRE PARTIE

Deuxième Partie

10 : Un aller pour la France

Samedi : 11h14

Cette nuit avait été la plus belle source de méditation qu'il avait eue depuis bien longtemps.

Durant l'entièreté de celle-ci, il avait eu l'occasion de réfléchir, de calculer ou encore d'imaginer. Tout ce qu'il avait pu vivre la veille, il l'avait revécu dans ses rêves. Et il s'était tellement mis à repenser tout cela, point par point, qu'il avait eu, à un moment, l'étrange sensation, que tout ceci n'était qu'un rêve…

Ses jambes emmêlées dans les draps de soie blancs, il émergea petit à petit du sommeil profond dans lequel il se trouvait. La fatigue du jour précédent semblait avoir réussi à l'épuiser au point il aurait encore pu dormir pendant le reste de la journée. Ses paupières à demi closes, il bailla, la tête couchée de profil sur son oreiller velouté et tendre. Il observait l'océan par la fenêtre. Cette immense étendue d'eau. Le scintillement lointain de la lumière du soleil sur l'eau, lui offrit un éveil des plus somptueux.

Cependant, une pensée lui parvint. Comment se faisait-il que la fenêtre soit ouverte s'il n'était pas encore levé ? Il fut soudain pris d'un sentiment d'angoisse.

Derrière lui, du côté de sa table de chevet, il

entendit un bruit. Un grincement de bois, comme si quelqu'un venait de se poser sur un meuble près de lui. Ouvrant cette fois-ci ses yeux dans leur totalité, il sentit son corps trembler sous la couette. Il avait la certitude qu'un individu se trouvait à gauche de son lit, et que ce dernier l'observait.

Se préparant à hurler en se retournant, Will fut surpris lorsqu'il entendit, de la plus inattendue des façons, un petit rire moqueur. Il reconnut alors aussitôt le timbre singulier de la voix qui venait de pousser ce gloussement narquois :

— Que faites vous ici ? cria-t-il en bondissant de sa couche à l'individu tranquillement assis sur sa chaise en bois.

M pouffa d'hilarité.

— Comment êtes-vous arrivé là ? demanda-t-il l'air furieux.

— Vous n'aviez pas fermé à clé, répondit-il en alternant les toussotements et les éclats de rires.

— Vous auriez pu m'attendre dehors !

— Au rythme où vous dormiez je pense que j'aurais attendu jusqu'au soir. J'avoue avoir préféré demeurer ici, que de me cailler les miches à l'extérieur.

— Eh bien, vous auriez mieux fait de patienter. Regardez, dans quel état je suis...

En baissant les yeux il se trouva lui-même surpris de l'état dans lequel il se trouva. M gloussa une nouvelle fois.

— Ah oui, au fait, il semblerait que votre fatigue d'hier vous ait ôté l'envie de vous mettre à l'aise. Mais bon après tout, vous me direz : ce ne sont pas mes affaires !

Will afficha une grimace de gêne. Non seulement il n'était pas changé, mais il lui restait même ses chaussures.

À cet instant, sa seule envie était d'aller se rendormir pour oublier tout cela. À la place, il soupira et s'adossa brutalement contre le mur de son lit. Un cadre au dessus se mit aussitôt à pencher vers la gauche.

L'apercevant, Morgan repositionna l'objet et dit :

— C'est une très belle toile, faites attention.

Se grattant les yeux, l'artiste rétorqua à voix basse :

— M, je vous en prie, veuillez partir.

— Pourquoi ? Cela vous gêne-t-il que je prenne le temps de m'occuper de vos tableaux ? Vous m'avez l'air de posséder toute une collection de peintures impressionnistes rien que dans votre chambre.

— Arrêtez ! Et c'est de l'expressionnisme…

— Oh pardonnez-moi, je ne m'y connais pas très bien en tout ce qui concerne les arts plastiques. En revanche, ce que je connais bien, c'est le voyage dans le temps !

— Laissez moi m'habiller…

— Mais vous l'êtes déjà ! Et puis de toutes façons, vous savez maintenant que le retour dans le passé est censé s'occuper de vous en matière de vêtements. Cela dépend de l'environnement. En l'occurrence, je pense que vous allez vous sentir recouvert d'une impressionnante couche de sueur.

— Quoi ?

Morgan qui s'était mis à marcher tout autour de son lit, s'arrêta en face de Will. Levant la tête, celui-ci prit le temps d'observer ce que le vieil homme se préparait à faire.

— Ne jouez pas l'étonné ! Je vous avais prévenu que le voyage d'aujourd'hui ne serait pas de nature reposante.

Il grimpa sur le lit.

— Non, attendez, s'il vous plaît M...

En un rien de temps, le vieux était dressé entre ses jambes.

— Ah quand j'y repense, j'entends déjà tous ces cris, ces chants... dit-il en souriant sur un air de flottement.

— De quoi parlez vous ?

— Cette joie dans les yeux des gens...

— M...

Celui-ci le fixa.

— J'espère pour vous que vous êtes prêt à faire la fête Monsieur Luvenis.

Il le vit sortir de sa poche deux boules de papiers froissées. Ces dernières bouillonnaient de l'intérieur et semblaient déjà prêtes à être utilisées.

— Car c'est une victoire que nous célébrons !

À peine eut-il le temps de voir le vieux se jeter sur lui, que Will se retrouva subitement plongé dans le noir complet...

~

« Noble pays divisé de toutes parts
Aujourd'hui vous êtes réunies
À l'occasion d'une belle victoire
Pour célébrer l'union de la vie »

Plongé dans une nouvelle foule, agitée, criarde et mouvementée, Will se crut pendant un temps retourné aux émeutes de StoneWall. Cependant, il s'aperçut bien vite que le lieu dans lequel il venait d'atterrir possédait une toute autre ambiance. Se relevant des entrailles de la foule, il entendit, comme venue d'un espace inconnu, une chanson qu'il semblait connaître. Il était sûr de l'avoir déjà entendue à de nombreuses reprises. Mais quel évènement avait-elle bien pu marquer pour qu'il s'en rappelle ainsi…

Il perçut bientôt des paroles répétées en chœur tout autour de lui. « On a gagné ! », « La coupe est à nous ! », hurlaient joyeusement tous ceux qui l'entouraient. Il distingua aussi la couleur des multiples drapeaux qui traversaient la foule. Tout le monde autour de lui était recouvert de bleu, de blanc et de rouge. *La France…* pensa Will. Un immense étendard se dressa au milieu de la foule. *Elle chantait elle aussi.* À l'unisson, la France entière chantait…

Ça y est. Il l'avait reconnu. Ce moment de magie. Cette soirée mémorable dans l'histoire du pays. L'évènement qui était parvenu à tous les rassembler, ces citoyens divisés… Une équipe avait réussi à tous les unir. Des joueurs de football, qui avaient gagné en leur nom.

Une victoire qui avait fait chanter les Français toute la nuit. Le 12 juillet 1998.

La finale de la coupe de monde avait enflammé l'ensemble du pays cette année là. Restait à savoir où lui se trouvait à cette heure-ci. Au vu de l'immensité de la foule, il devait se trouver dans une grande métropole. Soudain, un homme cria :

— Regardez, l'Arc s'enflamme !

Obéissant malgré lui, Will observa au loin sur la pointe des pieds, pour tenter d'apercevoir un bout de l'Arc énoncé. Il ne pouvait s'agir que d'un seul arc. Celui que toute la France connaissait. N'en voyant qu'un minuscule bout à cause des gens qui sautaient devant lui, il admira néanmoins ce qui parut en émerger.

D'immenses jets d'étincelles fusant dans le ciel de Paris, sur l'avenue des Champs Elysées. Des dizaines de petites fusées bleues, blanches et rouges qui explosèrent en de splendides fleurs tricolores. *Des feux d'artifices*, songea Will. Aux États-Unis, il en entendait régulièrement depuis les villas voisines qui organisaient de grandes fêtes. Cependant, cela faisait très longtemps qu'il n'en avait pas vu d'aussi beaux... D'ailleurs, maintenant qu'il y songeait, il pensait ne jamais en avoir vu de plus impressionnants que ceux-ci. Ces bombes d'étincelles étaient tout simplement titanesques. À la hauteur de l'évènement.

C'était un spectacle grandiose auquel assistait Will. Mais par ailleurs, il commença à chercher : que pouvait-il bien faire ce soir là ? Où son « lui jeune » se trouvait-il ? Se confondant dans l'épaisse foule, l'artiste contempla longuement les nuées de braises s'éteindre dans le ciel nocturne. Plusieurs fois, la lueur des jets filants scintilla dans la prunelle de ses yeux. Au fond, il était comme un enfant émerveillé... Sa chemise était tâchée des couleurs de la France. Le camaïeu avait déjà imprégné le tissu pâle, qui lui s'était petit à petit effacé au profit de l'importante couche de sueur. De plus, le vêtement paraissait avoir absorbé toutes les odeurs autour de lui. C'était une mine à parfums, ce qui quelque part, pouvait être traduit par le recueil de toutes les différences. Une essence âcre comme une eau de toilette pure. Un arôme étouffant, comme une effluve toute douce...

Les gens dansaient. Ils chantaient, ils souriaient. Ensemble. Et ce spectacle valait tous les parfums du monde, même les plus mauvais. Car ici les détails, l'expérience ne comptaient pas. Seule la magie importait L'image, la vision : le plan dressé sous nos yeux. « Le panoramique soigné» tel qu'aurait pu le décrire Will, d'un peuple uni par l'amour d'une culture. Par l'amour de la vie.

— Viens par là l'ami ! lui lança un homme d'une vingtaine d'années tout en passant son bras autour de son épaule.

D'abord mal à l'aise, Will se retrouva bientôt embarqué dans un numéro de sautillements frénétiques et de chansons chauvines. Le jeune homme à côté de lui semblait ivre (si ce n'était plutôt ivre de joie). Il ne supportait pas le contact. Cela avait tendance à le mettre mal à l'aise. Mais ici, ça allait. Pourquoi alors ? Quelque chose lui chuchotait que c'était parce que ce genre de moment lui apportait ce qu'il lui manquait. Du bonheur.

Lorsqu'il fut libre, Will tenta quand même de s'éloigner un peu des festivités pour se trouver un petit coin plus tranquille. Simplement, partout où il allait il y avait toujours un enfant pour hurler, un groupe d'adolescents pour danser ou un adulte pour chanter. Mais bon, il se dit que c'était une grande fête… Finalement, il parvint à trouver un petit bar dans l'angle d'une rue, qui donnait certes sur la foule, mais dont les clients et le personnel semblaient plutôt modérés.

Se posant sur un tabouret, il s'adossa au comptoir en bois et souffla un peu. Peu de temps après, il quémanda une bière qu'on lui servit illico. Attrapant la bouteille de verre, il s'en enfila la moitié en à peine une dizaine de secondes. Raclant sa gorge, il ferma les yeux un instant, comme pour se détendre de l'agitation autour de lui. Il ne fallait pas oublier qu'il était encore dans une phase de réveil !

En y songeant, il lui vint à l'esprit qu'il n'avait pas pris le temps de prendre son petit-déjeuner. *Blasphème !* pensa-t-il, et il demanda rapidement qu'on lui serve à manger. N'ayant plus grand-chose en stock, le barman lui apporta malgré toute une petite assiette de bacon et d'œuf brouillés. Avalant un petit grognement qui l'aurait sans doute fait passé pour le bourgeois de service hautain et insatisfait, Will se contenta de sourire et de baisser les yeux sur son assiette.

Il commença ainsi calmement à prendre son petit déjeuner, au milieu des attroupements et des cris, un soir de coupe de monde. Perdu dans une ville qu'il n'avait plus vue depuis bien longtemps…

11 : Les retrouvailles

Avalant muettement ses morceaux de jambon, Will parvint rapidement à la fin de son assiette. Il ne pouvait nier le bien fou que ce petit déjeuner improvisé lui avait fait. Il était affamé. Son repas fini, il repoussa ainsi l'assiette et fit signe au barman qu'il avait terminé. Ce dernier lui dit qu'il allait venir le débarrasser.

Se levant de son tabouret, Will s'étira. Face à lui, les français victorieux festoyaient toujours. *Et il en serait de même pour le reste de la nuit,* pensa-t-il en souriant.

— C'est magnifique n'est-ce pas ? entendit-il à sa gauche.

Will fit un petit panoramique de côté. Il découvrit un homme d'une taille certaine, au visage dissimulé par un épais chapeau brun, s'asseoir sur le tabouret voisin. Il se baissa pour tenter de l'identifier sous son couvre-chef.

— M ? dit-il.

L'homme ôta son chapeau.

Au dessous, il apparaissait une épaisse couche de cheveux crépus, ainsi qu'un visage aux rides d'expressions marquées. À sa couleur de peau, Will supposa qu'il avait des origines d'Amérique latine. Ses traits insistants suggéraient qu'il avait au moins la cinquantaine d'années.

— Ravi de vous connaître, déclara l'homme d'un ton mystérieux sans préciser son identité. Vous devez être « Monsieur Will » ?

Il avait prononcé son prénom comme s'il tentait d'imiter quelqu'un qui avait déjà usé de ce ton pour le désigner. Bouche bée, Will se tourna face à l'individu, l'air complètement interloqué.

— Oh, je vois... ajouta l'homme d'un ton empli de malice. Vous ne devez pas savoir qui je suis...

Will plissa les yeux. Il était à la fois surpris, effrayé et curieux. Oui, c'est vrai : Qui était cet homme ? Et comment cela se faisait-il qu'il connaisse son prénom à une époque où il n'était même pas censé être au courant de son existence ? De plus, le fait qu'il utilise un surnom pour le nommer lui faisait imaginer toutes sortes de choses, toutes plus bizarres les unes que les autres...

— Je vous demande pardon, dit-il. Je... Je ne comprends pas... D'abord, comment savez-vous qui je suis ?

— Vous n'êtes pas d'ici, cela semble logique.

— Oui, je ne vis pas ici, mais je ne vois pas en quoi ce n'est pas suffisant pour...

— Vous n'avez pas compris ce que j'ai voulu dire. Quand je disais que vous n'étiez pas d'ici, je voulais parler de l'époque à laquelle nous nous trouvons en ce moment même.

Will eut le souffle coupé.

— Mais, après tout, cela ne m'étonne guère, dit l'homme d'une voix solennelle en se levant.

Will resta de nouveau muet, la bouche ouverte, respirant de plus en plus fort.

— Vous, vous êtes « Son héros », ajouta-t-il avec

une pointe de cynisme dans la voix. Et vous avez votre mission. Seulement, tout est encore flou pour vous…

Will qui ne comprenait absolument rien à ce que l'homme racontait, acquiesça tout de même en avalant sa salive.

L'homme leva son regard vers lui. Il avait de beaux yeux bruns. Et tandis qu'il le fixait sans un mot, Will crut un instant se perdre dans le puis infini de ses iris…

— Ce chemin est bien plus complexe que vous ne l'imaginez. Dans l'ombre, il a tout planifié. Et vous seul, êtes à présent en mesure de découvrir où cela vous mènera. Après tout, à moi il n'a jamais voulu me le dire. Il n'a jamais souhaité m'expliquer en quoi consisterait ce fameux périple qu'il paraissait pourtant avoir en vue depuis sa naissance. C'est à vous qu'il a préféré confier cette mission. Mais sous ses airs de bienfaiteur, il n'est rien d'autre qu'un homme hypocrite et déloyal. Un être qui abandonne lâchement ses pairs une fois que vous ne lui servez plus. Un être égoïste et égocentrique. Oui, c'est cela. Un être égocentrique… Mais bon, je ne sais pas pourquoi je vous dis tout cela. De toutes façons, acheva-t-il d'une voix peu claire, vous finirez bien par l'apprendre. Il vous suffit d'attendre assez longtemps, pour avoir la chance de le rencontrer...

Dans les yeux qu'il observait avec intensité, Will vit subitement apparaître une pellicule d'humidité. La mâchoire de l'homme, elle, commença à s'agiter. L'artiste ne sut si l'individu était simplement ému ou bien s'il souffrait d'un trouble pathologique ; sinon les deux.

Dans tous les cas, il voulut rester fier et inspira en tirant un mouchoir de sa poche pour s'essuyer les yeux. Cela fait, il jugea Will de haut en bas avec un regard mesquin, avant d'ajouter :

— Ma foi, vous ne correspondez pas vraiment à la description que je m'étais faite de vous. Dans l'attitude en tous cas. Vous m'avez l'air d'un homme de haute classe. Un paresseux dépressif au moins aussi pompeux que lui.

Will, blessé, n'eut ni le temps ni la force de répliquer.

— Toutefois, qui que l'on soit, on ne mérite pas d'être charmé de la sorte. Je vous souhaite bon courage Monsieur Will.

Sur ces derniers mots, il remit son chapeau sur sa tête et s'éloigna en tournant le pas.

— À bientôt, lui lança-t-il.

En le voyant s'éloigner, Will remarqua qu'il tenait une canne dans sa main droite. Et dans cette même main, il serrait le pommeau d'or fixé à celle-ci. Ce dernier présentait la forme proéminente d'une tête de lion…

Resté en place, l'artiste n'arrivait plus à faire le moindre mouvement. Avec la situation plus qu'étrange qu'il venait de vivre, un millier de sentiments se bousculaient à l'intérieur de son corps affaibli. En conséquence, il se trouvait comme en état de choc. Incapable d'agir. Pétrifié. Mais de quoi l'homme avait-il vraiment voulu l'avertir ?

~

Alors qu'il déambulait tranquillement autour du bistrot à l'intérieur duquel il venait de casser la croûte, Will croisa subitement la route d'un vieil homme, couvert d'une écharpe de supporter et de maquillage tricolore.

— M ! s'exclama-t-il, joyeusement.

— Luvenis ! Avez-vous vu toute cette ferveur ! C'est splendide n'est-ce pas ?

Faisant complètement abstraction de ce qui venait de lui arriver, Will lui répondit :

— Je dois avouer que c'est assez joli. En tous les cas, je ne me rappelais plus que les Français étaient chauvins à ce point...

Se fixant l'un et l'autre, les deux amis restèrent un instant, muets, le sourire aux lèvres. Puis, Morgan rit. Pour faire plaisir à son compagnon, Will lâcha quelques petits gloussements.

— Eh bien, vous m'avez l'air bien calme Will, déclara Morgan. Je ne sais pas si c'est le réveil soudain qui vous fait cet effet mais à dire vrai : vous me semblez complètement assommé ! Que diriez-vous d'aller marcher un peu ?

Il est vrai qu'à cet instant précis, sa seule envie était d'aller se dégourdir les jambes pour s'éloigner au plus vite de cette foule et apaiser son esprit.

— C'est une bonne idée ! dit-il.

Ils partirent de suite serpenter dans les rues de

Paris.

En marchant, Will fut traversé par de multiples réflexions. Devait-il parler à M de ce qu'il avait vu ? Jusqu'ici à chaque fois qu'un fait lui échappait le vieil homme était toujours venu clarifier ses doutes. Cependant, dans cette situation, Will était le seul à savoir ce qui venait de se passer. En conséquence, il se dit qu'il serait probablement plus judicieux de garder cela pour lui. De plus, il pensa qu'il ne lui restait peut-être que quelques jours à vivre, et que des réflexions de ce type ne lui serviraient à rien. Cela aurait son importance. Il le savait. Mais il en parlerait au vieil homme le moment venu…

En attendant, il rangea comme prévu cette affaire dans une case bien fermée de sa tête, et se mit à discuter paisiblement au clair de lune, avec un homme qui se trouvait décidément être le plus grand mystère de cette histoire.

12 : Les dieux jumeaux

Que c'était agréable, cette promenade nocturne en temps d'été. Là où même l'absence du soleil n'empêchait pas la chaleur de circuler. Et où même les âmes les plus innocentes pouvaient laisser libre cours à leurs envies de sorties... Il n'y avait qu'un léger souffle d'air pour les guider, dans la conduite de leur liberté. Ils marchaient dans la Rue Lecourbe. Quelques troupes festives passaient ici et là, autour d'eux. Les gens aux fenêtres brandissaient l'étendard de la France en l'agitant de gauche à droite.

Cela évoqua à Will des morceaux brisés de son passé. Des sorties nocturnes, il avait bien dû en faire, dans le temps ? À moins que... À cette époque, il travaillait déjà. Il restait chez-lui, enfermé dans sa chambre, à rédiger ses devoirs jusqu'à atteindre la perfection qu'il désirait. Ce qui pouvait le vexer, c'était lorsqu'il ne pouvait atteindre la meilleure note après cela... Oui, Will se rappelait de certains moments. Mais il n'avait en souvenir que le sentiment qu'il avait pu ressentir au cours de ses lourds moments. Une envie de travail acharné, un perfectionnisme indescriptible, une fatigue mentale qui passait outre son désir de réussir... En dehors de cela, rien d'autre ne lui revenait en tête. Pas un son, pas une odeur. Pas une seule image qui aurait pu à la rigueur décrire ce sentiment.

— Vous êtes vous plongé dans les souvenirs Will ? lui demanda M tandis qu'ils marchaient silencieusement depuis plusieurs minutes.

Will se racla la gorge.

— Figurez-vous que j'étais justement en train de le faire… mentit-il à moitié.

— Ah oui ? C'est une bonne nouvelle. Et où étiez-vous ?

Will réfléchit. Il n'avait rien pour décrire physiquement ce à quoi il venait de penser. Comment aurait-il bien pu montrer à M qu'il avait vraiment trouvé quelque chose ?

— Ne cherchez pas Will, l'interrompit M dans ses songes avec un malin sourire. Si vous n'avez rien trouvé de concret, rien ne sert de forcer les choses. Cela n'aboutira à rien.

Will ne répondit pas mais son silence confirma à M le fait qu'il n'avait encore rien découvert.

Replongeant dans ses réflexions, il se mit à déprimer. Il avait l'impression qu'il ne trouverait jamais rien. Et à nouveau, il ressentit ce curieux sentiment. Celui qui lui murmurait « Tu n'es personne ». Will se sentait comme un imposteur. Celui qui n'aurait jamais dû exister.

S'essuyant les yeux, il reprit son air habituel et souffla. M, qui marchait à ses côtés, ne prononçait pas le moindre mot. Le vieux semblait vidé de tout stress, appréciant candidement leur petite balade au clair de lune. En levant justement les yeux, Will la contempla un moment. Le bel astre répandait une lumière laiteuse dans le ciel ébène. Il paraissait les fixer, tous, un à un. Chaque personne passée au peigne fin sous son unique œil, telle une divinité posant un jugement sur chacun des êtres sur qui elle veillait la nuit venue.

Dans la mythologie grecque, la déesse qui correspondait à la Lune était Artemis. Pour le plus connu qu'on sait d'elle, elle était considérée comme la déesse de la chasse et la protectrice des lieux sauvages. La légende raconte qu'elle veillait toujours au bien-être des forêts, et qu'ainsi elle avait fait vœu de chasteté. Mais ce que l'on sait moins, c'est qu'Artemis était aussi la gardienne des jeunes enfants. Elle s'accommodait de sa tâche qui était de les guider tout au long de leur évolution, jusqu'à ce que ceux-ci soient assez grands pour savoir eux-mêmes quel chemin emprunter. Bien sûr, il devait y avoir des exceptions. Certains angelots devaient rejeter l'aide d'Artemis, car ils savaient déjà vers où ils voulaient aller. Ils connaissaient déjà leur destinée. Artemis, vexée n'allait certainement pas insister après cet affront. Cependant, elle ne pourrait s'empêcher de laisser son regard parcourir le monde, à garder un œil protecteur sur ces enfants. Depuis les forêts ou la Lune, peu importe, la déesse resterait toujours là…

Will vit subitement une flèche traverser le ciel. Le bleu éclairé de la nuit fut tranché par le pic noir, qui lui monta très haut dans les cieux. Il le vit ensuite exploser dans un torrent d'étincelles d'argent. L'argent était la couleur d'Artemis.

De son côté, M l'aperçut aussi. Ses yeux s'embuèrent à la vue du projectile. Il sourit tendrement, l'air ému avant de questionner Will.

— Pensez-vous que c'est un signe ?

Will ne comprit pas tout de suite de quoi M voulait parler.

— La flèche, insista-t-il. Vous pensez qu'elle veut dire quelque chose ?

Surpris, Will répondit :

— Je ne pense pas non. Ça se voit, ce n'est qu'un simple projectile de fête, non ?

— Je suis persuadé qu'on en est loin.

Will soupira de l'intérieur. *Que va-t-il encore réussir à me sortir…*

— Connaissez-vous le mythe des dieux jumeaux ? Apollon et Artemis ?

— Hmmm... De nom, je dirais.

— Très bien, alors laissez-moi vous la raconter. Comme le titre le laisse entendre, ils provenaient tous deux d'une même union. Celui de la déesse Léto, responsable des naissances, et du bien connu Zeus, roi de l'Olympe, lui-même représentant du ciel et de la foudre. Le père des dieux s'était rapidement épris de Léto, qui n'était nulle autre que sa maîtresse. Ensemble, ils mirent ainsi au monde deux des dieux les plus connus de la mythologie greco-romaine. La première, Artemis se trouvait être la déesse des lieux sauvages, des bêtes, des accouchements, ou encore des jeunes enfants. Son emblème correspondait généralement à la Lune, et elle était souvent représentée armée d'un équipement de chasse. Cependant, certains la décriraient aussi bien entourée d'animaux de forêt, comme des cerfs, des ours ;

ou que sais-je, des loups ! Le second, Apollon, fut associé au soleil. Il était le dieu de la guérison, de la beauté masculine, du chant, de la musique et des arts en général. Associé à l'astre de la lumière, on lui trouva bien vite les caractéristiques de l'homme parfait : l'être le plus charismatique et charmant qui soit. Parfois dominant, tel un roi, mais aussi très doux, jouant volontiers un air poétique de sa lyre magique...

— Mais qu'en est-il de l'histoire elle-même ?

— À vrai dire, ce n'en est pas vraiment une au sens où tout le monde l'entend. L'histoire d'Artemis et d'Apollon s'explique dans leurs aventures croisées, leurs missions se rejoignant toujours, où qu'ils soient. Pendant qu'Artemis veillait à la grossesse des futures mères, Apollon guérissait les âmes en peine de ses mots délicats. Pendant qu'elle chassait dans les terres sauvages à la tombée de la nuit, lui survolait le ciel de midi à bord de son char étincelant. Tous deux suivaient leur destin, mais ils se faisaient souvent des signes, et même parfois ils s'aidaient... Dans ces cas-là, ils pouvaient potentiellement avoir l'habitude de communiquer leur présence par des flèches, étant tous deux munis d'un carquois et d'un arc. C'était leur façon de montrer qu'ils étaient toujours là, près de l'autre... Et tout cela, c'était parce qu'ils s'aimaient. Les dieux jumeaux, aux rôles si opposés, étaient soudés jusqu'à dans leur chair, sans forcément le vouloir. Peu importait leurs différences de caractères, ou leurs avis divergents. Rien ne pouvait les écarter. Ils étaient inséparables par l'amour, le temps et l'espace. Ces trois puissances étant intimement liées, ils ne purent jamais se perdre de vue.

— J'entends bien, mais quel est le sens exact de cette histoire ?

— Le sens, vous pouvez l'interpréter comme bon vous semblera. Dans tous les cas, la morale reste universelle. « Au combien qu'ils soient étrangers l'un à l'autre, deux animaux différents, ne se séparent jamais vraiment, lorsqu'ils s'aiment éperdument. »

Will rit bêtement.

— Mais les dieux grecs ne sont pas des animaux, lança-t-il tel un enfant perturbé par le récit incohérent de son aîné.

Morgan rit à son tour.

— Je pense que je vais vous laisser méditer sur cela, pour le reste de la soirée.

Et ils replongèrent tous les deux dans le silence paisible qui les unissait depuis le début de la marche.

~

Cela faisait près d'une heure qu'ils serpentaient le long du pavé sombre de la capitale, éclairée par la lueur persistante de la Lune.

Soudain, alors qu'il réfléchissait, non pas à l'histoire contée plus tôt par son ami mais bel et bien à ses souvenirs, Will eut un haut le cœur. *Ça y est je l'ai*, avait-il pensé avec l'envie même de crier « Euréka ! ». Il avait cherché longuement, jusqu'à revenir à cette fameuse question qu'il s'était posée un peu plus tôt : *Où étais-je cette nuit là ?* Il avait enfin trouvé réponse.

C'était pendant qu'ils se promenaient. En à peine quelques secondes, il avait senti ses jambes fléchir. C'était le sentiment de l'illumination qui se manifestait en lui. Très vite, M avait remarqué son état bizarre et l'avait saisi sous l'épaule droite. Très vite, il avait soutenu son corps en répétant frénétiquement : « Qu'y a-t-il Will ? Qu'y a-t-il ? ». Puis, celui-ci n'ayant pas eu la force de répondre, il avait décidé de l'amener contre la paroi du bâtiment le plus proche pour l'asseoir.

Or, cela faisait à présent plusieurs minutes que le malaise régnait entre eux deux ! Le visage de Will était peuplé d'effroi et ses yeux, ainsi que sa bouche, étaient béants. Il tremblait et ne cessait de respirer fort, même si son souffle paraissait se calmer petit à petit. Sa tête, penchée, lui donnait mal au cou, mais il ne pouvait la relever. C'était comme si ses pupilles, qui fixaient intensément le pavé, l'aimantaient vers la terre, désirant le plonger au plus profond des abîmes du monde… M qui lui était assis sur le mur d'en face, l'observait souffrir de l'intérieur. Incrédule, le regard empli de miséricorde.

Finalement, Will balbutia en relevant la tête.

— Je l'ai trouvée… C'est elle…

D'abord muet et immobile, M se leva et vint se placer à côté de lui.

— Qu'avez-vous trouvé Will ?

— La trace M… Je crois que j'ai trouvé la trace.

Morgan fixa son protégé d'un air à la fois heureux et sceptique.

— Quand est elle ? demanda-t-il suspicieux d'une

erreur de jugement. Et quelles raisons vous font croire qu'elle est ce qu'elle est ?

— Demain... Elle se trouve demain... Matin...

— Demain ? s'exclama Morgan. Vous en êtes sûr ?

Will ne put répondre. Le choc de ce souvenir qui avait subitement fait irruption l'avait emporté très loin dans les limbes de sa mémoire. Le regard pensif et contrarié qu'il arborait, traduisait la torture interne qu'il subissait actuellement.

Mais, en même temps, cela faisait si longtemps... Si longtemps qu'il ne sut tout d'abord se rappeler du moment où ceci avait eu lieu. C'était une bride de quelques minutes. Un souvenir qui avait fini de se perdre... Tombé dans le vide de sa conscience. Cette famille attroupée derrière la vitre... Ces regards d'adieux bienfaisants... Ces sourires baignant dans les larmes... Ces jolis vêtements si modestes et simplistes... Qu'il avait abandonnés ici.

La seule chose qu'il n'avait pas perdue entre temps, c'était ce bruit, qui était rapidement devenu habituel. Cette symphonie sourde, qui accélérait sans cesse, virant à l'aiguë. Un son d'un moteur furieux. Déchaîné. Prêt à décoller...

— Oui, je le suis, répondit-il.

— Où était-ce dans ce cas ?

— À l'aéro... L'aéroport.

— Lequel ?

Will songea un instant avant d'énoncer :

— Roi-ssy.

M demeura un instant muet, ébahi.

— J'y étais pour partir d'ici. Pour ne plus jamais revenir… expliqua-t-il sobrement.

M comprit.

— D'accord, souffla-t-il, encore surpris par cette apparition inattendue. Nous allons nous reposer chez moi pour cette nuit. Et demain, si vous vous rappelez de l'heure, nous irons à Roissy.

— Où ça chez-vous ? Nous ne rentrons pas pour repartir ?

M hésita un moment, comme s'il cherchait à suivre son instinct. Puis, il dit :

— Non. Je possède un appartement ici, sur Paris. Nous y passerons la nuit.

Sans que celui-ci ne proteste, il aida Will à se relever, le porta quelques secondes sur ses épaules, le temps qu'il se remette d'aplomb, et l'emmena en direction du foyer.

13 : La maison du sage

La porte en bois fut ouverte par un élégant majordome, vêtu d'une combine qui découvrait une chemise pâle, serrée par une riche cravate. Il ne possédait que peu de cheveux, et le reste de son crâne semblait gras. Néanmoins son sourire aimable et ses mignonnes joues roses, lui conféraient des airs amicaux.

— Monsieur ! s'exclama l'homme en découvrant M.

Il le saisit par les épaules avant de le serrer dans ses bras robustes. Morgan rit, et lui fit remarquer qu'il se trouvait un peu vieux pour ce genre de geste à présent. S'extirpant de l'étreinte, il demanda gaiement :

— Comment allez-vous Jérôme ?

— Plus que bien monsieur ! J'ai repassé chacune de vos affaires durant votre absence et réorganisé tous les ornements. La dernière fois que je vous ai vu vous veniez d'avoir soixante-dix ans et reveniez d'Afrique. De quelle époque venez vous aujourd'hui ?

Will fut quelque peu abasourdi par cette suite de phrases.

— Je viens de 2018 Jérôme. De Los Angeles plus précisément.

— De 2018 ? s'exclama Jérôme. Vous venez donc d'un lointain futur ! Mon dieu mais c'est fantastique ! Et, à propos de l'âge, où en êtes vous ? demanda-t-il, méfiant de la réponse.

— J'ai entamé depuis peu ce que je dirais être ma quatre-vingt septième année.

Jérôme demeura un instant muet, les lèvres crispées. Puis, il sourit de nouveau et dit :

— En tous cas, je suis heureux de voir que dix-sept ans plus tard vous arborez toujours cet aura de sagesse que j'apprécie tant chez vous. Il faut dire qu'à force de croiser des versions différentes de vous chaque mois, j'ai eu l'occasion de remarquer à quel point les années ne vous raffermissaient pas ! D'ailleurs, quel est ce… compagnon que vous amenez avec vous ? Il ne m'a pas l'air bien en forme.

Morgan se retourna vers Will qui attendait bien sagement derrière lui.

— Will, je vous présente Jérôme, mon majordome et ami de longue date. Jérôme, je vous présente William Luvenis, un ami à moi.

— Un simple ami ou… commença Jérôme.

M se retourna fermement en adressant un regard désapprobateur à son majordome.

— Je vois, s'excusa Jérôme. Enchanté Monsieur Luvenis, dit-il en serrant la main de ce dernier d'une bonne poigne.

— De même, répondit celui-ci un peu froissé par la force du bras de son interlocuteur. Vous pouvez m'appeler Will.

Aussitôt Jérôme ramolli sa poignée de main. Il afficha un regard surpris et détourna les yeux vers M. Celui-là ne le regardait pas.

— Vous permettrez donc... balbutia-t-il d'une voix bizarre, que je vous appelle Monsieur Will ? Je préfère user de la politesse lorsqu'il s'agit des invités de M.

L'artiste avala sa salive en laissant froidement paraître son étonnement. C'était la seconde fois qu'un « inconnu » le nommait ainsi en une seule soirée, sous le nom étrangement énoncé de « Monsieur Will ».

— Assurément... répondit-il d'un ton circonspect.

— Bien, déclara Jérôme en détachant sa poigne. Mais entrez donc je vous en prie ! Nous avons beau être en été, il ne fait pas si chaud vous savez !

Will étouffa un petit rire.

— Je l'admets, confirma M en passant son bras autour des épaules de Will. De plus, Will a grand besoin de se reposer...

Ils pénétrèrent à l'intérieur de la demeure.

Est-ce moi où est-ce vraiment la première fois qu'il fait aussi chaud ?

~

L'entrée de l'appartement s'étirait dans un long couloir terne baigné d'une agréable lumière cuivrée. Une suite de symboles d'Orient, alimentait le décor au sol, recouvert d'une moquette brune ; tandis qu'au mur étaient encadrées diverses peintures, chacune accrochée soigneusement sur un papier beige. Une tendre odeur d'hibiscus traversait également le couloir. A cela s'ajoutait le bruit d'un ventilateur apparemment disposé dans une alvéole voisine.

— Faites comme chez-vous Monsieur Will! lui lança Jérôme en s'en allant dans la pièce suivante.

S'avançant dans l'allée, l'artiste passa sous la voûte romaine qui servait d'entrée, et découvrit une salle encore plus majestueuse.

Partout ici traînaient des objets anciens sur une suite luxueuse de meubles alignés contre les murs. Des senteurs d'Afrique, d'Asie et d'autres parts parsemaient ce qui semblait être le « Grand Salon ». Partout, des bouquets de jasmin, de violettes et d'autres fleurs donnaient sa délicieuse odeur à la pièce. Un ensemble de sofas et de divans faits de soie meublait par ailleurs l'extrémité de la pièce. La première pensée qu'eut Will en les voyant, fut d'aller se jeter dedans. Il était exténué…

Au centre de la salle était suspendu un immense lustre d'argent, qui illuminait la pièce à l'aide d'une lumière aussi riche qu'éblouissante. En dessous, trônait une longue table en chêne, ainsi qu'un siège d'or en bout, qui lui était situé au plus près du salon. Au devant des canapés s'élevait aussi une immense cheminée, telle que Will n'en avait jamais vue de plus imposante. Bâtie, probablement, à partir de marbre et de bois noble, cette dernière culminait à une hauteur impressionnante ; joignant le plafond lui-même situé à près de six mètres de haut.

Pendant qu'il observait l'ensemble du décor, Will entendit le son délicat d'une musique. Il se tourna vers la droite. Un vinyle tournait sur un air de jazz. Le bruit des cuivres offrit un sourire à l'artiste, qui aussitôt remarqua la présence de photos sur le mur qui lui tournait le dos. Faisant quelques pas dans la pièce, il se retourna et observa d'un meilleur oeil la bibliothèque infinie de souvenirs que gardait M. Car oui, sur pas moins de six mètres de haut et, supposait-il, une bonne vingtaine de mètres de long, une galerie immense s'étendait le long du pan.

En levant les yeux un peu plus haut, il découvrit quelque chose qui acheva de le stupéfier. Au plafond se tenait, dessinée, sculptée et peinte, une fresque complexe qui semblait représenter la durée de vie de l'homme sur terre. Pour le peu qu'il s'y connaissait, Will l'aurait datée comme une œuvre de la période Roccoco, c'est-à-dire du XVIIIème siècle (lui était plus habitué à des styles tels que le symbolisme ou l'expressionnisme, deux mouvements plus modernes). Les personnages, qui ne paraissaient en réalité n'en former qu'un, avaient des traits épais et délicats à la fois. Tels des anges, avançant de la naissance, vers la mort. La fresque s'exposait ainsi, sur toute la surface du plafond. Ce qui apportait par conséquent une toute nouvelle dimension au Grand Salon : celle du mythe de l'art imprégnant la réalité.

Pile à cet instant, Will entendit le vinyle cesser de fonctionner. Il baissa alors les yeux d'un air confus. C'était le majordome qui venait de retirer proprement l'objet de la platine. Seulement, après avoir rangé le disque, celui-ci s'aperçut qu'il semblait l'avoir contrarié.

— Oh, pardonnez-moi ! s'affola-t-il. Désiriez-vous que je le laisse tourner ?

Sans qu'il n'ait le temps de répondre quoique que ce soit, M prit la parole.

— Ne vous en faites pas Jérôme. Je comptais justement aller montrer sa chambre à Will. Venez donc Luvenis.

Sans un mot, Will suivit M qui lui indiqua une porte discrète à l'extrémité gauche de la salle. Derrière celle-ci, un second couloir, plus sombre cette fois, s'allongeait le long d'un carrelage émaillé. Ici, chaque porte était vêtue d'une couleur différente, et chacune possédait une poignée d'un matériau nouveau. La chambre dans laquelle M l'emmena, avait pour couleur le turquoise, et comme poignée un petit manche rond plaqué or, comme on avait parfois l'habitude d'en voir dans les années 50. L'intérieur sentait l'avoine et le papier usé. Le parquet, aux lames de bois exotiques (probablement du cocotier) était parsemé de poussière. Au bout, un lit simple aux draps de lins déjà installés, donnait à droite sur une fenêtre voilée par une moustiquaire. Le reste de la chambre était simplement composé d'une commode, d'un miroir orné et d'une petite bougie.

— Comme vous l'avez sans doute compris, je me rends souvent dans cet appartement, déclara M, et ce à des époques différentes. Or, si vous avez entendu ceci, vous avez aussi dû comprendre que chacune de mes venues est retenue par mon majordome ! Le destin est passé par là Will. C'est pour cette raison que j'ai veillé, à passer du temps à Paris, tout en laissant la maison libre. C'est un lieu de refuge où mon destin futur continue d'interférer avec le passé.

— Décidément, n'en avez-vous pas marre ? Une chose comme celle-ci, pourquoi y être si attaché ? Ne le trouvez-vous pas cruel ce maudit destin ?

Il s'assit sur le lit, le visage troublé. M hésita à répondre. Il murmura :

— Si. Un jour, puissions nous savoir pourquoi… Mais veillez à y rester attentif en attendant ce jour. Je vous promets qu'il en ressort une richesse non moins abondante que toutes celles du monde.

Will racla sa gorge en baissant les yeux. Un malaise invisible se produisit dans son corps. Ce n'était pas à lui de dire cela…

— Je vais à présent vous laisser Will, reprit M. De mon côté, je me sens également très fatigué. Mais si jamais quoique ce soit vous parvient, n'hésitez pas à venir m'en faire part. Je serai dans la chambre en face, dit-il en pointant du doigt une porte mauve à la poignée rouillée.

Will acquiesça silencieusement. Le vieil homme semblait en effet épris du voyage.

Il lui sourit, avant de repartir et de refermer la porte. Désormais seul, Will vint délicatement poser sa tête sur son oreiller. De ses doigts encore quelques peu tremblants, il poussa la moustiquaire, et vit au loin les feux d'artifices jaillir du centre de la ville. Leur son, à la fois aiguë et tonitruant, lui parvenait sans le moindre mal. *Cela aura au moins l'utilité de m'offrir une berceuse tout au long de cette nuit…* pensa-t-il. Il lâcha la moustiquaire, et retira sa chemise à l'aide des forces qui lui restaient. N'en déplaise à la coquetterie de Jérôme, il faisait très chaud en ce mois de juillet.

Il la plia ensuite sur la table de chevet, près du réveil disposé là, qui lui semblait bizarrement très anachronique. Essuyant d'un geste lent la sueur qui perlait son dos à l'aide d'une serviette posée au bout du lit, Will se dit qu'il serait peut-être temps de dormir à présent. Ce serait dur, il le savait. Trouver le sommeil après avoir compris où se trouvait le point unique qui composait sa vie n'était pas chose aisée. Il avait presque envie d'en rire. Sinon, d'en pleurer…

Il retira ses chaussures, son pantalon et le reste de ses vêtements. N'ayant besoin de plus de lumière que celle de la Lune au travers de la fenêtre, il alla souffler la bougie qui illuminait la pièce. Cela fait, il s'arrêta un instant face au miroir orné, perpendiculaire à sa couche. Ses traits étirés qu'il contemplait, lui murmuraient intimement que la mort l'attendait, et qu'il avait trop longtemps attendu avant de se reconnecter au vrai de ce monde. Plus discrètement encore, ses pommettes vieillies lui chuchotaient que c'était tant pis. Que cette nuit, il ne dormirait peut-être pas. Mais qu'il aurait bientôt droit au repos éternel…

Une larme coula sur sa joue. Il repartit se coucher. Dans la pénombre, il songea longuement au mystère de l'existence. Au but de sa propre vie, et au reste des questionnements philosophiques qui pouvaient composer les pensées morbides d'un « dépressif » au sentiment de nostalgie grandissant. Puis, soudain, ce fut le sentiment de solitude qui s'invita dans l'orage silencieux de sa tête. Jamais avant cet instant la phrase de Pascal n'avait autant pris sens dans son esprit. « Le silence éternel de ces espaces infinis m'effraie ». Les espaces, c'était lui. C'était son esprit, son âme. Mais aussi ses souvenirs. Il craignait que la perle qu'il avait découverte, ne soit pas la bonne. Qu'elle ne soit au final qu'une terre de silence, où il avait cru un instant entendre, ce qui n'était finalement que le mirage d'un simple bruit.

Dans son doute et sa peur, Will subsista pendant pas moins d'une centaine de minutes. Allongé en fœtus, frigorifié malgré la chaleur, ses idées craintives ayant fini par le consumer... Les quelques larmes coulaient malgré ses paupières closes, venant s'écraser contre la paroi séchée de ses lèvres grises, pour ensuite s'écouler jusqu'au drap froissé et humide qu'il serrait de toutes ses forces. L'homme fragile demeura ainsi dans sa fragilité. Lorsqu'au bout d'un temps, il ne put plus tenir, au point de préférer la mort.

Ses membres se détendirent subitement. Son bras gauche l'aida à se relever, puis l'autre à s'adosser contre la paroi du mur. Inspirant puis soufflant comme s'il sortait d'un entraînement intensif, l'artiste laissa les chants extérieurs l'apaiser. Il se mit ensuite debout, renfila son pantalon et chercha un t-shirt dans la colonne à sa disposition. Il attrapa le premier qu'il dénicha, et l'enfila. Celui-là était imprégné de l'odeur de M.

Après un moment réfléchi, il décida de ne pas

aller le réveiller, comme il le lui avait demandé. Non pas qu'il n'avait pas confiance en lui. Au contraire, Will à cette heure, ne voulait pas être compris. Il voulait qu'on l'aide à ne plus penser, et par cela, qu'on lui parle d'autres que lui. Il souhaitait se détacher de ses intimes réflexions. Partir très loin, dans les histoires d'autrui… Était-il lui-même à cet instant ? On n'aurait pu clairement l'affirmer. Car au final : Qui était Will ?

14 : La vie d'un héros

Will caressa le mur crème de ses mains moites. Dans l'obscurité, celui-ci le reconduisit jusqu'à la pièce principale.

À travers la porte en verre qui séparait l'allée des chambres du grand salon, reflétait une frêle lumière. S'approchant, Will entrouvrit l'entrée battante, et aperçut un homme vêtu d'une robe de chambre pourpre, tranquillement assis sur un gros fauteuil au coin de la cheminée. C'était Jérôme. Une poignée de secondes plus tard, ce dernier se rendit compte de sa présence.

— Monsieur Will ? lança-t-il discrètement pour ne pas réveiller M. Vous ne dormez pas ?

Will passa la porte et fit quelques pas sur le carrelage frais. Ses pieds nus étaient encore frigorifiés suite à sa crise d'angoisse.

— Je vous en prie, venez vous asseoir, lui indiqua Jérôme d'une voix mielleuse.

Will esquissa un bref sourire coincé, comme pour le remercier sans risquer de se montrer trop expressif. Il s'étonna de voir le foyer allumé.

Sur son petit bout de chemin, il jeta un coup d'oeil aux photographies accrochées au mur. M était sur chacune d'entre elles. Il y avait une diversité de décors impressionnante ! Sur l'une, on pouvait le voir près d'un grand lac, au milieu d'une forêt qui s'étendait à perte de vue. *Probablement au Canada,* supposa Will qui y avait déjà fait séjour. Sur une autre, il se trouvait entouré d'une troupe de jeunes enfants, à demi nus sur une terre de sable, recouverte de la lumière du couchant. Sinon, près d'un cours d'eau isolé entre deux montagnes. Une photo plus grande que les autres le montrait emmitouflé d'un épais manteau dans un désert de glace. *L'Alaska…*

Voyant qu'il prenait du temps à contempler les nombreux souvenirs, Jérôme se leva de son gros fauteuil, et vint le rejoindre.

— M l'a prise alors qu'il était invité à dîner chez une famille d'esquimaux, expliqua-t-il en pointant la photographie du doigt. Il avait évité au plus jeune de se perdre lors d'une tempête. Pour le remercier, la famille avait souhaité lui offrir un aperçu de leurs spécialités. D'après ses dires, les gens là-bas étaient très humbles. La culture les voulant accueillant, même envers ceux qui usent de motoneiges sur leur territoire…

— Qu'y faisait-il en motoneige ? questionna Will.

— Oh je crois qu'il était simplement de passage. Vous savez, en dehors de ses innombrables voyages dans le temps, M a toujours aimé découvrir de nouveaux lieux, de nouvelles cultures, et de nouveaux gens, même de l'époque actuelle. Tiens, regardez là-haut, dit-il en pointant du doigt une photo plus petite que les autres, il s'était rendu dans une région reculée du Tibet pour y vivre quelques mois. Là-bas, sa seule compagnie était les moines bouddhistes, vivant à l'année dans les profondeurs de ce pays si blanc. Cela lui suffisait. La nature lui suffisait.

On y voyait en effet un caucasien (d'une quarantaine d'année environ), vêtu d'une jolie tunique rouge aux côtés de moines asiatiques à l'accoutrement semblable. Tous trois était assis et souriaient dans une sorte de position tailleur.

— Et ici ? demanda Will en pointant du doigt une photographie en noir et blanc.

— Oh, cela, c'est un peu plus sombre, répondit Jérôme un goût de gêne dans la bouche. Cela remonte à 1949, et pour le coup c'était bien durant l'un de ses voyages. La jeune fille française qui se tient à ses côtés, expliqua-t-il en la désignant directement sur l'image, était issue d'une famille aux moyens précaires. Elle et ses quatre petits frères étaient les seuls rescapés après la fin de la guerre. Son père ayant malheureusement péri au front, et sa mère ayant préféré la mort à une vie sans son mari.

— Effectivement, ce n'est pas très réjouissant... murmura Will.

— Je ne vous le fais pas dire... Après ces pertes, il incomba à la jeune femme d'innombrables tâches, toutes plus pénibles les unes que les autres. S'occuper de ses frères, gérer les factures et l'administration, travailler dans plusieurs usines pour survivre... Tout ce qui n'était pas forcément approprié pour une gamine de seize ans. Heureusement, si tant est qu'on puisse le dire, la gamine qu'elle était, avait toujours gardé en elle une certaine motivation. Enfouie, certes, mais contrairement à beaucoup de ses paires, elle avait encore des rêves pour se motiver ! La jeune femme avait depuis toujours eu l'intime espoir de finir biologiste au sein d'une unité prestigieuse. Elle avait lu tous les écrits de Marie Curie et en avait fait son idole. Simplement, le dur labeur et les mœurs de l'époque qu'elle devait supporter, ne le lui permettaient pas d'accéder à ce bel idéal. Ainsi, elle le conservait, dans un coin isolé de son cœur, qui lui, toujours au moment d'y penser, se serrait, car elle le savait inconcevable. Surtout après la guerre, se hisser aussi haut pour une femme relevait de l'impossible… C'est alors qu'intervint M.

Will écoutait avec intérêt le récit passionné de Jérôme. À la simple écoute de sa dernière phrase, il comprit à quel point celui-ci semblait vraiment épris des aventures de son « patron ». C'était comme si, une fois son nom mentionné, l'histoire se transformait en un récit de légende.

— Monsieur, se trouvait de passage à Lille la même année, après avoir été transporté dans le passé à l'aide des souvenirs d'un ancien industriel breton. Je m'en souviens car j'avais moi-même eu la chance de le rencontrer. Un homme charmant ! Mais bon, ce n'est pas comme si cela faisait déjà trente ans… Enfin, pour en revenir à notre histoire, il croisa par hasard le chemin cette fameuse jeune femme, tandis qu'il visitait l'entrepôt où celle-ci travaillait. Il se faisait passer pour un riche patron à la recherche de nouveaux salariés, et écumait les usines : « à la recherche de personnes, de rencontres et d'âmes en peines ». Telle était la phrase qu'il avait pour habitude de sortir lorsqu'il décrivait ses missions. C'est donc comme cela qu'il rencontra notre héroïne, qui après une brève entrevue lui laissa imaginer qu'elle avait un potentiel à ne pas gâcher. Par chance, c'était typiquement le genre d'individu qu'appréciait M. C'est pourquoi, il décida sur le champ de « l'embaucher », pour d'abord en apprendre davantage sur elle, et puis envisager de l'aider. Vous l'aurez deviné, notre jeune prometteuse acheva rapidement de séduire notre ami commun. Pour commencer, il lui offrit la somme d'argent suffisante, qu'il avait accumulé en venant ici, pour le bien-être et à la décence de vie de sa petite famille. Par la suite, il se mit en quête de trouver l'école de science la plus ouverte et avantageuse du pays. Au travers d'innombrables recherches et essais diplomatiques qui durèrent de nombreuses semaines, il annonça enfin à la jeune fille lui avoir trouvé une place, dans un établissement privé et réputé, situé à Vichy. La seule contrainte qui s'était imposée à lui avec cette école, était le prix. Il pourrait lui payer le logement pour les premiers mois, ainsi que la nourriture, pour elle et sa fratrie, mais il lui manquerait un certain appoint pour le coût des cours. La jeune femme était si heureuse d'apprendre la nouvelle, que ce petit détail ne la gêna aucunement. Rapidement, elle se remit à travailler, avec une motivation sans pareille. Ce quotidien dura encore huit mois, avant qu'elle ne réussisse à réunir à la somme requise. Elle passa ensuite le concours d'entrée, et le réussit sans surprise. M en était tellement fier. Il avait une nouvelle fois veillé à sa mission. Redonner l'envie de se battre à une âme emplie d'espoir. Apporter le soutien nécessaire, à celles et ceux qui rêvent en secret. « Car il ne suffit parfois que d'un coup d'œil pour faire naître le désir d'accomplir sa légende. » Et si vous observez correctement chacune de ces photos, finit-il en traçant un arc de cercle avec son index, vous le verrez, Monsieur Will. Vous verrez que c'est ce que M a réussi à faire, avec la plupart de ses rencontres…

Jérôme, ému, alla se rasseoir sur son gros fauteuil tout moelleux. Will, de son côté, continua de contempler la photo avec insistance. Sur le bord étaient inscrits ces mots : « *À Lucie, qui aura fini par arriver au bout de ses rêves, après tant d'acharnement et de travail.* ». Rattrapé lui aussi par ses émotions, il vint rejoindre le majordome dans le coin salon. Il faisait plus chaud ici.

— Il a fait tant de choses, que beaucoup ne pourraient oser entreprendre en une seule vie, poursuivit l'homme de maison. Il a amené la paix dans des familles, a su assembler et unir des gens dans un même combat, à sauver des vies par centaines… Et pourtant, jamais dans son intérêt. Jamais M n'a voulu, un seul instant, s'apporter de l'aide à lui-même. Ses actes ont toujours été tournés vers les autres. Je n'ai jamais rencontré un homme aussi altruiste. Depuis le jeune âge auquel je l'ai rencontré, juste après qu'il ait passé son diplôme universitaire, jusqu'à aujourd'hui, à bientôt l'âge de partir, entre temps rien n'a changé.

— De quoi est-il diplômé déjà ?

— Oh, bien des choses, figurez-vous. Philosophie, Médecine, Chimie, Lettres, Biologie… Le tout passé à diverses époques. Lorsque je l'ai connu, au milieu des années 70, il venait d'achever ses années d'études en science. Il en était très heureux.

— Mais où trouve-t-il tout cet argent ? Enfin, je veux dire, comment a-t-il fait pour avoir le droit à toutes ces années de cours et de voyages ?

— Le temps, mon cher. C'est la réponse. Il offre les malices et les privilèges que nul autre ne peut offrir. De nombreuses occasions et de multiples stratagèmes pour parvenir à exaucer le moindre de nos souhaits. Ceci allié à un grand cerveau, croyez-moi, M n'aura eu aucun mal à accumuler sa « fortune », qu'il aura su disperser aux quatre coins du monde. Considérez cela comme un vol si vous le voulez. Or, je peux vous l'assurer, compléta solennellement Jérôme, M a toujours su garder l'esprit noble.

Pas sûr que la majorité des gens l'aurait gardé, c'est certain, pensa Will, sa propre image inconsciemment en tête.

— À contrario, les stars de l'industrie médiatique, adeptes du capitalisme, relèvent bien plus de l'image d'escrocs à mes yeux.

Bah tiens…

— Et vous, questionna Will histoire de changer de sujet, avez-vous beaucoup voyagé dans le temps ?

— Quelques fois, oui. Mais cela n'avait lieu que lorsque M ne travaillait pas. Ce qui, malheureusement, n'arrivait que trop peu de fois. Nous partions souvent une ou deux dizaines d'années en arrière, histoire de se remémorer les moments passés. Le voyage qui a duré le plus longtemps pour moi, fut un break de deux ans sur une petite île au sud du Portugal au cours des années 60.

Pendant ce temps, M allait et revenait en Europe, à la recherche d'enseignements théologiques et spirituels.

L'artiste passait à présent son regard sur les photos affichées dans le coin salon. Là encore il y avait de belles images. Des sourires, des bras qui enlaçaient des épaules... Partout, M semblait avoir apporté la joie. Parfois, il y avait même quelques écritures avec des bouts de papier ou articles de journaux reliés aux photos, pour servir de légende à l'action qui s'était déroulée. Par exemple sur une image où M tenait le bras d'un vieil homme dans un lit d'hôpital, on pouvait lire : « *Monsieur a perdu sa famille, et a longtemps attendu des fonds pour apporter des soins contre sa tuberculose. Incapable de demander de l'aide, nous avons levé une cagnotte à sa place avec des amis, et il a finalement pu se faire soigner. Dans l'attente, j'allais chaque semaine cueillir ses fleurs préférées, poussant à une dizaine de kilomètres à l'ouest. Il s'appelait Richard.* » 1979, *Indiana*. Ou encore, sur une image où M jouait au football avec des jeunes enfants : « *Les jeunes des Favelas ont dû céder leurs terrains de jeux et leurs occupations à cause de la violence qui règne autour du trafic de drogue. Je leur ai rapporté quelques jouets, pour qu'ils puissent malgré tout s'amuser. Ils s'appelaient Manuel, Sergio, Lais, Angel, João, Thais, et Gabriel.* » 1992, *Rio de Janeiro*...

Sur les colonnes d'étagères mordorées, postées près de la cheminée, étaient disposés des cadres qui semblaient plutôt appartenir au domaine personnel. Pendant que Jérôme feuilletait son livre équipé de ses petites lunettes grises, Will s'approcha de plus près pour les observer. Il aperçut en premier le majordome à l'aube de la trentaine. *À l'époque il avait encore des cheveux*, nota Will, se privant d'une petite raillerie. Ce devait être en temps d'été car tous deux (M et lui) portaient des chemises fines avec des chapeaux de paille. Ils se trouvaient au devant d'un bâtiment aux murs de grès où étaient inscrits sur une pancarte des mots inconnus de Will. *Du Bulgare probablement…*

— Je suis né en Croatie, souligna Jérôme derrière lui. Nous y étions pour l'été de mes trente ans.

Mauvaise réponse.

— Ravi de l'apprendre, répondit Will en souriant. Je n'y suis jamais allé !

— Sincèrement, vous devriez. Pour y avoir passé toute mon enfance, je peux vous promettre que c'est un magnifique lieu de culture.

— Si vous le promettez… Malheureusement je ne pense pas être en mesure d'aller y séjourner.

— Vraiment ? se vexa Jérôme. Pourquoi cela ? M m'a pourtant dit que vous étiez un homme fortuné.

— L'argent n'est pas un problème. Le temps l'est (il se surprit lui-même à dire cette phrase). M n'a pas dû vous dire que j'allais mourir sous peu ?

Jérôme garda un instant le silence, choqué par l'annonce de son interlocuteur. Il se frotta le front et répondit d'un air affreusement gêné :

— Non, effectivement, il ne m'en a pas informé...

Will tourna un instant la tête. Jérôme semblait se sentir coupable. Une seconde, il eut envie de lui sortir une phrase du style : « Ce n'est pas grave, ne vous en faites pas, vous ne pouviez pas savoir de toutes façons.», mais comme toujours il ne dit rien. Il se retourna et laissa plutôt ses yeux continuer de parcourir les cadres.

Il constata à quel point la variété de personnes qu'avait côtoyées M était immense. Il était parvenu à camper auprès des plus riches dames, comme des plus pauvres angelots. Des marquises d'Europe à la marmaille des bidonvilles. Et dire qu'il les connaissait tous. Chaque cadre le représentait, en compagnie « d'amis » ou de proches. Un autre, en particulier, attira l'attention de Will. Il se saisit du petit objet de bois, et en extirpa aussitôt la photographie du cadre. À l'intérieur, l'image présentait M en compagnie d'un autre homme. *Son visage me dit quelque chose…*

Le papier avait l'air plutôt ancien. Au dos du cliché était inscrit à l'encre l'élégante lettre « D » à côté de la déjà bien connue lettre « M ».

— Dites-moi Jérôme, commença Will calmement.

— Oui ? répondit ce dernier, qui avait posé ses lunettes et son livre sur ses genoux.

— Sauriez-vous me dire qui est l'homme sur cette photo ?

Il lui tendit l'image. Jérôme s'en approcha. Il examina le papier, puis soupira. Il rabattit sa colonne vertébrale dans le fauteuil en se mordillant les lèvres. Après un silence éphémère, il dit :

— Il est rattaché à une bien triste histoire. C'est ennuyeux de vous la raconter. M n'aime pas parler de cela…

— Dans ce cas, quel est son lien avec M ? Je veux dire, juste avant que cette histoire n'advienne.

— Oh eh bien, Jérôme réfléchit, on peut dire qu'ils étaient amis.

Après cette courte réponse, Will fixa avec intensité le portrait des deux. Il ne pouvait s'empêcher de trouver l'homme inconnu particulièrement beau. Celui-là était pourvu d'un teint mat séduisant, avec deux yeux aussi noirs que la nuit. Il admettait également que ses cheveux bouclés couleur de jais, lui donnaient un certain charme. Cependant quelque chose le troubla. À la vue de son air et de sa posture, il lui parut que l'homme avait une attitude assez efféminée. Enfin, pensait-il, depuis qu'il avait vécu les émeutes de StoneWall, plus rien ne pouvait véritablement le choquer…

Puisant toujours dans ses brefs souvenirs pour voir s'il retrouvait à tout hasard son identité, Will finit par abandonner. Il reposa le cadre sur l'étagère après avoir délicatement replacé la photo à l'intérieur.

— M et lui correspondent-ils encore aujourd'hui ?

— Cela va bientôt faire dix ans qu'ils ne se sont plus vus ni parlés. Enfin, plus longtemps pour M bien entendu ! La dernière fois qu'il lui a parlé il n'avait pas encore cinquante ans. C'était en 1989.

— Et cette photo, de quand date-t-elle ?

— Je crois que M et Da… Enfin je crois qu'ils étaient en voyage à San José ! C'est là-bas qu'M l'a rencontré quelques mois plus tôt. Ils ne devaient pas dépasser la vingtaine à l'époque. L'autre est né quelques années avant lui dans le sud des États-Unis, mais sa mère était de la capitale du Costa Rica. Après ses premiers voyages, M équivalait au même âge que lui. La photo correspondant à l'année de leur âge, ce devait être aussi vers la fin des années 80.

Will trouvait cela ironique. Ils s'étaient rencontrés la même année qu'ils s'étaient perdus de vue, avec trente ans d'écart, séparant le début de la fin. *Le monde regorge de subtilités,* lui dit une voix dans sa tête.

— Sans insister sur ce qui a bien pu se passer pour que M et cet autre ne se côtoient plus, qu'est-il devenu ?

Jérôme réfléchit.

— Je ne saurais trop le dire, mais je sais que je l'ai croisé il y a quelques temps. Ici même, à Paris.

Will eut un déclic.

— Et à quoi ressemblait-il ?

Jérôme lui adressa un regard circonspect. Il devait trouver cela étrange qu'il lui pose autant de questions sur cet homme.

— Disons, comme nous tous, qu'il a vieilli. Et, de telle façon qu'aujourd'hui, il ne semble plus le même homme, répondit-il sobrement.

Après cela, un silence crispant s'installa entre les deux hommes, qui écoutèrent le son du feu crépiter dans la cheminée tel le morceau d'un auteur classique. Au bout d'un moment, Jérôme se leva et dit :

— Mes insomnies m'empêchent de dormir la nuit et ce depuis vingt-quatre ans ! J'allume chaque soir le foyer, tant pis s'il fait chaud. J'ai besoin de ces habitudes, car ce sont elles qui m'aident à vivre. Parmi elles, j'ai la coutume de boire une tisane aux alentours de trois heures. En voulez-vous une avec moi ?

— Non, ça ira merci, répondit sèchement l'artiste plongé dans ses pensées. Je ne vais pas tarder à aller me recoucher.

— Bien.

Jérôme s'éloigna en direction d'une porte menant probablement à la cuisine. Dans l'obscurité, il n'y avait que le bruit de ses pas pour indiquer sa position à Will. Soudain, alors que le majordome n'avait pas encore atteint la cuisine, il eut l'envie (et la nécessité) de lui poser une toute dernière question. Et il pressentait d'avance que celle-ci allait le mettre mal à l'aise…

— Quand nous sommes arrivés ici, commença-t-il tièdement, vous m'avez nommé d'une certaine façon. Vous avez dit, je cite : préférer m'appeler « Monsieur Will », plutôt que par mon prénom. Pourquoi cela ? Et ne me cachez rien, je sais que ce n'était pas seulement dû à la politesse.

À travers l'ombre de la grande pièce, Will distingua le visage de Jérôme se brouiller.

— J'ai toujours appelé les invités comme cela… répliqua-t-il, confus.

— Je sais pertinemment que ce n'est pas vrai.

Will se leva d'un pas décidé. Il marcha jusque dans les ténèbres où se trouvait Jérôme. Ce dernier avait le dos tourné et fixait l'unique source d'éclairage de la pièce, à savoir le feu. Grâce à la projection de lumière sur son visage, Will découvrit à quel point il était embarrassé. Il n'avait donc pas insisté pour rien…

— Soit, déclara-t-il en passant sa main sur son visage. C'est tout simple. Il y a bien longtemps, à une époque que je ne serais en mesure de vous décrire, M a connu un autre « Will ». Un Will… le majordome parut hésiter avant d'en parler, Un Will qu'il avait pour habitude de nommer ainsi, à cause de circonstances connues de lui seul. Et de si nombreuses fois au cours de ses récits, il avait évoqué son nom de cette façon… Alors pitié ne me demandez pas pourquoi, parce que je ne sais pas pourquoi ! Pourquoi ai-je décidé d'user de ce sobriquet pour vous ? Moi-même je n'en sais rien ! Je pensais qu'il vaudrait mieux que… Enfin, je voulais vous appeler comme cela parce que… J'avais le sentiment que…

Will ne sut si Jérôme faisait exprès de se perdre dans ses mots pour l'amadouer, ou bien s'il disait la vérité. Dans tous les cas, il n'appréciait guère entendre des gens hésiter. Pour la peine, il déclara :

— Ça ira Jérôme. Merci.

La main gauche de ce dernier s'agitait d'une sorte de tic nerveux sur la table. Son bras entier tremblait. Comme si un frisson intense parcourait son membre, au point de le rendre complètement apeuré.

À moitié satisfait par les explications brèves et émotives du maître de maison, Will soupira dans le silence nocturne, puis tourna les talons en direction du couloir. Bien décidé à aller se coucher.

Mais à peine avait-il fait trois pas qu'il entendit derrière lui, au travers des crépitements du feu, cette même voix sinistre lui répéter :

— Vous ne lui ressemblez pas.

Il eut un haut le cœur. De nouveau une répétition.

De nouveau ce ton étrange et vicieux. Et de nouveau ces mots : « Vous ne lui ressemblez pas ». Il s'en souvenait très bien. C'était ceux qu'avait utilisés le fameux homme mystérieux qui l'avait abordé tout à l'heure. Le fameux homme mystérieux qui lui devait être…

Ce fut à son tour de frissonner.

— En effet, Will, vous feriez mieux d'aller dormir. M m'a dit de vous dire que vous devrez vous lever à sept heures. Il savait que vous vous relèveriez...

Will se mordit les lèvres. Il se retourna.

Jérôme s'était avancé jusqu'à la porte de la cuisine où le noir complet régnait. Il lui tournait le dos.

— Je vous souhaite bon sommeil, mais vous prie de ne pas l'oublier...

Il tourna légèrement sa tête vers la gauche, ce qui éclaira sa bouche.

— Quoi ? bredouilla Will, qui sentait désormais l'envie urgente d'aller se recoucher.

Par une ouverture inconnue, une brise venue de l'extérieur pénétra un instant le logis, laissant apparaître son sifflement. Ce fut le seul son qui parvint à combler le vide établit entre les deux hommes. Will fut témoin de l'arrivée du vent jusqu'à la cheminée. Même de loin, il l'observa un moment danser en compagnie du feu crépitant. Et puis, la flamme commença à vaciller. De plus en plus vite, de plus en plus fort. Il commença à être pris de panique. Une peur intensément dérangeante l'attrapa. Une effroi soudain. Une crainte profonde et lointaine. Quelque chose d'universel…

Et soudain, dans les ténèbres de la salle au

combien profondes elles aussi, il entendit :

— La Lumière Monsieur Will. N'oubliez jamais la Lumière…

15 : Le moment fatidique

À cet instant, il ne songeait plus à rien. Aucune autre pensée, ne pouvait occuper son esprit. Seule elle comptait. Cette douce mélodie qu'il avait perdue, puis retrouvée. Cette odeur de gaz, cette vue des membres de sa famille collés contre la vitre du bâtiment. Ce son aiguë des annonces de décollage. Ce goût amer, dans la bouche…

En se levant ce matin, il avait brièvement été faire un tour dans la cuisine, histoire de grignoter quelque chose avant de prendre la route. Jérôme n'était plus là. Leur discussion qui s'était conclue de manière sinistre, n'avait cessé de le hanter tout au long de la nuit. Ces mots qu'il avait utilisés… Ces mystères à demi levés… Tout cela le mettait dans une bien fâcheuse posture.

Dans l'alvéole, il faisait froid. Le papier peint vert bouteille usait l'œil, fatigué de la nuit. Le blanc cassé du soleil arrivait jusqu'au plan de travail, par la fenêtre cachée du rideau violet. Sur la partie en bois, la vapeur du café brûlant remontait le long du halo de lumière. Son odeur âpre avait chatouillé les narines de Will. Le liquide s'était déversé dans la tasse avec tant de satisfaction lorsqu'il avait levé le récipient. Le son qu'avait produit le café au contact de la porcelaine lui, avait été si parfait. Will voulait croquer dedans ; la briser de ses dents. C'était compulsif. Il voulait que tout se casse, que tout éclate en un seul coup. Il imaginait bien souvent la réalité se distordre. La matière changer de propriétés. Les murs, gesticuler comme des animaux. Le bois, fondre tel de la guimauve. Le verre, plier comme du carton plastique. Et sa peau, partir en mille morceaux comme un journal déchiré… Or en cette matinée, pas une pensée maladive ne lui traversa l'esprit. La tasse était un objet solide. Le verre ne pliait pas. Tout cela ne rimait à rien. Il fallait voir la réalité en face.

Par la suite, Will était allé s'asseoir dans un des sofas, avec son café et ses biscuits à la main. Il était seul. Les volets étaient ouverts. Le majordome avait dû les ouvrir quelques heures avant le lever du jour. Hier, sur le chemin pour se rendre ici, M lui avait dit qu'il appréciait se lever avec la possibilité d'admirer la lumière du jour. Jérôme, en « bon serviteur dévoué », devait avoir pour habitude d'exaucer tous les souhaits de son « maître » (Will aimait voir le majordome comme un chien). Y compris éblouir, de la clarté orange du matin cette pièce qui la nuit semblait si sombre…

Ainsi, installé confortablement avec son petit déjeuner, Will avait de nouveau eu l'occasion d'observer le petit cadre posé sur l'étagère mordorée. M et l'étranger nommé « D », avaient réellement l'air heureux sur cette photo. Comme deux amis. Comme deux frères… Will avait à désormais la certitude que c'était lui, l'homme qu'il avait rencontré hier. Ils possédaient tous les deux le même teint mat et le même regard profond. Qui plus est, Jérôme avait avoué l'avoir croisé dans Paris récemment. Tout cela ne pouvait être le fruit du hasard…

En levant les yeux au ciel, Will avait songé brièvement à toutes les informations que lui avait apprises Jérôme, au cours de leur entrevue nocturne. M, aussi mystérieux soit-il, était un homme bon, il en avait désormais le pur sentiment. Tous ses doutes sur son identité ne s'étaient pas dissipés, mais il avait réussi à percer une partie du secret entouré par la lettre éponyme. Qu'était-il ? Qu'avait-il vraiment accompli par le passé ? De quelles façons avait-il agi ? Will connaissait à présent les réponses à toutes ces questions. M était un inspirateur, un héros voyageur des temps passés et présents. Un conseiller, qui avait su tout mettre en œuvre pour apporter de la beauté en ce monde. Un altruiste, avec le désir spirituel d'atteindre un jour la paix rêvée… Et quand bien même s'il était loin d'être de la même lignée d'hommes, et de partager la même morale, Will ne pouvait haïr ce choix. Au contraire, il ne pouvait que l'admirer.

Enfin, il s'était levé, le cœur serré, l'esprit focalisé sur une seule et même chose : la trace hyaline. Plus rien autour n'avait alors compté. Les photos accrochées au mur, l'odeur pénétrante d'hibiscus entre les diverses pièces, le mystère qui régnait dans cette grande maison… L'incertitude aussi n'était plus de la partie. Will avait tellement misé sur ce phénomène que Morgan lui avait décrit, qu'à présent rien ne comptait plus à ses yeux. Il ressentait le désir solide et immédiat de retrouver l'essence de sa vie. Tel un impétueux jeune homme en quête d'identité…

Il avait un instant fermé les yeux, humé l'air frais

du dehors, les bras aplatis sur le rebord d'une fenêtre. Une cigarette à la bouche comme toujours, qu'il avait finie par jeter à travers la lucarne, aussi loin que possible. Il n'avait pu le voir la veille, mais l'habitat était en élévation par rapport à une étroite pente qui descendait à l'arrière du bâtiment. Le vent sifflait le long du pavé parisien au son semblable à celui d'une douce comptine, éveillant les cœurs mélancoliques et rêveurs de la cité des amoureux.

Il ouvrit les yeux. De nouveau, en observant le chemin, Will eut un flash. Il apercevait le reflet lointain et onirique d'un agréable passé ; aujourd'hui disparu... Une bande de moutards, à peine âgés de huit ans, dévalaient en trombe une rue pavée semée de grands hommes et de grandes dames. Leurs voix innocentes, dispersées, hurlaient tour à tour les prénoms de leurs camarades. Leurs cheveux, ébouriffés par le souffle d'un ancien vent, frisaient dans tous les sens. Leurs pieds nus claquaient comme des petites cuillères sur le sol de l'artère. L'état naturel de l'enfance était présent. Car en ce temps, n'existait rien d'autre que l'ignorance et la légèreté au centre des jeux. Rien de plus. Aucune organisation, aucune règle sociale n'avait encore corrompu l'esprit des plus jeunes. L'amitié et l'entraide étaient les seuls facteurs de vérité... Mais, et lui ? Où était-il ? Où était Will à cette époque ? Il ne faisait pas parti des bambins qui s'amusaient en riant. Peut-être se trouvait-il dans un endroit similaire à celui où le Will actuel se tenait. À la fenêtre discrète d'un bâtiment en surplomb. Un bâtiment, situé à...

Ce fut cet instant que choisi M pour faire son apparition. Habillé noblement, le vieux paraissait encore fatigué. La nuit ne semblait pas lui avoir suffi pour lui redonner assez d'énergie. On sortait tout juste d'une importante victoire de coupe de monde ! « Allez Will, il est temps. » avait-il lancé fébrilement lorsque leurs regards s'étaient croisés. Tous deux s'étaient fixés tels de bons amis s'apprêtant à atteindre leur rêve. Mais, pour une raison qui lui avait échappé, M n'avait pas pris le temps de soutenir longuement cet échange. Une certaine « anxiété » semblait l'avoir attrapé aujourd'hui.

~

Il est temps.

Jérôme les avait aidés à sortir une voiture du garage souterrain. Le bolide n'avait pas été utilisé depuis plusieurs années selon le majordome. C'était une berline opaque et poussiéreuse mais dont la carrosserie semblait intacte. L'engin fut rapidement nettoyé puis sorti du garage par Jérôme, qui, de ses mains de septuagénaire insomniaque maniait encore le volant avec une aisance remarquable. Will qui n'avait pas même le permis, ne put qu'être étonné face à un tel spectacle. La voiture ramenée en face de la porte d'entrée par le biais d'une petite ruelle en périphérie du logement, ils furent fin prêts à partir.

Désormais assis au devant de la voiture, Will attendait en silence la venue de son ami M, qui lui discutait encore avec Jérôme à l'intérieur de la maison. Le siège de cuir sur lequel il reposait, était usé. *Le temps est passé par là...* se dit-il. À cette minute précise, son ami ainsi que son majordome sortirent de l'appartement, bras dessus bras dessous. Will les observa du coin de l'œil. Tous deux parlèrent encore un certain moment avec le rire et la joie comme facteurs d'expressions. Puis subitement, les visages se tendirent. Les sourires disparurent. Will demeura un temps circonspect.

Jusqu'ici, il était parvenu à entendre quelques bribes de la conversation, mais les deux hommes s'étaient soudain mis à parler tout bas. Cependant, cela ne semblait pas venir d'une particulière envie de discrétion due à sa présence. Non, les amis avaient plutôt l'air de parler tout bas à cause de l'émotion qu'ils transmettaient par les mots. Will le comprit assez vite. Ce n'était plus de la joie qu'ils partageaient. C'était de la nostalgie.

Enfin, dans la conclusion de cet échange suspect, l'artiste vit les deux hommes se prendre dans les bras. L'étreinte dura un moment, et lorsqu'elle fut terminée dans un relâchement difficile, il remarqua que Jérôme pleurait. Il avait le visage écrevisse et les yeux embués. Sa mâchoire, elle, tremblait, et le regard qu'il adressa à Morgan était épris d'un chagrin indéfinissable.

Il réentendit enfin le son des voix lorsque M, arrivé à la voiture, lança un puissant « Au revoir ! » à son si cher ami. Jérôme, trop ému pour répondre oralement, lui adressa un signe de la main en retour. M monta à son tour dans la voiture, et Will envoya un bref signe de la tête au majordome en guise de « remerciement » pour l'hospitalité, avant de se rabattre illico dans son siège. Loin de lui l'idée de fuir au plus vite cette maison, gouvernée par le vieux qui lui avait foutu la frousse de sa vie…

— Êtes-vous certain que le vol est à dix heures ? demanda M.

Il avait émis cette supposition la veille.

— J'espère avoir vu juste, répondit-il confiant.

— Bien. De mon côté j'espère que vous êtes prêt William. Nous serons à l'aéroport de Roissy dans une trentaine de minutes.

Il donna une tape amicale sur l'épaule de Will, qui lui ne put s'empêcher d'esquisser un sourire.

Plus tard sur la route, l'artiste, taraudé de questions à cause de la scène qu'il avait vue, finit par interpeller son compagnon.

— Vous aviez l'air bien triste toute à l'heure, avec Jérôme… déclara-t-il d'une voix hésitante.

— Vous aussi vous l'avez perçu, lui renvoya M avec un petit rire qui semblait dissimuler un immense chagrin.

— Disons que je vous ai vu baisser le ton à un moment. Vous aviez vraiment l'air très contrarié de devoir vous quitter.

— Si vous saviez.

Il y eut un silence d'une inqualifiable froideur entre les deux hommes. M avait sans doute préféré se taire. Le mystère qu'il avait laissé paraître dans sa voix, signifiait qu'il n'avait pas très envie de parler de tout cela.

Ce devait être quelque chose d'une dureté trop importante pour être exporté en dehors du cercle sérieux qui reliait les deux amis. Après tout, chacun a le droit de posséder sa part de fébrilité. L'humain de façon générale, a pour faiblesse l'intime blessure de son âme, écorchée dès la naissance, bien que l'acte demeure inconnu de quiconque sauf lui. Un extraverti par exemple aura peur de perdre le pouvoir sur ce qui l'entoure. Un esprit fermé, lui, craindra plutôt de révéler les secrets d'autrui, qui demeurent généralement sa seule connexion avec le monde.

Ils atteignirent un feu rouge. Finalement, après quelques minutes d'un calme pesant, M dit :

— Si vous désirez vraiment tout savoir, la triste vérité c'est que Jérôme et moi avons décidé de ne plus nous revoir. Et ce, pour la durée inconnue qu'il nous reste à vivre. Le temps en a décidé ainsi. Et il n'y aura eu que le temps, pour sonner l'heure de nos adieux. Rien d'autre n'aurait pu nous séparer.

Will demeura perplexe.

C'était donc pour ça... Et dans sa tête, il entendit cette voix lui dire : « Il n'est rien d'autre qu'un homme hypocrite et déloyal. Un être qui abandonne lâchement ses pairs une fois que vous ne lui servez plus. » C'était encore la voix de l'énigmatique porteur de la lettre D.

— Mais si notre passage s'inscrit dans le temps comme vous me l'avez dit, cela veut aussi dire qu'il connaîtra désormais le futur. Dans les années qui vont suivre, vous ne vous reverrez plus du tout, lui et vous ? questionna Will, insistant.

— Oh si, bien sûr ! répondit M. Cependant, lui aussi est un grand partisan du destin. Ainsi, croyez-moi, si mes versions antérieures avaient été impactées par le futur, je n'aurais jamais pu en être conscient. La seule chose qui importe véritablement à présent, et qui se trouve malheureusement compliquée à vivre, c'est que lui ne me verra plus jamais avec un jour de plus. Le présent perpétuera ma présence dans l'avenir, mais c'est dans le passé, que s'achève notre amitié. C'est ainsi. On ne peut rien y faire...

Défait de ses gardes, Will se découvrait un peu de pitié, pour cette relation qui avait uni son ami à son « fou » de majordome. Ce que lui expliquait M à propos du passé, du futur et du mélange des temps l'interpellait sur beaucoup de sujets. Néanmoins, il n'avait ni l'envie ni l'audace de poser plus de questions à ce sujet pour le moment. À moins que ce ne soit l'œuvre d'une force supérieure qui l'en empêche ? Le temps n'était peut-être simplement pas venu, pour ces questions qui le taraudaient. Comme beaucoup d'autres d'ailleurs...

Après cette déclaration, tous deux replongèrent dans une intense méditation. Le temps, enfin, d'arriver à destination...

~

Ils descendirent de la voiture. Will, après avoir violemment claqué la portière du véhicule, fit quelques pas en direction de l'entrée du complexe. Ils avaient beau se trouver à l'écart, la foule abondait. Les gens se bousculaient de toutes parts, à l'intérieur comme à l'extérieur. C'était pourtant une journée habituelle à l'aéroport.

La montre de Will affichait *9H01*. C'était l'heure convenue. Ou du moins celle que M avait fixée pour qu'ils se tiennent à l'avance à l'intérieur de l'immense bâtiment... Levant, les yeux, Will observa les nuages perforés par les vives montées en altitudes. Ils formaient une multitude de jolis dessins dans le ciel azur. Le temps était si bon. Et puis, un avion décolla. Will l'entendit. Il partit rejoindre ses prédécesseurs dans l'immensité des cieux. Cependant, Will remarqua quelque chose d'assez déconcertant. Le Logo. Il le connaissait. C'était...

Il fit quelques pas en arrière. L'angle de vue était meilleur ici. *C'est lui*, pensa-t-il. Il s'en était allé vers d'autres horizons. Il avait délaissé le raffinement français pour le rêve américain. Il avait tout abandonné. Sa vie entière avait été concédée, en même temps que ce morceau de nuage ; lui-même transpercé par la puissance inébranlable d'un destin qu'il avait toujours pensé être le sien. Mais après toutes ces années, il se demandait : était-ce vraiment cela, sa destinée ? Aurait-il vraiment dû quitter cet endroit, qui après réflexion, n'était sans doute pas si mal. Il ne savait plus. Le monde tournait à présent tout autour de lui. Il avait l'impression que sa fin était proche...

Qui suis-je ?

Il s'effondra.

16 : Un goût d'abandon

Des vagues entières de larmes semblaient avoir glissé dans le creux de ses joues. Des marées incontrôlables de tristesse, qui étaient venues imprégner le reste de son visage morne. Ses lèvres, habituellement sèches et gercées, s'étaient recouvertes d'humidité. Sa bouche quant à elle, naturellement fermée, s'ouvrait comme si un cri de désespoir désirait à tout prix s'en échapper...

L'occulte de ses yeux s'ouvrit brutalement. Tout était embué. Tout était flou. Tout semblait loin... Deux pigeons se battaient devant lui. Il était assis, ou plutôt allongé, sur un banc vert kaki. Des passants lui jetaient des coups d'œil inquiets, circonspects. Il se trouvait toujours à l'aéroport. Un instant, il avait pensé se trouver ailleurs. Bien loin. Perdu au milieu d'une terre de musique, de femmes, et de danses... Mais encore une fois, ce ne devait être qu'un de ces maudits « jolis rêves ».

C'est fini, avait-il pensé. *Je l'ai loupé, c'est terminé. À présent, il n'y a plus rien à faire...*

— Will ? entendit-il soudain à sa gauche.

Une voix douce lui parlait. Il ne parvint à répondre. Tout était encore trouble autour de lui. Les reflets du monde miroitaient dans ses yeux à la manière d'un kaléidoscope. Néanmoins, l'immense bâtiment bétonné avait toujours l'air bondé. Sa chute dans le monde réel, n'avait rien changé. Le monde, même celui du passé, marchait encore sans aucun problème.

— On l'a loupé M. Ce n'était pas cela la trace pas vrai ? Le choc ? Je n'aurais pas dû ressentir ce que j'ai ressenti.

M qui se tenait effectivement à ses côtés, demeura un moment silencieux.

— Will, je suis désolé…

Il avait pris un ton étrange. Will tourna sa tête vers lui.

— … mais depuis le début, reprit l'aïeul, j'étais persuadé que ce souvenir ne serait pas le bon.

L'artiste ravala sa salive et sentit un courant froid lui parcourir le dos. Au lieu de lui hurler sa tourmente, haut et fort, pour lui faire savoir à quel point il bouillonnait de l'intérieur, il préféra lâcher une petite larme. Simple et intense à la fois. À nouveau, il perçut la réalité se distordre. Le goudron exploser, éclater en mille morceaux. Les humains s'amollir tels des êtres de pâte à modeler. Les vitres du bâtiment plier en vagues sous la faible pression du vent. Ses chaussures s'effriter telles des cendres…

Il ferma à nouveau les yeux ; serra la mâchoire, puis enfin se leva. Il tituba sur quelques mètres avant de se remettre à marcher normalement d'une allure lourde et pénible dans son pas.

— Où allez-vous ? lui demanda M.

— Boire, répondit-il la rage étouffée dans le fond de sa gorge.

Affichant un air désespéré, M se leva à son tour,

alors que Will franchissait déjà l'entrée du complexe…

~

— Un autre, lança-t-il au serveur du premier bar qu'il avait trouvé.

— Encore ? Vous êtes sûr de dormir avec tout ça.

— Fermez-là, et apportez m'en un autre ! tonna Will d'une voix à demi ivre.

Le barman observa M. Assis au côté de l'artiste, ce dernier lui fit gentiment signe d'exécuter la demande de son compagnon ; en excusant au passage son attitude vulgaire d'un mouvement des yeux. Le serveur repartit aussitôt servir le whisky réclamé par Will. Quelle chance ! Il pouvait faire tout ce qu'il voulait ici vu que personne ne le connaissait ! Y compris insulter les restaurateurs. Le bien-être et la liberté qu'il ressentait actuellement étaient d'une jouissance absolue. Une jouissance telle qu'il était obligé de jouer au sarcasme dans sa propre tête… pour continuer d'y croire.

Son coude soutenant sa tête depuis le comptoir, M surveillait son protégé d'un regard malheureux. Ce dernier semblait au fond du gouffre. Il avait déjà bu trois verres, et ce en à peine dix minutes. Dix minutes au cours desquelles un silence pesant s'était installé entre eux deux. Un silence de mort, brouillé par les affolements des futurs passagers qui vadrouillaient un peu partout autour d'eux. Cela ne paraissait pas déranger Will, qui était à présent replongé dans un état de déprime sévère et toxique.

— Il serait sans doute temps de parler Will, glissa M d'une voix aussi discrète qu'encourageante.

— Pour quoi faire ? rétorqua ce dernier. Pourquoi, sincèrement, vouloir discuter de cet échec ? Si vous m'aviez prévenu plus tôt…

— On ne peut être sûr de rien, lorsqu'il s'agit du temps.

— Et pourtant ! Vous le concédez ! Vous en étiez « persuadé ». Persuadé que ce souvenir ne serait pas le bon. Persuadé que cette tentative ne donnerait rien. Persuadé que nous ne réussirions pas.

M sauta de son tabouret.

— Ne faites pas l'idiot Luvenis ! Cette venue ici ne peut être complètement inutile, et vous le savez aussi bien que moi ! Le destin a fait que nous sommes ici.

— Le destin ? Si une telle réponse a également été votre mot d'ordre auprès « des âmes malheureuses », le travail n'a pas dû être bien dur… Pauvre stoïcien.

Il savait que c'était faux.

— Ce n'est pas cela, répondit M en se rasseyant. Le destin nous mène vers la nature. Je n'ai pas décidé de vous suivre car votre action ne dépendait pas de moi. J'ai choisi de vous accompagner justement parce que je savais que cette action aurait un impact sur notre voyage.

— Et quel est-il ? Où est l'impact ? J'attends une vraie réponse M !

Alors que le serveur lui apportait la boisson commandée, Will, sans même lui adresser le moindre coup d'œil, lui arracha des mains, tout en fustigeant son ami M.

— Regardez autour de vous. Nous sommes assis au beau milieu d'un aéroport à attendre…

— À attendre quoi Will ?

Il avait perdu ce qu'il voulait dire.

— À attendre…

— Qu'attendons-nous au juste ? renchérit M.

Ses lèvres dessinaient un petit sourire narquois. C'est vrai, qu'attendaient-ils ?

Will rabattit ses yeux sur la roche lisse et usée du comptoir.

— Ce que nous attendons, c'est le temps. Car ce qui nous guide…

— … C'est le temps. Oui j'ai compris la leçon, merci.

Il y eut encore un long moment de calme entre les deux hommes.

— L'existence n'est pas régie par un destin que nous devons suivre sans questionner pour être heureux William. Le destin est un chemin semé d'opportunités que nous saisissons en fonction de ce qui nous parait juste. Certes, il est une puissance qui nous dépasse. Mais cela ne nous retire pas pour autant notre liberté. Il est nécessaire de questionner le destin pour découvrir l'essence de notre existence, qui, si elle est écrite, reste malgré tout inconnue. Que sommes-nous Will ? Le destin est cette quête, complexe et indéchiffrable, que nous devons suivre pour tenter d'y répondre. Et le temps, ici, est le seul outil capable de nous offrir une réponse. Simplement, dites-vous bien que dans cette situation, le chemin à emprunter n'est peut-être pas celui que l'on croit devoir suivre.

Il marqua une courte pause pour laisser à Will le temps de comprendre tout ce qu'il lui disait.

— Au lieu de recouvrir nos peines, poursuivit-il, il est nécessaire de les creuser pour en tirer le meilleur. Autrement dit, la solution ici se trouve plus loin encore. Et pour la découvrir, le seul moyen : c'est de remonter le temps. Attendez simplement de voir les opportunités se présenter ! Comme vous l'avez fait pour ce souvenir qui vous est revenu. Après tout, il est parvenu jusque dans votre esprit, et vous avez jugé bon de le suivre. Moi, en tant que spectateur de votre destin, je n'aurais pu négliger cette « première piste ». Alors j'ai fait ce qu'il était juste de faire à ce moment là. Je vous ai laissé faire. Et nous voilà ici, en train de tout repenser. Et voyez-vous, je sais déjà que j'ai fait le bon choix.

— Comment pouvez-vous en être si sûr ? Vous venez vous même de dire que lorsqu'il s'agit du temps on ne peut jamais être sûr de rien. Admettez tout de même, il finit son verre, que vous êtes assez contradictoire !

— Oh, mais, rassurez-vous tout de suite ! lança M avec une confiance étonnante. Je ne vous dis pas cela dans le vent ! C'est parce que l'évènement permettant de savoir que j'ai pris la bonne décision a déjà eu lieu que j'ose prétendre détenir la vérité.

— Ah oui ? Et quand cela ?

— Il y a tout juste quinze minutes.

Will rechercha dans sa mémoire. Quel évènement

avait-il bien pu se produire quinze minutes auparavant ? Quelle action avait-il pu faire ?

— Quand vous étiez endormi Will, vous siffliez. Cela n'aura certes pas duré longtemps, mais je suis persuadé que vous vous rappelez encore ce à quoi vous pensiez…

Il avait dit cela d'une voix nébuleuse et intuitive.

Will réfléchit. *Oui j'ai pensé*, se dit-il. *Mais ce n'était qu'un rêve, ce ne pouvait être…*

— Cherchez bien Will, cherchez bien…

Il ne faisait que ça.

Fixant les yeux verts de Will, Morgan perçut la flamme dans ses pupilles. Il avait retrouvé quelque chose.

— J'ai une question M, déclara-t-il subitement en allant à l'encontre de ce que l'autre s'attendait qu'il lui dise.

— Je vous écoute.

Le vieux se remit dans une position un peu plus convenable, et but un verre d'eau que le barman lui avait servi à leur arrivée au bar.

— De quoi êtes-vous le plus fier dans votre vie ? Et à l'inverse, de quoi avez-vous le plus honte ?

Le ton sournois et vicieux qu'il avait utilisé semblait avoir écorché M. Celui-ci demeura un moment silencieux.

— Je n'ai point de fierté particulière. En revanche j'ai un bon millier de hontes que je n'aurai jamais le temps de vous exposer.

— Dans ce cas, votre plus grand regret ?

Il vit sa gorge se nouer.

— Mon... Plus grand... Regret... balbutia le vieux en même temps de réfléchir.

Will poussa son verre sur le côté pour indiquer au serveur qu'il ne reprendrait pas à boire.

— De ne pas avoir assez... aidé, avoua-t-il, tête baissée.

Une nouvelle fois, Will l'observa d'un air cupide. C'était ce même air qu'il avait pris lorsqu'il avait forcé Jérôme à lui faire des confidences. Il ne croyait pas à la réponse de son compagnon.

— J'entends, dit-il. Vous ne parlez jamais de vos relations, en dehors du cercle de contacts que vous avez soignés ou aidés. Et j'aurais aimé savoir... Quelles sont les personnes, les gens qui vous ont motivés ?

— Les personnes qui m'ont motivé, vous dites. Il y en a eu. Beaucoup. Certaines n'étaient que de simples connaissances. D'autres bien plus... Mais je ne vois pas où vous voulez en venir ? finit-il, fier d'inverser la tendance.

Il s'adossa de nouveau contre le comptoir.

— Ce que j'ai déniché, commença Will, m'évoque comme une sorte de regret. Beaucoup de honte aussi... ajouta-t-il en ricanant. Je ne suis plus très sûr de ce qui a pu se passer au cours de ce souvenir, mais je sais qu'il est mien. Je n'en connais pas même la finalité, mais j'ai une pensée qui me dit que je dois y aller.

— Vous chantonniez toute à l'heure ? demanda M à nouveau enthousiaste. Ce n'était pas que des mots innocents, pas vrai ? Vous fredonniez un air...

— Oui, c'est exact.

Ils se sourirent tous deux.

— Je vous l'avais dit Will. J'ai fait le bon choix.

— Mais si cela ne marche pas M ? Si ce souvenir que j'ai trouvé est une nouvelle erreur ?

— Nous recommencerons. Encore et encore s'il le faut. Mais à terme, nous y parviendrons. Le principal, c'est d'espérer.

Une voix robotique de femme se fit entendre dans l'enceinte de l'aéroport. « *Aéroport Roissy Charles de Gaulle, Vol Paris-Milan 9h30 sur le départ. Aéroport Roissy Charles de Gaulle, Vol Paris-Milan 9h30 sur le départ.* » Et le message se répéta une troisième fois.

Will sourit.

— Milan, murmura-t-il. L'Italie…

M le fixa intensément.

— C'est là-bas qu'il se trouve ?

— Je ne sais pas. Mais j'ai envie d'espérer.

Leurs deux regards se mêlèrent. Dans les yeux gris de l'aïeul, Will lut ce qu'il connaissait déjà. L'altruisme, l'énergie, le courage. Puis, il y vit aussi, ce qu'il y avait deviné. La part de secret, la réserve, le passé inconnu… Or, ce n'est que sur le moment qu'il apprit ceci. Dans le tourbillon infini de ses iris, Will apprit l'amour profond que portait M avec lui. Ce sentiment indéfinissable, inébranlable et pourtant si invisible. L'artiste avait eu le privilège de voir surgir, dans l'éclat de ses yeux, cette lueur qui peuple les hommes ; et en particulier les hommes qui aiment. Avant, il pensait qu'il était ce genre de sage : guidé par une foi mystique, mystérieuse et emplie de bonté. Mais non. M était humain. Le plus humain des hommes, qui pour autant qu'il veuille les cacher, ne pouvait faire disparaître ses sentiments. Pour qui étaient-ils ? Will ne le savait pas. Le vieux devait avoir songé à quelqu'un. Quelqu'un qu'il aimait...

— Eh bien, déclara-t-il pressé de changer d'air, je pense qu'il est temps maintenant. Qu'en dites-vous Will ? Cette fois-ci, c'est à vous d'user de la plume.

Il sortit de sa poche une grosse bouteille en verre, (cette dernière ayant sans doute contenu quelques liquides vineux à l'image de celles jetées à la mer dans les films de pirate). À l'intérieur se trouvaient désormais plusieurs rouleaux emmêlés de parchemin.

— Vous n'avez plus votre canne ?

— Oh non, j'ai préféré la laisser à Jérôme. Cela lui faisait plaisir de la garder, et de toute façon il était temps de m'en défaire.

— Mais vous y teniez ?

— Pas assez apparemment.

Will se montra légèrement surpris. *Après tout, c'est son choix...* pensa-t-il.

M avait sorti deux morceaux de parchemin de la bouteille. Il lui tendit ensuite le stylo magique, et le grand moment fut arrivé.

— Je vous en prie, Monsieur Will.

L'artiste rit.

— Très bientôt, j'espère que vous m'avouerez de vos propres mots d'où vous vient ce surnom, lança-t-il.

M afficha d'abord un visage gêné. Puis, ses traits se détendirent, et il dit :

— Croyez-moi, très bientôt je suis sûr que vous serez en mesure d'en connaître la raison.

Il releva la tête d'un air solennel en esquissant un petit rictus. *Oui, un jour je saurai tout,* pensa Will.

— Il m'apparaît cependant, que ce n'est pas du vieil homme que je suis que vous devrez la recevoir.

Will le dévisagea un moment. Qu'est ce que ceci voulait dire ? Il esquiva une nouvelle envie de le pinailler, et se contenta d'accepter cet énième mystère.

Il inscrivit plus tard le petit quatrain, qu'il parvint étonnement à improviser. Il froissa ensuite la boule et, comme il voulait se montrer de nature polie, la tendit à M pour qu'il puisse lui-même l'avaler.

— Bon voyage ! lui dit-il.

Will voulait s'assurer que M parte avant lui.

— Enfin je découvre vos souvenirs, cher ami.

Il avala le papier enflammé, et disparut en un éclair. Autour, les gens commençaient à s'inquiéter. Will, serein, songea simplement, avant de le rejoindre : *Pourvu que le chant m'emmène là où il faut. Pourvu que la danse m'entraîne vers le point où tout se lie. Je prie pour que l'amour soit la réponse. Je veux que celui-là soit le bon.*

S'ensuivit une tornade d'étincelles bleutées ; avant que la tiède routine de la cité parisienne ne puisse finalement reprendre son cours normalement.

17 : Un soir de vacances

« Parfums d'été pour vacances amoureuses
Musique d'antan qui fait battre les coeurs
Pour une nuit belle et nébuleuse
Où s'opère la rencontre des âmes sœurs »

Un délicieux mélange de senteurs estivales parsemait l'air. Un vent de liberté, d'innocence et de volupté. Un arôme excitant, teinté de romance et d'amitié. C'était le temps des amours qui régissait l'époque. Ici, en 1990. Dans ce pays de flottement et d'évasion. Cette nation que l'on appelait l'Italie…

La grande place était bondée. Les têtes chantaient, riaient, gigotaient au grand air. Le vent sentait l'alcool et le sucre. Par endroit, on dégustait des cornets de glace. Les parfums de vanille, de fraise et de pistache volaient un peu partout au milieu des gens qui esquivaient leurs quelques pas de danses. Tout autour de la piste, les doyens ne cessaient de s'esclaffer depuis leurs chaises. Boisson à la main, ils riaient de voir leurs enfants et petits-enfants s'amuser en cette si bonne période. Celle qu'on disait souvent la plus propice à la naissance du premier amour.

Le souffle de la nuit éclipsait la chaleur ambiante déposée sur les épaules des danseurs. C'était une douce brise. Will l'avait déjà sentie à Paris. Cependant, à l'ombre de Milan, elle prenait une forme plus agréable encore. C'était une touriste à part entière. Une adolescente se déhanchant à des rythmes endiablés. Une vieille dame, assise à écouter les chants de ses ancêtres sur lesquels virevoltait sa progéniture. La brise était omniprésente. Un être multiple faisant partie intégrante de la fête.

Dissimulés à l'ombre d'une rue au mur de craie, l'artiste et M observèrent longuement la scène qui se déroulait tout près d'eux. Ce n'est que plus tard, qu'ils baissèrent les yeux sur leurs tenues. M était vêtu d'une liquette à fleurs, accompagnée d'une chaîne en or discrète et d'un pantalon blanc éblouissant. Le tout serré par une riche ceinture, en provenance d'un éminent couturier… Will lui portait également une chemise à demi ouverte, nappée de motifs multicolores qu'on aurait pu qualifier « d'abstraits ». Un élégant pantalon de laine beige recouvrait ses jambes, dont seule la cheville dépassait. Aux pieds, il chaussait des mocassins au pigment azur, qui eux semblaient au plus neuf de leur état.

Esquissant un sourire à moitié satisfait, Will rit en voyant M rafistoler son accoutrement, en sortant notamment sa chemise du pantalon.

— C'est qu'ça serre ces trucs là ! lança-t-il en reprenant sa respiration. Vous auriez pu trouver mieux comme vêtements Luvenis.

— Je n'ai pas eu le choix! répondit ce dernier en s'esclaffant.

— Tiens donc ! rétorqua M en train de desserrer sa ceinture. Bien sûr que vous avez choisi ! L'inconscient fait tout le travail, car il se remémore chaque détail du souvenir au cours du voyage, et tente ainsi de reconstituer un look plus ou moins approprié à la réalité. Évidemment cela vaut pour tout. Regardez vos cheveux par exemple, dit-il en pointant du doigt sa toison.

Will y passa ses doigts avec précaution. Elle semblait plus épaisse que d'habitude. Par chance, en se tournant, Will aperçut une petite fontaine dont la pierre polie et brillante reflétait le décor. Il s'en approcha, et inspecta rigoureusement le haut de sa tête. Il avait la coupe de cheveux d'un hippie des années 80. Montée en brosse, ébouriffée de chaque côté du front et des oreilles.

Il ne put s'empêcher de lâcher un rire nerveux.

— Wouah ! s'exclama-t-il d'un ton mêlant effroi et surprise.

— Ça vous change, ajouta M en s'approchant.

Il préféra ne pas répondre.

Ils entreprirent ensuite de se diriger vers la source des festivités. Le son de l'animation n'ayant cessé de bercer leurs oreilles, ils arrivèrent enfin au centre de l'action.

Un imposant stroboscope trônait au sommet de la statue antique qui elle-même s'élevait au centre de la place. Les lumières virulentes qu'il répandait dans le cercle côtier de bâtiments et de restaurants, offraient au lieu une dimension unique de boîte de nuit. La musique latine et les tubes des années 80 qui passaient derrière, accompagnaient les mouvements de bras et de jambes, d'un naturel impressionnant. Au dessus des danseurs excités, de longues banderoles aux couleurs de l'Italie s'étiraient d'un commerce à un autre. Ce devait être un jour de fête communale. Pourtant, le monde entier paraissait célébrer la vie. L'engouement des villageois et des vacanciers se faisait intensément ressentir pour ceux qui venaient d'arriver sur la grande place.

Des enfants en bas âges (aux alentours de 6 ou 7 ans) se tenaient aussi par les mains près des murs des restaurants. Ils dansaient, gigotaient dans tous les sens du moins. Ils devaient probablement tenter d'imiter leurs aînés. *Qu'ils sont candides...* pensa Will. L'innocence et la joie scintillaient dans leurs yeux tels les plus éclatants soleils du mois d'août. Par ailleurs, sur une carte d'un restaurant exposée près d'eux, était affichée la date du jour. Nous étions bien en été. Mais les yeux des petits moineaux avaient de l'avance ! Car en vérité, Will et M n'avaient pratiquement pas sauté de journées depuis les festivités qui s'étaient déroulées dans la France de 1998 (si l'on restait bien sûr à échelle journalière). Le jour inscrit était le « *Quindici Luglio 1990* » soit le « 15 Juillet 1990 » selon la traduction de William. Cela faisait bien longtemps qu'il n'avait plus pratiqué l'italien...

La nuit était déjà presque tombée. Par delà les constructions, on ne discernait plus qu'un minuscule puits écarlate à l'horizon. Le rouge et le rose jaillissaient faiblement dans ce ciel obscur d'un été fougueux, obscurci par de rares cumulus. Comme souvent au cours de la période estivale, le ciel était très dégagé. Même après minuit, on sentait toujours l'atmosphère imprégnée d'une clarté surnaturelle.

M fit signe à Will de s'approcher de la piste de danse. Celui-ci hésitant, marqua un temps de réflexion.

Mais l'aïeul, en dépit de son vieil âge, le tira jusqu'au centre où tous les corps se balançaient. Rapidement, il l'invita à se trémousser en tanguant de gauche à droite, croisant les jambes et bougeant les bras. Comme n'importe qui s'en serait douté, le quarantenaire se retrouva en bien fâcheuse posture. En essayant de faire plaisir à son ami, il ne faisait que s'emmêler dans ses pas (ce qui avait tout de même le mérite de provoquer le rire inarrêtable de ce dernier). Des danseuses l'invitèrent plusieurs fois à danser. Mais Will, gêné, ne jerkait que quelques pas avec elles, avant de s'en éloigner. La situation était risible.

Les couleurs éclectiques transpiraient sur les contours suintants des visages. Elles descendaient, s'écoulaient le long des lèvres fines et des nez aquilins. De temps à autres, les visages venaient à se rapprocher. Les regards à se croiser… Et dans le paradis des couleurs, naissait : l'Amour. Celui avec un grand « A ». Une jeune fille blonde, plongeait ses prunelles marines dans celles maronnées d'un jeune homme châtain, tous deux vêtus de chemises légères, prêts à entamer une chorégraphie commune. Évidemment décidés à jouer de leur bouche et de leurs mains. C'étaient des adolescents. Ils étaient en plein cœur d'une période où le désir apparaissait. Et avec lui : l'attraction. La jeunesse ici, trouvait son compte en terme d'émotion enivrante et de sentiments chauds.

Les bras ballants, Will acheva de se déhancher et s'écarta en direction d'un café attenant. Se découvrant seul, M finit par le rejoindre au niveau de la petite table qu'il avait pris pour siège.

— Je ne suis plus vraiment en âge de pratiquer ce genre de chose… déclara Will. Vous encore moins.

— Il n'y a pas d'âge pour jouir des bons moments. La manière de le faire évolue selon chacun, bien sûr. Mais il ne faut jamais se dire qu'en arrivant à tel âge, on n'éprouvera plus le besoin de profiter de la vie. C'est la plus essentielle des leçons qu'il vous faut vraisemblablement encore apprendre Luvenis.

Ce dernier roula des yeux.

M fit signe à un serveur de s'approcher. Par chance, celui qui semblait débordé prit le temps de venir l'écouter. Il possédait le teint mat commun à la majorité des Italiens. Ses cheveux épars luisaient à la lumière dispersée des couleurs miroitantes. Pour le reste, il s'étirait telle une longue perche, non plus maigre, mais qui atteignait sans mal les un mètre quatre-vingt de hauteur.

M l'aborda. Il savait correctement parler l'Italien. Il lui commanda deux boissons que Will ne sut traduire en la langue ; avant que le garçon ne s'exécute en lui adressant son plus beau sourire. Lorsqu'il repartit dans la direction des cuisines, Will laissa un instant traîner ses yeux au niveau de l'allure soignée qu'il arborait. Il parut même s'égarer…

— L'Italie disco des fantaisies juvéniles aurait-elle un effet sur vous mon cher Will ? Ne serait-ce que pour vos appétences, à qui elle laisse, le loisir de se manifester ?

— Oh non M ! râla-t-il, surpris qu'il l'ait attrapé. Pas de ça !

— J'ai tout vu Will, j'ai tout vu… insista l'autre.

— Vieux pervers ! Jamais je n'irais voir…

Il rougit en observant le serveur d'un vilain air.

— Qu'importe ! De toutes façons, je ne suis pas de ce bord, acheva-t-il avec un ton quasi-méprisant.

M s'esclaffa sarcastiquement.

— Ne vous méprenez pas, il doit bien y avoir une ou deux drag-queens dans les environs si c'est ce que vous préférez. Après tout, nous sommes bien dans les années 80, pas vrai ?

Il l'avait piqué de façon à encore plus le provoquer.

— Cela suffit !

Le vieil homme fondit en un rire interminable.

— Ah, sacré Luvenis ! Je plaisantais, vous saviez ? précisa-t-il.

— Je m'en doute, mais sur ce point vous devriez songer à retravailler vos méthodes. Votre humour est loin d'être hilarant.

— Et vous, votre ouverture très cher ! Il n'y a pas à s'emporter de la sorte pour un simple blague. C'est votre droit d'observer qui vous voulez dans la mesure où rien ne sort de votre bouche, et où vous restez assis à cette table. Inutile d'ailleurs, de me préciser l'objet de vos attirances, car si vous me connaissiez assez, vous sauriez que je n'en ai strictement rien à faire ! Bon sang, Will je pensais qu'un détour à StoneWall vous aurait suffi pour l'apprendre.

— Mieux vaut toujours préciser avec un homme de votre âge…

— Je suis de 1968, pas 48 ! Et j'ai voyagé. Je ne suis pas resté cloîtré dans mon village à l'ombre d'Annecy, à vociférer des vilaines paroles envers les « Lécheuses » et les « Tapettes », comme auraient pu le faire mes oncles par exemple. En revanche, cela me surprend qu'un homme comme vous, populaire dans le monde des médias et du show business ne se soit qu'aussi peu affranchi de ces clichés dégradants.

— En quoi ne l'ai-je pas fait ? Je suis un homme d'esprit large, figurez-vous.

— Ah oui ? Vous affirmez prestement ne pas être d'un bord. Mais, de quel bord d'ailleurs ?

— Vous préféreriez peut-être que je vous le dise clairement ? Non, je ne suis pas « ho-mo-se-xuel » !

— Et ensuite ? Un être tel que vous se laisserait-il catégoriser de la sorte ? Je veux dire aussi « bêtement ». Ne savez-vous pas réfléchir à ce sujet ? En parler comme si cela pouvait vous concerner ?

— Ma nature n'a rien à voir avec la style qui me défini. En ce qui concerne ma pensée, elle est mienne et je ne vous permets pas de poser le moindre mot dessus.

— Permettez-moi, tout de même, de dire que ce que vous appelez « nature », relève plutôt d'une culture toxique de la masculinité, jeune penseur.

Il soupira. Face à cette absence de réponse, M changea de sujet.

— Enfin, lança t-il exaspéré par le manque de réflexion de son compagnon. Pourquoi nous avoir emmené ici déjà ?

— Complexe affaire... bafouilla-t-il, regard perdu

sur la place enchantée.

— Vous devez bien avoir une idée ?

— J'en ai bien une, ne vous en faites pas.

M comprit qu'il ne souhaiterait pas s'éterniser sur le fond de cette décision.

— Et quand cela doit-il se produire ? demanda-t-il en s'adossant à la table.

L'élégant serveur revint leur apporter deux boissons cuivrées à l'odeur aussi sanguine qu'excitante.

— C'est simple. Lorsque vous apercevrez la plus jolie fille s'avancer sur la piste de danse en compagnie du garçon le plus repoussant, vous saurez que le moment est venu.

M songea d'un air perplexe.

— Vous vous souvenez sûrement de la chanson sur laquelle ils s'avanceront ? demanda-t-il d'un air tendre et fayoteur.

— Vous le savez très bien…

— Pourriez vous me la rechanter ?

— Pitié, M…

— Allez !

L'artiste soupira. *Quelle honte…*

Il réentendit les paroles. Perdues dans les limbes de son esprit, elles réapparurent une à une. Hurlant chacune la joie et l'amour. La jeunesse et le volubile du quotidien d'antan...

À la dérobée, il se mit à s'enivrer d'une voix aiguë dans la vocalisation d'un pétillant refrain lyrique. Une dizaine de secondes d'abord, puis trente ensuite. Encouragé par M, Will poursuivit à pousser la chansonnette pendant près de deux minutes ! Autour, les attablés lui jetèrent des regards amusés. Gêné, il acheva.

— Cela ira où vous comptez me la faire ténoriser dans son ensemble ? s'agaça-t-il, froissé de honte.

Il est vrai qu'il avait un peu trop forcé sur ses cordes vocales.

— Je pourrais en effet vous le demander, répliqua M avec un sourire malin. Vous chantez très bien Will.

— À l'avenir, tâchez vraiment d'éviter ce genre de plaisanterie, lança-t-il en buvant un peu du cocktail.

— Je vous l'assure.

Will roula une nouvelle fois des yeux comme pour dire qu'il ne le croyait pas.

Les deux hommes s'abreuvèrent ensemble du délicieux mélange d'arômes qu'on leur avait servi, avant de se remettre à fixer les mouvements endiablés de la foule en face d'eux. Le liquide acide et frais descendit dans leurs gorges tel un sémillant ruisseau pressé de prendre sa source. Cela leur fit le plus grand bien.

— J'apprécie ces instants de plaisirs jeunes.

— Vous dites ?

— J'apprécie passer le temps, comme s'il n'était jamais passé. Comme si j'avais vingt ans.

— Idem, je dois l'admettre. Et dire qu'à l'époque je n'aimais pas ma vie. Quel enfant gâté j'étais !

— Vous l'êtes toujours.

Il grogna. Il ne rétorqua pas pour autant, car il savait que telle était la triste vérité.

Le temps semblait maintenant s'être arrêté. Une connexion spéciale rassemblait tous les gens présents. La fête régnait en un lieu où même les lois de l'univers ne pouvaient interférer. La Terre, la Lune, les Etoiles... n'étaient que spectateurs dans ces instants d'allégresse. Un vent de superflu apaisant séparait la petite ville du reste de l'univers. Du moins, c'était tout ce que ce doux moment évoquait à M...

Quelques minutes après qu'ils aient fini leurs verres, Will se fit surprendre.

— J'entends le son... la musique, déclara-t-il.

À l'énoncé de ces mots, M vira sa tête à droite, puis à gauche. Comme si ces paroles avaient déclenché une euphorie bizarre en lui.

— C'est donc venu l'instant... murmura-t-il.

Il ne finit pas sa phrase.

La mâchoire de Will trembla. *Et l'amour vint frapper.*

18 : Une tarentelle endiablée

À mesure que les lumières des stroboscopes blanchissaient, un jeune homme aux cheveux châtains s'avançait au milieu de la place tandis qu'un d'air doux débutait en fond. Il dissimulait une fille avec lui, séduisante et souriante, vêtue de la plus flashy des robes rouges, parsemée de fleurs jaunes. Lui portait un élégant ensemble bleu marine, aux rayonnants motifs grecs sur les épaules.

Bientôt, il se dévêtit de sa veste, qu'il jeta à quelques pas de la piste. Cette dernière atterrit dans les bras d'une jeune femme qui, surprise, eut comme un rire mélangeant embarras et excitation. *Quelle confiance étonnante. On croirait aux prémices d'une célébrité.* Se retournant vers ce qui semblait être sa partenaire, le « gentleman » ouvrit les deux premiers boutons de sa chemise. La femme en face, lui adressa un regard de défi. La foule s'écarta progressivement pour laisser la place au couple. Rien ne leur avait permis de privatiser cet instant commun. Mais une aura rare se dégageait du duo.

Soudain, les projecteurs se ruèrent et s'arrêtèrent sur le centre de la place, pile à l'endroit où se trouvaient les deux jeunes gens. La chevelure sombre de la fille se peignit de blanc, quand les yeux du galant jeune homme s'habillèrent d'un éclat d'excitation. Leurs deux regards rivés l'un sur l'autre furent bientôt rattrapés par la musique, qui après sa brève pause dans le mutisme, déclencha son haut potentiel.

La chanson s'ouvrit et tous deux commencèrent à reculer, bouger, tournoyer dans tous les sens. Le son rythmant leurs pas, ils tracèrent un arc de cercle sur le sol en tournant sans se détacher du regard. Un sentiment de provocation, d'échauffement ou bien encore de frénésie emplissait la place, où désormais il n'y avait plus qu'eux pour exister. Le reste du monde demeurait fantomatique face à la grâce de la jeune femme, et l'aisance du jeune homme. Le tout symbolisant parfaitement l'amusement total et le lâcher prise de la fleur de l'âge.

L'esprit disco que renvoyait la musique leur fit esquisser quelques mouvements de bras l'un envers l'autre. Jusqu'à ce qu'enfin, ils achèvent de se retrouver. En se faisant tourbillonner l'un après l'autre telles des toupies électriques. On apercevait la sueur dégouliner le long de la gorge découverte du garçon. Sa peau humide ajoutait de la fièvre à la danse. La jeune fille, elle, représentait l'allégorie parfaite de ce que les « hommes aimaient appeler la féminité » : aphrodisiaque, raffinée et légère. Pas sûr en revanche, qu'elle révélait ici sa véritable identité…

La danse qui ressemblait à une tarentelle revisitée, se poursuivit pendant près de trois minutes. Temps au cours duquel les sifflements, cris de joie, rires et autres bruits de foule se firent entendre un peu plus fort, chacun avec le but d'encourager le couple à continuer. Au final, une véritable chorégraphie improvisée eut lieu ce soir là. Personne ne s'y attendait. Pas même les concernés ! Et pourtant, ce souvenir marqua un tournant décisif.

Assis dans l'ombre, l'adulte observait son double de son œil humide. L'aïeul présent à ses côtés, souriait pour une raison inconnue. L'artiste savait ce qui allait arriver par la suite. Ce n'était encore pas la trace qu'il recherchait…

Lorsque la tarentelle fut terminée, un tonnerre d'applaudissements et de cris retentit dans la place. Les attablés levèrent leur verre et frappèrent le bois de leurs poings, dans un rythme partagé. La foule autour du couple s'empressa de rejoindre la jeune fille pour la flatter en s'exclamant. Le jeune homme lui, malgré son apparente popularité, préféra se mettre de côté…

On le revit quelques minutes plus tard, au cours d'un moment de partage sur une chanson plus actuelle. Le son était moins fort, et les deux compères assis à table pouvaient s'entendre.

— La première chose que j'aurais envie de vous dire, commença M, c'est qu'en plus d'être un remarquable interprète, vous êtes, que dis-je « vous étiez » aussi un excellent danseur ! Mais je vais m'abstenir de développer mon point de vue sur vos talents cachés, et vous demander plutôt l'identité de cette ravissante jeune fille ?

Will garda un moment le silence. Il avait l'air ému mais n'avait pas mine à vouloir s'exprimer. Tout ce qu'il faisait, c'était contempler, d'un regard peiné et jaloux, la foule de jeunes se réjouir sous les feux multicolores. Cependant, pour M qui l'observait, il était difficile de deviner ce qu'il ressentait. Pouvaient autant se décrypter la jalousie que la nostalgie, qui coulaient toutes deux dans ses prunelles. Dans tous les cas, l'artiste semblait avoir plongé très loin dans un gouffre de chagrin et d'amertume.

Il se pinça les lèvres.

— Je ne me rappelle plus son nom.

Désirant lui redonner le sourire malgré sa déprime, M dit :

— Et lui ? Vous vous rappelez son nom ?

Il montra du doigt un jeune homme avec lequel le jeune Will semblait intimement se déhancher.

— M… murmura-t-il avec un petit soupir.

Celui-ci sourit.

Il n'avait même plus la force de répliquer contre ses plaisanteries. Mais bon sang, qu'est ce qui le rendait ainsi ?

Quelques instants plus tard, Will reprit confiance et ordonna :

— Levons-nous.

Au même moment, la jeune fille de toute à l'heure vint chercher le jeune Will sur la piste de danse en lui chuchotant quelque chose. M qui avait vu la scène, décida de suivre son compagnon sans rien dire.

Pendant ce temps, le jeune couple s'en alla dans la direction d'une ruelle attenante, à l'opposé du restaurant dans lequel les « señors » venaient de boire.

Ces derniers s'empressèrent de les suivre. Traversant la place en adressant de brefs saluts aux Italiens pour paraître aimables, ils se dépêchèrent de passer la piste où tous bougeaient sans faire attention. M, qui suivait Will, faillit même se prendre un coup de talon dans la tête. *L'insouciance s'aligne toujours avec le danger*, pensa-t-il en philosophant.

Finalement, lorsqu'ils furent sortis de la foule, Will se mit à hésiter sur la rue qu'ils leur fallaient emprunter. Puis, par le plus grand des hasards, il eut comme un « flash » de sa mémoire, et il se souvint que la rue qu'il cherchait était la plus étroite de toutes. Il regarda alors à gauche. C'était trop large. En face. La rue était bondée. À droite. Idem. D'un air affolé il repassa plusieurs fois ses yeux de tous les côtés.

— Will… bredouilla M.

— C'est par là, finit-il en désignant une rue à une centaine de degrés à gauche qu'il n'avait pas remarquée auparavant.

M lui emboîta le pas en soufflant.

Ils se pressèrent de rejoindre la modique ruelle, qui empruntait un pavé inégal. Ce dernier brillait à la lumière de la lune, qui partout, les suivait sous leur pas. Après tout, Artémis était toujours présente, lorsqu'il s'agissait des affaires de jeunesse…

Enfin, ils parvinrent au lieu souhaité. Will fit signe à M de se cacher à l'arrière d'un muret perpendiculaire à la rue. Pendant ce temps, lui se mit à l'ombre d'un muret de briques voisin.

La scène qui se déroula ensuite sous leurs yeux,

évoqua pour chacun un sentiment complexe et indéfinissable, même pour les plus grands esprits. Maints philosophes avaient tenté de le décrire, mais aucun n'en avait retiré de vérité ou même de loi universelle. Car l'amour était de ces choses que l'on ressent souvent sans les comprendre. Elles émergent en nous lorsque l'on ne s'y attend pas. Elles nous tourmentent. Mais l'on doit vivre avec, et accepter de ne pas les assimiler. Accepter de se faire surprendre, à chaque fois… Ici l'amour fut de cette curieuse incompréhension : léger et lourd. Dur, et tendre. Réaliste et flottant. Un paradoxe qui aura duré comme cela cinq minutes. Ni plus, ni moins.

Adossés à chacun leur pan, les deux amis partenaires, se fixaient. Ils discutaient, se murmuraient des mots sans défaire leur lien visuel. Néanmoins, le ton semblait sérieux. Pire encore : il semblait froid. Que se disaient-ils ? Cela, il n'y avait que Will pour le savoir…

Ce dernier, accolé au muret, tremblait de toutes parts. M depuis sa cachette, ne faisait qu'alterner son regard entre le couple de jeunes gens et son protégé. Il devinait sensiblement l'issue de cette situation. Cependant, il voulait à tous prix s'assurer que Will ne lui fasse pas un coup semblable à celui de l'aéroport. Il connaissait bien assez les risques que pouvait engendrer le visionnage d'un souvenir. En particulier dans le cas de Will.

L'aïeul voyait les deux tourtereaux se rapprocher de plus en plus. Le visage du Will âgé ruisselait de sueur. Pétrifié par la peur. Désemparé. Celui-ci se rappelait nettement ce qui allait advenir. Et il n'aimait pas ça...

— Embrasse-la... disait-il depuis son muret.

Il continua de murmurer frénétiquement.

Les deux jeunes s'échangeaient des paroles avec des mines au demeurant impassibles. La jeune fille se voulait hypnotisante, excitante, mais le garçon restait de marbre. Il n'avait plus l'air intéressé.

— Will, calmez-vous ! lui intima M. À force de murmurer, ils vont finir par vous entendre.

— Je veux qu'ils m'entendent.

— Hein ?

Des larmes piquantes apparurent subitement dans les orbites du pauvre Will. Des pincées brûlantes qui traduisaient en tout point la colère qui le consumait de l'intérieur. M stupéfait, garda la bouche ouverte.

— Je ne veux pas que cela reste ainsi...

— Vous savez pourtant que c'est impossible.

Il lut le désespoir dans ses yeux.

Les jeunes qui poursuivaient leurs conversations, commencèrent à se chamailler. Cependant, M, intrigué, comprit rapidement que cette dispute n'impliquait pas l'immaturité de deux adolescents. On aurait dit un couple en pleine crise. Et puis, la fille s'approcha. Elle plaqua ses mains moites sur le torse à moitié nu du jeune Will, et approcha son visage du sien, le regard apeuré. Elle tenta un baiser. Le jeune homme la dégagea d'un revers sec. M, pourtant si loin, réussit à entendre aussi clairement qu'un cri de guerre, le mot foudroyant qu'il prononça. « Non ! »

Le Will âgé devint rouge. Il bouillonnait de

l'intérieur.

— Bon sang abruti, reste avec elle. Reste avec elle… Reste avec elle !

Alors qu'ils se séparaient pour de bon (la jeune fille restant en plan, et l'autre s'éloignant en direction d'une rue voisine) les deux adolescents ne purent s'empêcher de faire volte-face. Au bout de la ruelle, ils distinguèrent une ombre se dégager de l'arrière d'un muret de briques. Les deux hommes planqués (en particulier Will) sentir leurs muscles fléchir, jusqu'à se détacher de leurs corps. La version âgée du jeune homme fondit en un instant.

— Qu'ai-je fait, dit-il en déversant les larmes qu'il ne parvenait plus à retenir.

— Allons-nous-en ! s'exclama M d'un ton sec en se ressaisissant

Il le poussa avant que les deux jeunes n'aient le temps d'intervenir. Après coup, il l'emmena bien loin, dans un endroit calme, le plus vite possible, là où ils ne pourraient pas les trouver.

Will était à la limite de refaire un malaise. Une déception sans nom barbouillait son visage. La sueur qui coulait le long de ses joues n'était que le reflet physique de ses larmes, imprégnées du plus grand des chagrins.

— Qu'ai-je fait, répéta-t-il à nouveau.

Qu'ai-je fait pour ne pas réussir à accepter la vie ? Qu'ai-je fait pour prendre des décisions aussi stupides ? Qu'ai-je fait pour vouloir repousser l'amour aussi ardemment… Il se sentit toucher le fond.

M l'aida à marcher sur près d'une centaine de

mètres. Ils arrivèrent au bord d'une route déserte, qui séparait la cité illuminée des champs silencieux d'une campagne avoisinante. À partir de là, il l'assit par terre, et le laissa de lui-même sécher ses larmes. Il se posa, et pensa qu'il était grand temps qu'ils se disent la vérité. Qu'ils s'avouent leurs peines et leurs secrets, qu'ils s'efforçaient tant bien que mal de garder pour eux depuis qu'ils se connaissaient. Qu'ils s'expliquent librement…

— Il est temps Will, dit-il.

Ce dernier lui jeta un regard interrogateur.

Ils possédaient autant de secrets l'un l'autre. Chacun avait sa part de mystères. Tous deux conservaient dans leurs cœurs, les sentiments intimes qui les avaient conduits jusqu'ici. Les sentiments enfouis qui, paradoxalement, avaient bâti leurs vies… C'était le moment de se les partager.

À présent, il était venu l'heure de parler d'amour.

19 : L'heure des vérités

Il arrive parfois qu'une connexion entre deux êtres que l'on associait à la grande alliance, se révèle être une simple amourette, et se rompe aussitôt. Allons, Will, ce n'est qu'un chagrin d'amour…

« Je t'aime ». C'étaient les mots qu'elle avait prononcés. « Je t'aime d'un amour si grand, si beau et si sincère William. Aime-moi en retour…». Qu'avait-il répondu ? Qu'avait-il fait en retour ? Grincer des dents, avaler sa salive, reculer d'un ou deux pas. Pour au final, éclater dans un « non ». Une réponse ferme, qui lui aura laissé tant de remords…

Ses ongles se garnissaient de la terre qu'il creusait compulsivement avec ses doigts. Il tirait de toutes ses forces les cailloux et les mauvaises herbes enfouies dans le sol, comme s'il désirait arracher le cœur de la Terre tout entier. La chaussée sombre n'était même pas éclairée par la lumière de la Lune. Tout était noir autour de lui. Tout, mise à part… cette main, immaculée, posée délicatement sur son genou gauche. Ces vieux doigts ridés, rassurants comme légers. Dans cette canicule d'été, seule sa chaleur suffisait. Le reste n'était que souffrance.

— Elle s'appelait Apollina. Rayonnante dans ses yeux, comme le soleil du dieu à la lyre. Agréable dans sa voix, comme le son mélodieux des vagues sur le rivage. Pertinente dans beaucoup de domaines. Ambitieuse et idéaliste. Elle m'aurait tant aidé…

— Séchez vos larmes, lui dit M en lui tendant un mouchoir.

Il l'attrapa et s'essuya les joues.

— C'est si dur de se dire, que rien au monde ne pourra changer le cours du temps. Je recommencerais bien ma vie entière si je le pouvais.

M fut surpris par ses paroles.

— Ne soyez pas si excessif dans vos mots. Qui vous dit que c'est cette jeune femme aurait réussi à combler votre vie ?

— Parce que cette relation a été la seule que j'ai réussie à entretenir avec quelqu'un. La seule ! Et je ne l'ai pas acceptée. J'avais trop de projets en tête. Trop de structures planifiées. Un amour aurait tout perturbé. Je n'ai pas voulu laisser de place à une pareille émotion.

M renchérit :

— Mais justement, la vie est faite de bon nombre d'aventures William. Vous ne pouvez pas vous baser sur la source d'une seule. Cela ne mène à rien.

— Vous avez sans doute raison, bredouilla Will en se mouchant. Peut-être qu'elle n'était pas celle qu'il me fallait… Peut-être est-ce même l'un de ces hommes, le serveur ou le danseur, qui aurait fait mon bonheur. La vie est si difficile à cerner, finit-il sans la moindre once de plaisanterie.

— Peut-être. On ne le saura jamais.

— Mais, si tel est le cas, quand peut-on vraiment reconnaître que l'amour que l'on a trouvé est le bon ? Le véritable, comme tant le désignent…

— En ce qui me concerne, répondit M, je ne crois pas au véritable amour. Je crois en l'amour véritable. Et la différence entre les deux se trouve dans l'interprétation. Le véritable amour est une idéologie, souvent mensongère, alors que l'amour véritable, lui, s'apparente à ce que j'appellerais « l'amour sincère ». Détaché de l'aspect physique et sensible, déjà, mais complémentaire entre deux moitiés pour une certaine durée. Le temps passé au côté de l'être aimé n'aura ainsi été qu'honnêteté et bonté, même si, comme certains s'amusent à le dire « l'amour dure 3 ans ». Il ne faut pas idéaliser une relation en particulier, de façon à ce qu'elle dure longtemps. C'est comme cela que l'on est déçu. Mieux vaut en savourer chaque petit instant.

— Vous avez déjà été amoureux Morgan ?

Le vieil homme s'affranchit de son air doux. Son sourire fondit. *Il était temps.*

— Vous connaissez déjà la réponse William.

— Comment ça ?

Il ferma les yeux. Will releva la tête. Il se dit que pour lui aussi, il était venu l'heure de parler de certaines choses, dont il ne mentionnait pas l'existence.

— Tout ce que je connais c'est la première lettre de son prénom, dit-il.

M lui jeta un regard limpide.

— Nous rencontrons tous notre bel Apollon Will. L'être que l'on imagine le plus parfait qui soit, que l'on gamberge d'atouts jusqu'au fond des yeux. La votre s'appelait Apollina. Le mien se nommait Darius.

— Les limites entre l'amitié et l'amour sont donc

si faibles… déclara Will avec un malin sourire. On m'avait dit que vous n'étiez que de simples amis.

— Même si nous l'avions été, croyez-moi, notre amitié aurait été de loin la plus extravagante de toutes. Lui et moi n'aimions pas la simplicité.

Will marqua une pause dans le dialogue avant d'ajouter quoique que ce soit. *L'heure est venue*, pensa-t-il. Il inspira profondément, puis dit :

— Lorsque nous étions à Paris, j'ai rencontré un homme. Il portait un joli chapeau, ainsi qu'une riche canne à tête de lion. Sa peau métisse et ses yeux ambres étaient d'un coloris aussi ténébreux que celui de la nuit qui berce les jeunes enfants. Il m'a paru être âgé d'une cinquantaine d'années tout au plus. Je me sens en droit d'exiger des explications M. Cet individu m'a conté beaucoup de choses à propos d'un autre homme. Que dois-je comprendre ?

M sourit.

— Darius se trouvait de passage à Paris le soir de la Coupe du Monde. J'ai eu vent de votre rencontre. Par conséquent, j'ai peu de doute sur la nature des choses qu'il a pu vous raconter.

Il avait donc eu raison de faire le rapprochement entre l'homme de la photo, et sa rencontre nocturne. Désormais, il ne verrait plus les faits de la même façon.

— Comment êtes vous au courant ? demanda-t-il sèchement.

— C'est Jérôme qui m'en a informé. Il l'a deviné devant l'insistance que vos questions sur le cadre trahissaient. À vrai dire, vous lui avez semblé quelque peu agressif.

Quelle nouvelle, pensa Will en roulant des yeux.

— Dans ce cas, si vous savez tout, vous n'avez plus qu'à me répondre.

— Dites moi tout de même. J'aimerais entendre de vos mots ce qu'il a dit.

Will d'abord surpris par cette requête, s'exécuta :

— Il m'a parlé d'un homme manipulateur, à qui il ne fallait se fier. Un faux altruiste, aux idéaux bien plus sombres que ce qu'il laissait paraître. Un être hypocrite et déloyal. J'aurais pu me détourner de vous bien avant que cet instant n'arrive M. Heureusement pour vous, votre majordome pleurnichard est parvenu à me faire attendre suffisamment jusque ici, grâce aux louanges qu'il m'a fait de vous. Entendez bien le poids que j'ai dû porter durant ces dernières vingt-quatre heures Morgan. Et le courage dont j'ai dû faire preuve pour continuer à vous suivre. Alors à présent, je vous demande de me répondre, et de me dire toute la vérité.

Sans surprise, l'accusé ne parut aucunement chamboulé par toutes ces annonces.

— Le loup et le lion se tournent parfois autour sans jamais vraiment se comprendre… déclara-t-il dans la caresse du vent.

— Hein ? s'exclama Will.

— Vous avez très bien compris.

Will fronça les sourcils.

La brise fugitive gazouillait le long du goudron cendré. Elle insufflait comme des petits chatouillis, sur les pieds nus des deux compères.

— Ainsi, énonça M, vous comprenez peut-être enfin toute la symbolique que j'ai tâché tant bien que mal de vous transmettre. Darius répondait au surnom d'Apollon, car il portait l'emblème du Lion avec lui. Figure du soleil et de l'art. Quant à moi, j'étais Artemis. Le Loup était mon blason. Loin de nous l'idée de nous représenter à l'image des dieux jumeaux, mais plutôt, de la même veine que ces derniers : comme deux âmes connectées pour l'éternité. Liées par les mêmes rêves et les mêmes idées. Car bien que ce soit peut-être difficile à concevoir pour vous qui ne l'avez rencontré qu'une seule fois, il fut un temps où « D » et moi étions concentrés sur un objectif commun. L'espoir d'une paix véritable laissée à chaque pas derrière nous, et d'une harmonie optimale. Cependant, mon orgueil, tel qu'a dû vous l'évoquer Darius, a tout gâché…

— Oh, il ne s'est pas arrêté là ! enchaîna Will. Il m'a raconté que vous étiez du genre à abandonner lâchement ceux qui vous entourent, quand ils ne vous servaient plus. Que vous étiez quelqu'un d'égoïste et d'égocentrique !

— Et vous trouvez cela terrible ? Étonnant venant de vous…

Will serra la mâchoire avant de se faire tout petit.

— Mais je m'égare. Ce n'est pas à moi de vous attaquer sur vos propres attitudes… Surtout au vu de celles que j'ai pu en effet entretenir, auprès de celui que je considérais comme mon âme sœur. Ce que j'ai fait le fut : TERRIBLE. Et je comprends aujourd'hui, que Darius se montre autant fâché. Pas un jour ne se passe sans que je regrette ce que j'ai fait, ou plutôt ce que je n'ai pas su faire, avec lui. Sur ce point, je ne peux que lui donner raison. Je l'ai déçu, c'est comme ça. Et consciemment, finit-il d'une voix étranglée, je sais que jamais je ne pourrai vraiment comprendre, à quel point il m'en veut. J'ai été cruel. Je n'ai pensé qu'à moi. À mes croyances et à mes idées, que je pensais supérieures .

— Il vous en veut énormément

Les yeux du vieux s'humidifièrent.

— À juste titre…

Will lui jeta un regard noir. M était au bord des larmes.

— Il a également parlé d'autre chose, poursuivit l'artiste. Une chose qui paraissait me concerner.

— Dites, je pourrais toujours tenter d'y répondre, lui dit M en se frottant les cils.

— Il a dit que vous l'aviez manipulé, et que vous aviez pour projet de faire la même chose avec moi. Il a finit en précisant que je ne vous connaissais pas. Que je ne vous avais jamais vu sous votre vraie « nature ». Le tout dans le but d'une quête dont vous seul êtes au courant du sens caché.

— Premièrement, je ne vous ai pas manipulé Will, trancha M aussitôt ces paroles sorties. Jamais je n'y ai songé, et jamais je n'oserais le faire. Pour ce qui est de Darius, je ne l'ai pas manipulé non plus. En revanche, je lui ai menti. Beaucoup. Et tout le problème réside dans cette quête. C'est de là qu'est parti l'implosion… Car, oui, William, il n'est plus l'heure de vous le cacher. Ce voyage que nous sommes en train d'accomplir, accompagne un objectif qui dépasse de loin celui d'un simple « retour aux sources ». Seulement, Darius, dans sa jalousie prépondérante, a toujours imaginé que je connaissais le sens véritable de cet objectif. Et moi, naturellement, j'ai toujours abondé en ce sens. Mais la vérité Will, la stricte vérité, c'est que je ne sais pas où cette quête nous mènera. J'ai le pouvoir de remonter le temps, mais je ne prédis pas le futur. Il n'y a aucun moyen de savoir si nous réussirons ou non, ni même si nous sommes en mesure d'y parvenir. Un seul son me dicte et me pousse à poursuivre cette quête : celui du destin. Un souffle ancien. Tel celui d'une prophétie à accomplir...

Will en avait le souffle coupé.

Qu'est ce que... Sa mâchoire fondit. *Pourquoi ? Où suis-je ? Comment est-ce...* Les questions se bousculaient dans sa tête. Dans quel roman avait-il bien pu tomber ?

— Où allons nous ? Quel est le but de cette quête ? Quel en est le véritable enjeu... bredouilla-t-il à haute voix sans vraiment poser de question.

— Seul l'avenir nous le dira, répondit M malgré tout. C'est inexplicable, mais j'ai le souvenir que quelque chose m'est autrefois parvenu ; comme une sorte de signe. Aujourd'hui encore, je ne sais pas si ce que j'ai vécu s'est produit sous la forme d'un rêve, ou bien au cours d'une situation réelle. Or, je sais désormais ce que cette vision avait pour but. Je devais vous rencontrer Will. Je devais vous aider. Tout était écrit. Et cette quête, désormais inscrite dans les anales du temps, doit être terminée. Ce n'est qu'une fois à ce stade, que nous saurons ce que tout cela voulait dire.

— Quand avez compris ?

— Quand je vous ai vu. C'est à cet instant, pile, que j'ai assimilé ce que toute ma vie, j'avais cherché à comprendre. J'ai aidé bon nombre d'hommes, Will. Souvent au hasard. Mais vous, en vous voyant, je savais que ce serait différent. Le destin me l'a chuchoté. Comme par l'oreille de mon passé…

Il y eut un blanc interminable entre les deux hommes. La vision de Will changeait activement. Tout ce qu'il s'était mis en tête, était à présent bouleversé. Ce qu'il avait imaginé être un voyage métaphysique au cœur de son être, semblait s'être transformé en une mission prophétique d'une dimension hallucinante.

— Moi, déclara-t-il l'oeil scintillant sous la pluie d'étoiles, qui imaginais si naïvement que vous m'emmeniez pour une sorte de « trip thérapeutique »... Comme une petite virée avant de mourir, rigola-t-il nerveusement. Qu'est ce qui vous a mené jusqu'à moi ? Et pourquoi diable, a-t-il fallu que ce soit maintenant ?

— Je ne sais pas Will. Je crois que ne l'ai pas choisi non plus à vrai dire. C'est le destin, je vous l'ai dit. Rien d'autre n'aurait pu me conduire jusqu'à vous de toutes manières. Tout comme rien d'autre n'aurait pu vous conduire jusqu'à moi. Les êtres se rejoignent et l'on ne sait pourquoi. Ce n'est qu'une fois qu'ils se rencontrent, que quelque chose d'incroyable peut se produire.

Will buvait ses paroles dans le plus grand silence. Quand soudain, M reprit :

— Après tout, pensez-y, l'univers est ainsi fait ! Comment les premiers humains se sont-ils rejoints pour donner naissance à de nouveaux êtres ? Comment le Big Bang s'est-il créé ? Je reprendrai la phrase de Lavoisier en la modifiant pour dire que : « Rien ne se crée, rien ne se perd, tout se rejoint pour offrir plus grand » ! C'est aussi pour cela qu'il n'y aura jamais de fin ici et là. Tout n'est qu'une suite de rencontres tous comptes faits ! Et l'on ne sait pourquoi elles arrivent à un moment précis de l'existence.

Suite à ce petit discours, Will prit à nouveau un air surpris.

— À vous écouter, dit-il à voix basse, on pourrait croire que l'univers tout entier s'est bâti à partir d'une comédie romantique.

— Et pourquoi ne serait-ce pas le cas ? répliqua l'aïeul, amusé.

Ils s'esclaffèrent ensemble. Même si, au fond, ils ne jugeaient pas impossible cette théorie...

— En revanche, rétorqua Will d'un ton plaisantin, vous m'excuserez mais c'est plutôt vous qui m'avez trouvé. Mon destin a été tourneboulé à cause de votre venue, et non l'inverse !

— Ça c'est vous qui le dites ! Apprenez donc à voir les choses dans les deux sens, rétorqua M sur le même ton.

Il rit.

— Dans tous les cas, reprit M d'un ton significatif, vous ne devez pas vous soucier de l'arrivée. Ce n'est pas elle qui compte, mais toute la durée de la quête. Les minutes de la vie qui passent sont souvent oubliées des hommes. Pourtant quand s'entrouvre la vision de la mort, ce sont les seules choses auxquelles ils songent... Je vous conseille de savourer chaque minute de cette quête. Au demeurant, elle est toujours votre dernier voyage de vie.

— Vous voulez dire qu'écumer les déceptions est la seule chose qui compte pour moi dans cette quête ? Si l'enjeu est grand ne faudrait-il pas plutôt se presser ?

— Vous appelez « déceptions », ce que j'aime appeler « enseignements ». Vous devez définitivement apprendre à voir les choses différemment William.

Ce dernier soupira.

Après cela, tous deux se mirent à contempler la voie lactée. Les mains dans l'herbe fraîche, le nez au vent. Ce passage que l'on appelait « la nuit » était propice aux rêves. Ainsi, tous deux se surprirent à rêver de choses et d'autres, d'amour et d'instants passés. Ce dont ils se rappelaient de leurs voyages respectifs : les bons comme les mauvais moments. C'était comme si chaque petite étoile représentait un passage antérieur de leurs vies. Elles brillaient si fort dans la nuit noire. Comme les souvenirs, qui illuminaient si puissamment la vie des gens dans le présent…

Le temps des vérités avait rendu son compte.

20 : Les raisons du cœur

Will fut le premier à sortir des rêveries. Il regarda son compagnon. Les pupilles de ce dernier reflétaient le millier d'éclats présents dans le ciel. Puis, celui-ci referma les yeux, avec un joli sourire. Une larme coula le long de sa joue, qui se teignit d'une couche de luisant. L'humidité du visage de l'ancien évoquait à Will le visage d'un enfant. Triste de devoir affronter la dure réalité...

— Vous pensez toujours beaucoup à lui, n'est-ce pas ? lui dit-il.

M hésita à répondre.

— Tout comme vous et votre Apollina, rendit-il. Les souvenirs ont le don haïssable de ne jamais faire mourir l'amour.

De la poche salie de son pantalon, M tira un morceau de papier, abîmé. Il le défroissa, souffla dessus, l'aplatit sur ses cuisses, avant de concentrer toute son attention dessus. Il sembla l'inspecter. À la fin, il se dessina un petit sourire sur son visage. Comme celui que l'on met lorsque l'on se trouve face à des enfants, qui nous montrent leur prouesse du haut de leur petite taille.

— La magie entre nous était si particulière quand j'y pense, allégua-t-il. Désirez-vous que je vous lise ce qu'il m'a autrefois écrit ?

— Si cela peut vous faire plaisir, répondit Will,

très intéressé à dire vrai.

— Bien. C'est par cette lettre qu'il m'a dévoilé ce qu'il ressentait. À l'époque, malgré nos travaux et nos réflexions avancées, nous étions jeunes et insouciants. Je ne sais pas s'il est normal que ce soit lui qui ait eu à faire le premier pas. Tout ce que je sais, et cela fort bien, c'est qu'il était bien meilleure plume que moi. Écoutez...

M prit son courage à deux mains. Il inspira. Dire que l'émotion d'une lettre d'amour parvenait encore à tirailler son cœur d'octogénaire. C'était beau de voir ça.

— « *A toi, ami qui partage mes jours. Jeune loup venu d'Europe. Je ne sais comment te le dire. Dans mon pays, il n'y a pas de ça. Il n'y a pas de cette émotion. Celle que je ressens pour toi. La foi qui me tient ne me permet pas de te le dire, dans ce que l'on m'a enseigné d'elle en tous cas. Il n'y a pourtant pas plus simples, pas plus humains que ces deux mots, que je n'ose t'énoncer, du moins en tant qu'ami... Je te demande de m'imaginer, dépouillé de cette enveloppe. Je te demande de voir mon âme, et d'écouter ce qu'elle a de si franc à te dire. Car c'est avant tout d'elle que tu recevras ces mots : je t'aime. D'un amour si puissant. Des tréfonds de ma chair. Des profondeurs de mon sang. Je te chérie plus que le Soleil qui trône du matin au soir. Plus que la Lune qui nous fixe de son beau regard la nuit venue. Plus que les étoiles, qui ne sont pas sans rappeler tes yeux. Et rien, pas même la fraîche pluie d'été, ne viendra dans mon cœur, prendre la place de ta si belle météo. C'est pourquoi, si la lumière venait à s'éteindre ; si au cours d'un de ces jours sombres, le monde venait à ne plus fonctionner ; et s'il ne devait demeurer qu'une seule chose dans cet univers, ce serait toi qui devrais rester. Ainsi, tu l'apprends aujourd'hui, mon héros. Mon dieu. Mon esprit, n'est dès lors, plus peuplé que par l'image de ta lyrique apparition.*

À toi, que je considère comme mon âme sœur. Je serai ton Soleil dans la nuit noire. Ton Apollon dans tes bas-fonds. Pour ainsi dire, j'éclairerai ton cœur, des plus jolis rayons. Je serai ton meilleur ami ; ton conseiller ; ton protecteur. Et bien plus encore... Si tu me considères, promets moi de ne rien dire. Darius. »

Un oiseau inconnu passa dans le ciel. C'était un volatile minuscule, esseulé dans la nuit. Les deux compères l'observèrent battre des ailes rapidement.

— C'est d'une poésie si franche, réagit Will avec émotion.

— Merci Will. Je me souviens de la première fois où je l'ai lue. Cela fait si longtemps…

— Quand était-ce ? Je suis curieux d'en entendre plus sur votre histoire à tous les deux.

— Nous étions si jeunes. À vrai dire, nous avions tous deux vingt-quatre ans. J'étais en voyage au Costa Rica au cours de l'année 1988. Je contribuais à une association pour le bien-être animal, dans laquelle il était bénévole pour l'été. Nous travaillions ensemble à la préservation des faunes sensibles comme celles des forêts et des rivières. C'était un jeune homme ingénieux. Il ne manquait jamais d'audace et de bonnes idées, ce qui avait le don de me plaire. À l'époque, il était en couple avec une jeune femme prénommée Carolina. Cependant, vous vous en doutez, dit-il en ricanant, dès le début de notre amitié, les choses ont tout de suite changé. Cela faisait trois semaines que nous nous connaissions, lorsqu'ils se sont brutalement quittés. Le pire, c'était qu'il n'avait même pas l'air écoeuré par cette séparation.

Le coup de foudre, songea Will.

— Nous sortions ensemble chaque jour, à côté du travail, à la découverte de nouveaux lieux. Lui connaissait bien mieux le territoire que moi. Le soir où il m'a remis cette lettre, nous avions été à la rencontre de chutes d'eaux au sud du pays. Nous étions très fatigués, et avions conclu d'y retourner le lendemain pour finir la balade que nous y avions commencée. Déjà ce soir là, je l'avais trouvé très proche de moi. J'étais monté en sa compagnie dans ma chambre d'hôtel qui se trouvait à San José. Je m'étais assis sur mon lit, et tout de suite, j'avais senti quelque chose se friper dans ma poche. J'avais alors tiré le petit papier. Il était tout froissé. Par la lumière tamisée du soleil couchant, j'avais lu ce qu'il m'avait écrit. Et par la fenêtre de ma chambre, je m'étais mis à hurler de joie. Je pleurais d'une extase si grande que j'aurais pu sauter et courir toute la nuit dans les rues de San José. Je m'étais jeté sur mon lit, avec l'un de ces grands sourires. Ceux que l'on arbore qu'une fois dans sa vie. Et je n'avais pas dormi. Le lendemain, je l'avais retrouvé. Nous étions comme prévu retournés à l'endroit des chutes, et une fois là-bas, nous avions discuté. En marchant d'abord, puis sous les cascades. C'est précisément sous l'une d'elles, que nous a été offert ce moment que les jeunes d'aujourd'hui aiment tant diviniser. Notre premier baiser. L'eau battait contre nos dos et la pierre glissait sous nos pieds. Les gouttes qui ruisselaient le long de nos peaux se confondaient avec les perles de bonheur que faisaient naître nos yeux. On ne savait que penser de ça à l'époque. À vrai dire, on s'en fichait. La vie entre nous était si belle en ce temps là…

Un courant frais et printanier passa dans l'herbe. Comme si une présence lointaine avait cherché à s'interposer entre Will et M.

— Vous êtes-vous mariés ? demanda Will.

— En secret, oui nous l'avons fait. L'inconvénient, si l'on puit le dire ainsi, était que Darius était de confession catholique. Les évêques étant en immense majorité opposés au mariage pour tous, nous avons dû recourir à un prêtre isolé de la Cordillère de Talamanca, à la vision théologique plus « neutre » sur la question des unions de mêmes genres. Nous tenions à tous prix à nous marier dans le pays où avait naquit notre romance. Par conséquent, le long chemin pour parvenir à l'église ne nous a pas gêné. Je me rappelle encore de toutes les montées qu'il fallait gravir, avec tous ces chargements sur nos dos, ou à transporter dans les voitures. Nous avons fini par nous unir officieusement, en petit comité. Ce fut le plus beau mariage de tous ceux que j'ai vu. Même si je dois bien avouer que mon jugement n'est pas très impartial sur ce coup…

— Vos parents respectifs étaient-ils présents ?

— Les miens ont mis du temps à accepter, si c'est ce que vous voulez sous-entendre, répondit-il en accentuant le ton sérieux. Le fait que je veuille m'unir à un homme ne leur a pas trop plu sur le moment, mais ils ont fini par venir. Pour ce qu'il en est des parents de Darius, c'est la religion qui les a soi disant « empêchés » de valider cela. Ils ne sont jamais venus. Ce n'est que plus tard, avec le recul, qu'ils ont compris l'erreur qu'ils avaient commise. La religion doit pouvoir s'accorder avec la sexualité de chacun. Darius est toujours resté catholique après s'être marié avec moi. Les gens croient trop souvent que le fait d'être juif, protestant, musulman, orthodoxe ou pratiquant de quelques religions, les prive du droit d'entretenir des relations amoureuses avec la personne de leur choix.

— Je m'en doute, affirma Will. Cela n'a pas dû être facile. D'ailleurs, ça ne doit encore l'être aujourd'hui pour les religieux de ce type.

— Malheureusement, c'est une réalité à laquelle on ne peut échapper. Néanmoins, comme je vous le disais, mon vécu m'a prouvé que ce n'était pas toujours le cas. Déjà avec l'exemple des parents de Darius, qui ont fini par comprendre la voie qu'avait choisie leur fils. Mais aussi avec un jeune marocain, de confession musulmane, que j'ai autrefois rencontré dans son pays, pile au moment où sa famille avait décidé de le déloger. Après quelques entrevues, je l'ai aidé à se pacser avec un autre homme, de culture apparemment semblable. Aujourd'hui, tous deux vivent dans un état démocratique et devinez quoi : il est toujours musulman ! La religion n'a vraiment rien à voir lorsqu'il s'agit d'amour. Car si un être supérieur existe, il doit être en mesure de valoriser n'importe quelle union, du moment que les sentiments de chacun sont présents. « Dieu », aussi grand soit-il… déclara-t-il comme s'il voulait laisser planer le doute concernant l'identité de ce dieu, préfère la vérité au mensonge, c'est une règle dont chacun est conscient, qu'il l'admette ou non. Et « Dieu », dans beaucoup de cultures, a aussi demandé à ce que les moitiés autrefois unies, se retrouvent au cours de leur vie. Comme quoi, mieux vaut entretenir une relation « homosexuelle » vraie et sincère qu'une relation « hétérosexuelle » mensongère et malsaine. Dans un couple, la vérité d'un amour intelligible prime toujours sur l'hypocrisie d'un culte des sens.

— Vous dites tant de choses intéressantes, que je n'aurais jamais le temps de renchérir M, pouffa Will. Je ne dis pas que je suis d'accord avec tout ce que vous dites, mais j'admire vos mots et votre engagement. Et vous, êtes-vous croyant ?

— Si je suis croyant ? Bien sûr que je le suis !

— Et de quelle religion ?

M dessina un cœur dans le ciel à l'aide de son index.

— Cette religion.

Will observa la vallée d'étoile. Après un moment de réflexion, il gloussa. *Quel romantique,* songea-t-il. Il appréciait le concept de religion que portait M avec lui.

— Ma conviction, lança M fièrement, c'est que chaque être a son rôle à jouer dans ce monde. Ce n'est pas sans un but que nous sommes tous nés. Quelque chose, dont nous pourrions débattre, a voulu que nous naissions. Et le Mal, dans son état naturel n'a jamais existé. Il n'y a que le Bien chez l'humain. En revanche, il y a « l'Erreur ». Et au milieu de tout cela, du Bien et de l'Erreur, il y a ce que j'appellerais « l'Equilibre ». Le Bien ne se définit pas au sens « *auto moraliste* » d'une personne. Pas même au sens d'une dialectique. Le Bien n'est ni une opinion, ni un but à atteindre. Le Bien est une unité dispersée en chacun d'entre nous. Une unité de paix et de liberté invisible. Incompréhensible parfois, bien que l'on sente souvent au fond de nous, lorsque quelque chose est réellement bon ou non. Mais dans tous les cas, le Bien est une chose à la portée de tout le monde. Pour ce qui est de l'Erreur, on ne peut non plus la définir. En revanche, on peut toujours la sentir. Je dirais même : la saisir, dans le but de la corriger. C'est comme cela qu'intervient l'Equilibre. D'ailleurs, si vous prêtez dorénavant attention aux gens, vous remarquerez à quel point l'Equilibre est flagrant. On croit être bon, mais on est dans l'Erreur. Ce schéma, voyez-vous, il donne lieu à l'Equilibre. Voilà ce en quoi je crois William. Je crois en une balance constante entre le Bien et l'Erreur, qui nous redirige à un moment ou un autre vers l'Equilibre en fonction du destin. Et par cette balance, je crois surtout en la paix. Je crois aux liens d'amour invisibles qui unissent chaque être ainsi que chaque chose sur cette Terre. Au pouvoir, peut-être superstitieux, d'un karma qui finit toujours par nous rassembler...

Le temps que Will boive et réfléchisse ses paroles, il marqua une pause. Peu après, il finit là où il voulait en venir.

— Vous comprendrez, conclut-il avec du baume au cœur, la joie que vous m'avez faite, quand vous m'avez appris qu'il avait toujours la canne sur lui. Nous sommes deux êtres qui avons essayé d'être bons l'un pour l'autre, mais dont la relation a fini par se fissurer. Ce signe me prouve que nous n'étions pas complètement dans l'Erreur lorsque nous nous trouvions ensemble, et me conforte dans ma conviction qu'il existe bel et bien un Equilibre. Merci de me l'avoir dit Will…

Will repensa au pommeau à tête de Lion. Le symbole du soleil. Le symbole d'Apollon…

— Mais cela doit d'autant plus vous causer de la peine ? dit-il amicalement. Vous avez abandonné la votre.

— Au contraire. Si vous dites vrai, cela voudrait même dire…

Will afficha une mine interrogatrice.

— … que je la lui ai laissé.

— À qui ?

— À Darius.

Will s'offusqua.

— Mais comment savez vous que…

— Je ne sais pas. Je l'espère. Je sais uniquement qu'elle ne restera pas à la maison.

— Vous l'avez vue dans le futur ? Enfin, je veux dire dans le passé, s'emmêla-t-il.

— Exact. Je prie donc que dans la boucle suivante, quelque chose se passe, pour qu'elle n'y reste pas. Le destin mon ami…

— Vous voulez dire que ce voyage s'est peut-être déjà produit ?

Le vieux rabattit son regard vers le sol.

— Il y a de fortes chances oui.

Will se remit à rêver.

Mais quelle en sera la finalité…

… Nous ne pouvons le savoir, lui répondit une voix qu'il connaissait bien.

Il tourna sa tête vers M. Son esprit avait encore changé de direction.

— Aimeriez-vous me faire explorer vos souvenirs avec lui ? Avec Darius ?

M parut hésiter.

— Non. Ceux là, je préfère les garder pour moi, répondit-il en fermant les yeux, un large sourire dissimulé dans l'ombre. Et puis, je crois aussi que nous avons suffisamment parlé de tout cela pour ce soir.

Will, loin d'être déçu, ajouta :

— Il avait donc raison. Vous êtes réellement l'être le plus cachottier qui existe.

Ils rirent ensemble.

— Le reverrez-vous au moins un jour ? renchérit Will.

— Non plus, je ne crois pas. Et il ne vaut mieux pas de toutes façons.

— Pourquoi cela ?

— Voyez comme vous venez de revoir Apollina. Est-ce suffisant comme raison ?

Il n'a pas tort, se dit Will. Il acquiesça, le cœur serré.

— L'amour, ne doit alors subsister, que par les souvenirs et les rêves, dans votre vision de ce qu'il en est, déduit-il. C'est pour cela qu'il n'est pas bon de trop les revoir. Par peur de se rendre nostalgique.

— C'est la première leçon, que je vous entends prononcer William. Non, il n'est pas louable de trop s'attarder aux souvenirs. À force, le bonheur qu'ils renvoient constitue un vrai poids pour le cœur.

— Un poids pour les hommes perdus surtout ; les hommes comme vous et moi.

Le doyen se gratta la barbe.

— Un poids pour les marginaux.

Ils se lancèrent un regard complice.

Il y eut un long silence avant que M ne se décide à ajouter discrètement :

— Toute à l'heure, vous disiez que Darius, avait déclaré que vous ne me connaissiez pas sous ma vraie forme. Mais plus j'y pense, plus je me dis que c'est le seul point sur lequel il s'est vraiment trompé. Non pas par duperie ou par exagération, mais bien par ignorance. Pour moi, s'il y a bien une personne qui est parvenue à me connaître, c'est vous Will.

Ce dernier se montra à la fois flatté et étonné.

— Je ne peux vous croire M, rétorqua-t-il.

— Et pourtant, je vous l'assure. Les gens ne me connaissent pas. Ils ne savent pas à quoi je pense quotidiennement. Et je suis obligé de leur mentir continuellement, pour leur paraître normal. Vous, vous êtes le seul à qui je n'ai pas menti une seule fois. Et croyez-moi, j'ai vite recours à la tromperie. Probablement par lâcheté me direz-vous, mais ce qui est sûr c'est que je l'utilise régulièrement. Voyez donc cela comme un privilège.

Will sourit. Cela ne pouvait lui faire que plaisir.

— J'aimerais pouvoir vous dire la même chose… dit-il.

M se brusqua. Il décolla ses mains du sol en un instant et sortit :

— J'espère que c'est une plaisanterie Will !

— Non, c'est la vérité. Enfin, vous prendrez cela comme il vous convient. Cela n'est peut-être pas un aussi gros mensonge que vous le pensez… Je vous ai dit qu'Apollina était mon unique coup de foudre. Mais, en vérité, il y en a eu un autre.

— J'exige de le connaître sur le champ ! lança M rassuré par la valeur du mensonge (si tant est qu'on puisse le considérer comme tel).

— Si vous le voulez. Mais de ce fait, vous nous permettrez de quitter ce lieu, pour partir à l'assaut d'un nouveau voyage ! Le souvenir qui vient de me revenir, se situe près de là où j'ai grandi, si je me rappelle bien. Il date d'il y a sept ans.

— Vous êtes tombé amoureux à dix ans ?

— Oh, je dirais même plus jeune ! Mais c'est vers cet âge, que ma « passion », s'est réveillée.

M, curieux, lui tendit un nouveau morceau de parchemin qu'il sortit d'une poche de sa chemise. Le stylo était dans une poche de son pantalon. Will les attrapa un à un et s'apprêta à un inscrire un nouveau quatrain. Pendant qu'il s'y appliquait, M observa à l'arrière les lumières éclatantes de la ville. Ce tableau lui évoqua ses souvenirs. Les plus beaux, qu'il n'avait voulu partager. Ceux dans lesquels, il ne retournerait jamais.

— Que perdure, à jamais, la poésie du temps… pensa-t-il à haute voix.

— Que sifflez-vous ?

— Rien, rien, ne m'écoutez pas. Écrivez plutôt ce que vous dicte votre cœur.

Une poignée de secondes plus tard, Will s'exclama :

— C'est fini !

Son ami lui tendit sa main. Il froissa le papier et y déposa la boule de flammes bleues, consumée de l'intérieur.

— Je suis bien impatient de savoir où ce fameux souvenir nous conduira.

— Vous verrez bien. Tout ce que je peux vous dire, c'est qu'il nous ramène en France. Direction Orléans.

— Cela fait bien longtemps que je n'y suis plus allé. La dernière se devait être en 1936 !

Ils sourirent avec amusement.

— Bon voyage M ! souhaita Will qui s'apprêtait lui aussi à avaler la boule.

M le salua, avant d'avaler le morceau de papier comme le plus délicieux bonbon. Il disparut un instant plus tard.

Will, prêt à partir, regarda à son tour une ultime fois derrière lui. Ici, il abandonnait son amour. Le seul qu'il avait eu pour un être humain. Lui qui était si misanthrope habituellement ! Il hésita à ne pas suivre M. D'ailleurs, jusqu'à la fatalité imminente, il ne sut quel choix faire. Le souvenir dans lequel il venait d'envoyer Morgan, suivait la lignée de ses rêves. Le dernier, qu'il observait toujours, était une part différente de lui. Limpide, intime, sentimentale... Tout ce qu'il aurait voulu être finalement.

Il se mit debout. Il marcha jusqu'au milieu de la route. Ici, il se mit inconsciemment à y faire quelques pas de danse, comme pour imiter son corps de jeunet. Il avait besoin de remédier à cette part de sa vie qui lui manquait douloureusement. Il ressentait l'urgence, de retrouver sa jeunesse et de soigner ses plaies d'adolescents qui s'étaient rouvertes. Rejouant avec entrain la tarentelle endiablée qu'il avait eu la chance de revoir. Là, sur le goudron gris et invisible de la nuit. Tout ce qui était réel, n'était plus à ses yeux qu'une simple idée. Un monde imaginaire comme celui de son esprit. Peuplé d'éléments incompatibles à la sensation. Invisibles, intouchables ; et par conséquent indétectables.

C'était comme si le monde entier avait disparu sous ses pieds. La boule qu'il tenait toujours dans ses mains, était sa seule source de lumière. Le seul point qui pouvait lui permettre de se repérer dans la nuit noire, dans le monde qui lui existait bel et bien autour de lui. Jusqu'à ce qu'il ne ferme ses paupières…

À sa gauche, un son de véhicule apparut. Son esprit, comme toujours, fit mine de ne pas l'entendre. Néanmoins, celui-ci se fit de plus en plus fort. L'épaisseur du bruit grandissant à une vitesse hallucinante, il finit par rouvrir les yeux.

De suite, il regarda à gauche. Un feu éblouissant lui fit croire que le jour s'était levé. Il entendit cette fois-ci correctement le bruit sourd qu'il s'efforçait d'ignorer depuis toute à l'heure. Tout redevint alors brusquement réel pour son cerveau endormi. Le son tonitruant d'un moteur. L'odeur âpre de gaz. La vision du cabriolet fonçant sur lui. Il voulut s'en dégager. Il eut à peine le temps de tenter une projection vers l'avant, quand la voiture, aux phares éblouissants, produisit soudain un immense son. Un claquement brutal. Un fracas retentissant. Comme si elle venait d'heurter quelque chose. Et bien avant qu'il n'éprouve la douloureuse sensation qui allait venir en lui, Will entendit ce son. Plus brûlant qu'une blessure. Plus étourdissant qu'une perte de conscience. Plus terrible que n'importe quels sévices.

Celui d'une voix familière…

FIN DE LA DEUXIÈME PARTIE

Troisième Partie

21 : Un revenant du passé

« Instants impérissables de tendresse
Pour mes éternels rêves d'enfants
Ces heures d'art auront forgé ma jeunesse
Jusqu'à s'inscrire à jamais dans le temps »

M ouvrit les yeux. Il était accolé à un bâtiment rupin, recouvert d'une belle peinture d'or en surcouche d'une pierre lisse et rigide. Ses vieux doigts caressèrent la surface agréable, et pas une seule once de poussière ne vint s'imprimer sur l'un d'eux. Une frêle lumière cuivrée d'un lampadaire attenant éclaira ses mains moites. Il se trouvait à l'ombre d'une petite rue, toujours pavée. A première vue, il se serait toujours cru en Italie. Cependant, l'ambiance plus calme lui indiqua la tenante de cette nouvelle ville. Qui plus est, la température lui prouva qu'ils avaient bien changé d'époque. Au vu du crépuscule en activité, il estimait qu'ils se trouvaient en période automnale. Après tout, il n'était que dix-neuf heures.

À quelques pas de lui, un homme était aussi accolé au mur. Une sorte de cigarette à la main, il semblait s'amuser à expirer la fumée par ses narines.

— Quand cesserez-vous de fumer Will ! lança-t-il.

Il le regarda, avant de retourner sa tête de profil. Dans la pénombre, M ne distinguait que la forme de son corps. L'effet de silhouettage que la lumière du ciel produisait, ne lui permettait d'apercevoir que ses petits yeux, luisants dans l'obscurité. Il se rapprocha de l'individu.

— Eh bien, dit-il, où allons- nous ?

L'homme tourna sa tête vers lui. À cet instant, M ressentit un puissant sentiment de solitude et d'angoisse. Un sentiment tel, que ses jambes faillirent lâcher.

— Je vous emmènerais bien où vous voulez mon vieux monsieur, mais permettez, il me reste un paquet à terminer.

L'ancien recula. Il sortit de la ruelle par l'arrière, tourna sur lui-même, et, en dépit des voitures qui circulaient, traversa la route qui bordait la Loire. Déboussolé, il se heurta au muret qui délimitait la ville du grand fleuve, s'y appuya en penchant la tête, et lança comme dans l'oubli des eaux, ces paroles alarmées :

« Will, où êtes-vous ? »…

~

— *Tu es un idiot Will. Tu n'as plus l'âge pour ces bêtises !*

— *Tu n'as qu'à aller te rendormir, vieillesse ennemie ! Dans tous les cas, je vais bientôt mourir !*

— *Tu sais que ce n'est pas pour tout de suite ! Alors tâche de rester en vie pour le moment.*

— *La vie m'importe peu ! Tout ce que je veux à présent c'est m'ex…*

— Eh vous ! Vous êtes fou ? Vous êtes sûr que ça

va ?

Sonné par le choc du véhicule qui avait freiné pile au moment où son bassin allait rentrer en collision, Will tourna fébrilement son cou en direction de la carrosserie aux phares luisants. Il plissait les yeux de douleur et se frottait frénétiquement l'oreille comme pour digérer le mal qui parcourait les entrailles de son système auditif. Au bout du compte, il chuta à genoux, en étouffant un cri de souffrance aiguë. C'était la seconde fois qu'une voiture manquait de le percuter en deux jours.

— Allô ! cria le conducteur à ses côtés. Vous allez bien ? Répondez monsieur s'il vous plaît !

Il reconnaissait cette voix mais n'osait pas retourner sa tête. Il pleurait et sentait comme une grosse marque sur sa joue droite. Il avait dû se mettre une claque involontairement lors de l'entrée en contact.

— Je vous en prie monsieur, dites quelque chose ! Ne me faites pas peur, dites moi que ça va aller.

Il passa sa main dans ses cheveux. Aussitôt, l'artiste reconnut cette chaleur. Cette protection. Il ne put cette fois s'empêcher de regarder à gauche, là où le conducteur se trouvait.

Soudain, la lumière qui l'éblouissait disparut. Quelqu'un assis à l'intérieur du véhicule devait avoir désactivé les phares. Will entrouvrit ses yeux fatigués. L'homme qui lui tenait le visage, devait avoir une quarantaine d'année. Il lui poussait une fine barbe au niveau des joues. Des lunettes larges étaient posées sur son gros nez, et un menton froncé séparait ses lèvres menues de son cou massif.

— Monsieur ? répéta-t-il.

— Papa ?

Les deux hommes se fixèrent. Intensément. Curieusement. Comme pour cerner ce que l'autre cachait.

— Ça va aller chéri ? lança une voix féminine à l'intérieur de la voiture. Si tout va bien, il vaudrait mieux se presser. Will va nous attendre !

L'homme garda son air figé.

Will, ému, voulut tendre sa main en direction du visage de son père, mais son bras était comme paralysé.

Son père se releva. Il fit quelques pas en arrière. Will, subitement pris de peur, se releva à son tour. Titubant, il recula avec un regard apeuré. Son géniteur avait également changé d'expression. Il devait l'avoir pris pour un fou. À moins que…

À quelques mètres de lui, en face de la carrosserie aux phares qui venaient tout juste de se rallumer, l'artiste aperçut une surbrillance azurée, noyée dans le flou de lumière blanche. Comme un feu flamboyant, non succinct de s'éteindre, bien qu'il ne s'étende que peu sur la route.

Will courut dans sa direction. Aussitôt, il entendit le moteur redémarrer. Il prit son élan.

Au vu de l'air méfiant et dangereux qu'avait pris son père, il allait avoir vite fait de le renverser pour de bon s'il n'atteignait pas le morceau de parchemin à temps. Allait-il y parvenir ? Allait-il au moins avoir le temps d'ingurgiter le papier avant que la voiture n'arrive pour le heurter de plein fouet ? Nul en Italie ne le saurait jamais…

Tout ce que les Luvenis, eux, savent, c'est que ce soir là, un évènement funeste se produisit. Un homme en face d'eux prit feu, tandis qu'ils filaient retrouver leur fils, qui lui festoyait dans leur ville de location après une soirée arrosée. On ne retrouva ni corps, ni trace de sang. Une explosion avait eu lieu. C'était tout ce qu'ils avaient vu ! Des flammes crépitantes, macabres et qui plus est d'une couleur étrange avaient surgi du ciel. À moins que ce ne soit la Terre, qui les ait fait jaillir ? Ils n'étaient pas religieux, et ne surent par conséquent jamais décrire avec certitude ce qu'ils avaient vu ce soir là. Pour sûr, ils en parlèrent à leurs proches. Or, à leurs yeux bien sûr, cela ne pouvait non plus être le fruit d'une intervention divine. Ni même d'une action quelconque des lois de l'univers. Car qui, voyons, aurait cru possible un tel acte ? Les deux parents demeurèrent ainsi à jamais prisonniers du mystère qui avait hanté la nuit du quinze juillet 1990. Pour eux, c'était un crime qui avait été commis. Un « suicide » avaient-ils souvent énoncé de leurs pauvres voix auprès de leurs amis suffoqués. Ils parlaient peu de cette tragédie qui les avait hantés. Par ailleurs, ils n'en avaient jamais fait mention auprès de leur fils, pour une raison que seul le père connaissait. Sauf, peut-être… une fois.

Les hommes athéistes n'admettent que les seules vérités imposées par le réel. Toute autre nouveauté, scène ixexplicable, ou évènement inhabituel survenant en dehors du cadre des codes transmis, étant banni par la société. Tous comptes faits, les hommes ne croient pas en la magie. Car la magie n'existe pas. C'est bien connu…

22 : Retour aux pavés beiges

Orléans était calme. Paisible. Délicate sans être mélancolique pour autant. Elle avait ce ton grisâtre, ces nuages pastels et cet autan frissonnant. Resplendissante malgré tout, de ses pavés usés comme de ses bords de Loire, des allées fluviales décorées de pierres beiges aux bateaux peints de bleu amarrés le long des bancs de sables. Sans oublier les pêcheurs fumant leur pipe au bord de l'eau, et les salariés fatigués rentrant chez eux une cigarette au doigt avec le journal coincé entre le manteau et leur coude. Une atmosphère de cité endormie semblait s'être attachée à la ville natale de Will. Rien n'avait changé depuis la dernière fois où il l'avait vue. Tout semblait même plus ancien. Le temps était passé si vite…Tout au contraire de l'Italie, qui encore à cet instant, ne cessait de lui rappeler ses sons abracadabrants dans sa tête, à commencer par le bruit assourdissant de la voiture de son père, freinant juste à temps pour éviter de le renverser…

Abasourdi par la scène qu'il venait de vivre, Will paniqua et commença à s'agiter. De l'allée sombre dans laquelle il se trouvait, il s'enfuit dans la direction des rebords du fleuve. Le souffle court et les battements de cœur effrénés, il parvint cette fois à ne pas heurter la moindre bagnole. Le buste allongé contre la paroi supérieure du muret, il se mit à inspirer, expirer la tête penchée vers la Loire. Il crut même un instant qu'il allait vomir ! La vision du liquide vacant lui faisait tourner la tête. Mais l'ambiance fraîche déposée sur son corps, parut réussir à éteindre les flammes de son cerveau bouillonnant. Il lui fallut du temps pour se remettre. Maintes fois il ferma les yeux, avant de les rouvrir, pour voir s'il était toujours là. Il avait revu son père dans le passé. Et ce dernier l'avait reconnu. Qu'avait-il bien pu se passer ?

— Will ! entendit-il à sa gauche.

M, accoudé au muret à quelques pas de lui, vint sans prévenir lui enlacer les épaules.

— Vous ne me croirez jamais sur ce que je viens de vivre M…

Celui-ci lui donna une puissante gifle sur la joue droite.

— Ne recommencez plus jamais William !

— Recommencer quoi ? se plaignit celui-ci en se frottant la joue.

— Quand je pars, vous partez aussi. C'est un risque de se perdre dans les limbes du temps. Imaginez un instant que vous ayez perdu la boule de feu ! Vous seriez resté coincé en Italie pour toujours, et vous auriez fini votre vie dans une variante du monde qui n'existe pas !

— Mais là, ce n'était pas le cas. Car c'était écrit M. Je devais rester là-bas.

Ce dernier demeura bouche bée. Il recula d'un ou

deux pas en ravalant sa salive

— Le « destin », comme vous aimez tant le nommer, a voulu que j'y reste. La boucle avait déjà été entamée et je l'ai conclue. Il fallait que cela ait lieu.

— Et quoi donc ? s'indigna M.

— Je me suis fait renverser par une voiture.

— Oh, je vois, très utile !

— Vous ne croyez pas si bien dire.

Le vieux fixa Will d'un regard suspect.

— Eh bien je vous en prie. Racontez-moi.

Will toussa une dernière fois en direction du grand fleuve.

— Hmmm… songea-t-il en se raclant la gorge. Et si nous allions marcher un peu ? Notre rendez-vous n'est pas avant une certaine heure si je me souviens bien.

L'aïeul acquiesça. Ils entamèrent une petite promenade sur les quais orléanais, bercés par le crépuscule pourpre et indigo du mois d'octobre.

Will conta à M le récit de ce qu'il avait vu. Il lui décrivit notamment, avec beaucoup de précisions, le visage mystérieux et pourtant si familier de l'homme qu'il avait vu dans la nuit. Nul autre que son père. Ce ne pouvait être quelqu'un d'autre. Et l'artiste en était certain. Un souvenir perdu le lui avait lui-même murmuré.

— Comment être sûr qu'une conclusion a eu lieu ? lui demanda M. Et que, si tel est le cas, c'est bel et bien la boucle de vos souvenirs qui en est l'objet ?

— Je me souviens de mon père, et des derniers mots qu'il m'a dit : « Ne confonds jamais l'inconnu avec celui qui t'est cher ». À travers ces paroles, j'ai su que mon père avait vécu quelque chose qui l'avait profondément marqué. Cependant, à la suite de mon départ, je n'ai jamais pu savoir ce qui en découlait. Maintenant, je le sais. Il m'a confondu avec moi-même…

— Hahaha ! s'esclaffa M. Ce paradoxe me ravit. « L'inconnu et le connu », quels beaux concepts à placer sur l'échelle des sources à problèmes. Ces mots ne devraient même pas exister !

— Pourtant, aujourd'hui, je commence à saisir ce qu'il voulait me faire comprendre.

— Il n'y a qu'une seule et unique chose dans cet univers Will. Nous sommes tous des âmes interconnectées à une entité universelle qui, en un seul morceau surpasse la somme de ses parties. Il n'y a d'inconnu que pour celui qui, en blâmant à la fois la science et la religion, ne croit pas en cette entité, que d'aucun appellerait « nature ».

Will plongé dans un mutisme de méditation, ne releva même pas cette déclaration. Au lieu de cela, il inspira une bonne portion d'air de la capitale loiretaine. Plus tard, au cours du chemin qui ne menait nulle part, il dit :

— Dire que je ne vous croyais pas. Dire, que je croyais cela vain : le destin, le temps, tout comme le reste de votre « monde spiritueux ». Des éléments en apparence théorique auxquels j'avais choisi de ne pas m'intéresser. Des choses impossibles…

Ni M ni lui-même ne surent si ces paroles étaient sincères. Avait-il déjà changé à ce moment là ? Ou ne disait-il ceci que dans le but de se rassurer ? Dans les deux options, il était loin d'avoir fini son aventure.

M s'assit sur un banc de pierre. Will le suivit dans son action.

— J'ai envie de dire, que d'avoir crée la notion « d'impossible » relève également de l'une des plus grandes erreurs, si ce n'est la plus grande, qu'ait commise l'espèce humaine. C'est vrai, définir l'impossible nuit à tout. Classer, articuler ses réflexions autour de proportions et de limites est une bêtise inqualifiable et un immense frein à la découverte. Comment souhaitez-vous avancer, évoluer dans un cercle inextensible ? Je ne dis pas que d'avoir inventer la notion de limites fut une mauvaise chose, car certaines comme les limites morales et éthiques sont importantes pour former les humains à cohabiter entre eux. Tout comme les limites scientifiques qui elles, nous permettent paradoxalement de découvrir de nouvelles choses, tout en restant logiques ! Ces limites, bien qu'elles soient questionnables du point de vue épistémologique, sont primordiales pour notre société. Mais la notion d'impossibilité... Est impossible. Car il est facilement possible de briser les limites. Les limites de l'espace, du temps, de l'amour... Mais aussi tant d'autres. Combien de grands auteurs, de grandes femmes de l'Histoire nous ont prouvé que rien n'était impossible ? Ce concept est une insulte et déroge même aux lois imposées par le destin. Ne vous fiez pas aux mots Will. Ne vous fiez à aucune culture. Car ce sont elles qui imposent les limites de la vie. Rien n'est impossible, pour celles et ceux qui croient au destin.

Rien n'est impossible, pour celles et c…

— Vous pensez peut-être que j'invoque encore mes notions de spiritueux pour vous persuader, mais c'est parce que la réponse ne se trouve pas plus loin Will. La lecture des signes, est ce qui nous aide à vivre. La nature lorsque l'on s'en remet à sa grâce, nous guide au-delà des lois vers la paix et la satisfaction. Cet esprit partagé et intuitif, n'est autre que celui du vivant, prêt à tracer sa propre route dans le schéma d'une quête de connaissance. Les réponses viendront en cela une à une. L'humain aura parcouru les chemins de l'existence sans se soucier de l'impossible. Et sa vie n'en aura été que plus claire…

Le regard de Will se perdit dans le miroir des flots. M débitait.

— Pardon, s'excusa M. Je crois m'être encore un peu laissé emporté dans un délire de métaphysique…

Will l'entendait rire sarcastiquement dans sa tête.

— Il est pourtant impossible de prédire l'avenir, n'est-ce pas ? demanda-t-il, une fois le tout digéré.

M tourna sa tête vers lui. Son visage était de plus en plus fatigué.

— Qu'auriez vous voulu prédire Will ?

Une certaine anxiété traversa son esprit.

L'heure de ma mort, pensa-t-il.

— Quoi ? lança M, qui aurait juré avoir entendu quelque chose.

Will hésita. Ses derniers instants l'angoissaient.

— Non, rien, laisser tomber…

Il y eut un malaise entre les deux amis.

— Je vais vous raconter, une légende, déclara M en fermant les yeux.

Will attendit la suite d'un air patient.

— Cette dernière fait référence au moment de la mort et au passage de la vie à l'au-delà.

Comment se faisait-il que le hasard ait encore fait irruption entre ses pensées et leur discussion ?

— La mort encore... se surprit-il à dire.

— C'est vous qui dites cela ?

La gorge de l'artiste se noua.

— C'est trop tard de toute façon vous m'avez donné envie de vous en parler, déclara M qui ne perdait pas sa langue. En plus, je suis certain que cette légende va vous plaire ! À vrai dire, je la nomme ainsi, mais il serait mensonger de ne pas vous préciser qu'elle fait partie intégrante de ma propre expérience...

Encore une fois !

— ... au risque de vous ressembler, je vais donc à nouveau parler de moi !

Rebelote.

— Pour vous reconduire dans le contexte, cela se passa auprès des mourants que je vins soutenir, en clinique ou en maison de retraire, il fut un temps. J'ai pu là-bas observer comme une sorte d'étrange phénomène au moment du décès des occupants. À l'instar du nombres d'heures infiniment long que je prenais pour leur parler de mes nombreuses histoires à propos de la trace hyaline, chacun allait au rythme qu'il lui fallait pour me décrire ce qu'il estimait être la sienne. J'écoutais, et retenais bien entendu, chaque souvenir que l'on me contait, avec beaucoup de fierté. Ils étaient tous très enthousiastes à l'idée de me la conter, malgré le jugement farfelu qu'ils portaient à mes récits. Seulement, une fois arrivé au moment fatidique, un curieux évènement paraissait avoir lieu. Écoutez bien ce que je vais vous dire : à chaque fois, au cours de l'infime poignée de secondes où les malades succombaient, la trace hyaline revenait déposer son voile sur le trépas des âmes. Un homme au premier baiser d'automne en guise de trace, reçut le jour de sa mort la visite de feuilles d'érables par la fenêtre de sa chambre d'hôpital. Un autre, avait carrément fait venir la grande marée jusqu'à son EHPAD, situé en bord de mer, rappelant le jour où il s'était baigné pour la première fois. Et puis, il y avait cette femme, marquée par ces oiseaux blancs qui vadrouillaient par-dessus chez elle, la seule présence animale dans sa région d'origine. Vous me croirez ou non, mais ce jour-là, je l'ai vu de mes yeux : une traînée d'oiseaux immaculés comme la neige, reprirent dans le ciel azur, le dessin d'un envol... Voici donc ce que chacun vécut. Et dites vous bien que ceci n'est qu'une part des sensations parmi les autres. Imaginez... le toucher d'un baiser furtif... le parfum d'une mer attenante... le souffle battant des ailes en provenance des volatiles...

     — Vous voulez dire que la trace hyaline, qui est notre plus grand souvenir, refait surface le jour de notre mort ?

     — C'est exactement cela.

     — Mais alors, à quoi bon la chercher si elle-même

est censée venir jusqu'à nous ?

— Les humains ne remarquent jamais les petits détails sous leurs yeux, et ils s'en plaignent lorsqu'ils prennent conscience de leur importance. Comprenez-vous ceci ?

Will réfléchit un instant avant de sourire. Il avait raison.

Quelques secondes plus tard, une cloche retentit, en contre-haut du fleuve. *Il est l'heure.*

— Allons donc discuter de l'art, déclara-t-il. En attendant ma mort, il est toujours d'actualité pour moi de revenir aux sources.

Ils se relevèrent, le dos plié, avant de poursuivre leur route sur le bord des quais, sous les regards aiguisés du soleil et de la lune.

23 : Les fauteuils rouges

Au détour d'une ruelle, ils arrivèrent au niveau d'une belle avenue, luxuriante et colorée. En face d'eux s'élevait un petit complexe, à la façade chargée de fines lettres coquelicot et d'affiches en tout genre. Quelques vélos circulaient ici et là, car plus que jamais l'avenue semblait être le carrefour des cyclistes et des piétons, plus que celui des voitures. Les deux amis qui eux, se baladaient à pied, s'arrêtèrent à l'entrée du bâtiment « principal ». Les grandes affiches au graphisme à la mode des années 80, s'étendaient tout au long de l'étroite façade, aux parcelles de verre dont émanait le chatoiement intérieur. Cela fit ressurgir tout un univers de nostalgie chez Will qui, enfin, retrouvait son terrain d'enfance.

— Qu'allons-nous voir ? demanda M.

— Vous le verrez bien.

Il lui ouvrit les portes d'un air galant. Comme s'il souhaitait lui offrir la « bienvenue » dans son univers.

— J'espère au moins que vous avez de l'argent pour payer…

Will fixa ses pieds en prenant un air dépité. Il se sentait bête. Bien sûr qu'il n'avait pas d'argent.

M de son côté, soupira.

— Rassurez-vous, il doit bien me rester quelques francs.

En moins d'une seconde, il finit de farfouiller dans ses poches et en retira une trentaine de francs environ. Will releva aussitôt la tête, un immense sourire aux lèvres.

— Comment faites-vous pour vous dégoter cette caillasse partout où vous allez ?

— Ce ne sont que des dollars transformés en monnaie française. J'ai pour habitude de toujours transporter un peu d'argent sur moi. « On ne sait jamais ce qui peut arriver » disait ma grand-mère !

Will se prit le visage à deux mains pour masquer son sourire gêné.

L'intérieur du cinéma était à la fois rustique et majestueux. La moquette abîmée resplendissait sous le feu des lumières mordorées. Sur les pans de murs, des néons par dizaines entouraient les affiches des prochaines sorties. C'était tout un monde de publicités et d'envies pécheresses qu'ouvrait le cinéma. On se laissait volontiers séduire par une multitude de stratagèmes destinés au plaisir. La nourriture, les sorties annoncées… une légion entière de petites astuces, mises en lumière pour nous exciter, pour nous inciter à la dépense et à la consommation. Le consumérisme y régnait en maître et pourtant, on ne pouvait s'empêcher d'aimer cela. Car au-delà de l'argent et du profit, il y avait l'art. C'était le cinéma…

Ils se rendirent au comptoir, où ils achetèrent deux places pour un soi disant « gros » film de science-fiction qui venait de sortir. Apparemment, c'étaient les dernières disponibles.

— Cela va faire longtemps que je ne l'ai pas vu celui-là ! s'exclama M. C'est bien le film avec les petits ours qui se bagarrent contre des robots de six mètres ?

— Si j'en crois mes précieux souvenirs, réfléchit Will, c'est même exactement cela. J'en étais complètement fan étant jeune. Je crois même que c'est la première fois que j'allais voir un film d'une telle ampleur.

— Un phénomène mondial, il est vrai.

Ils poussèrent enfin les portes de la salle. Le film avait déjà commencé depuis plusieurs minutes et les protagonistes fictifs se trouvaient dans une sorte de sous terrain peuplé de monstres. Dans l'obscurité du cinéma, les deux compères cherchèrent leurs places. Will, qui était le premier à les avoir repérées, voulut enjamber les genoux d'un grand bonhomme assis en début de rangée. Or un évènement important dans le film fit tressaillir toute la salle et obligea Will à accomplir un mouvement brusque, ce qui le fit trébucher, se retrouver à terre et être aussi pris pour cible par les lanceurs de pop-corns.

Sacrée merde, pensa-t-il. Il se prit un coup de pied dans l'arrière train. *Je ferais mieux de m'activer* ! Il rampa avec pénibilité et courage (et pop-corns) jusqu'aux derniers fauteuils, situés au milieu-gauche de la rangée. Arrivé à destination, il tomba à nouveau des nues. Il découvrit avec amertume que son ami M ne l'avait pas suivi, et avait préféré faire le tour, lui évitant ainsi les coups de pieds, la nourriture gaspillée et l'épreuve du lézard rampant.

— Je vous hais M, dit-il le souffle court.

— Eh oh toi, ta gueule ! émit un gaillard d'une

trentaine d'années quelques rangées plus haut.

Il se prit une plâtrée de pop-corns en plein visage.

— Je crois que vous feriez mieux de vous asseoir au lieu de dire des bêtises, chuchota M qui se retenait d'éclater.

La joue rouge, l'artiste se jeta contre le tissu rubescent camouflé dans le noir. S'essuyant le visage des cochonneries qu'on lui avait jetées, il retourna sa tête vers M d'un air contrarié et coquet.

— Où en sommes-nous ?

— Il me semble qu'un chasseur de prime s'est fait manger par une sorte de plante carnivore du désert.

— Oh, très bien !

Il se remit en place convenablement.

En dépit de l'intérêt qu'il portait à l'œuvre que son cœur d'enfant chérissait, Will chercha parmi les têtes qui l'entouraient, essayant tant bien que mal de retrouver son jeune être d'autrefois.

Après une dizaine de minutes de recherche furtive, il finit par discerner comme une drôle de frimousse, excentrée de leur position, à quelques rangées de distance en bas. Se penchant un brin en avant, pour s'assurer de son hypothèse, il se fit tirer en arrière par M qui, une fois l'avoir rassis, lui chuchota d'une voix criarde et étouffée :

— Que faites-vous donc ? Ne pouvez-vous pas rester en place le temps d'un souvenir !

— Je crois que j'ai trouvé mon Moi enfant, dit-il en retour d'une voix silencieuse et excitée à la fois.

M se pencha à son tour. Il chercha le petit, en

épluchant chaque rangée de fauteuils, avant de se rasseoir calmement. Sans un mouvement de tête, il demanda pour confirmation :

— Est-ce bien la petite tête brune, sur la troisième rangée du bas à gauche ?

— Oui.

Le vieux sourit. De son regard attendri, il rejeta un coup d'œil à la petite tête qui dépassait des grands fauteuils rubescents.

— Tout excité à ce que je vois.

— Comment m'imaginiez vous ?

— Je ne sais pas… Un peu moins condescendant qu'aujourd'hui toujours.

L'artiste leva les yeux au ciel.

— Il est d'absolue vérité que ma culture est un peu moins limitée aujourd'hui…

— C'est un film grand public. J'avoue que votre tendance à abuser de l'onirisme et de la métaphysique dans vos propres films a toujours eu le don de me faire penser que vous étiez un être uniquement disposé à valider des projets… Inhabituels.

— Ne me croyez pas aussi fermé. Tiens, d'ailleurs, quel est mon film préféré d'après vous ?

— Un film d'auteur d'avant guerre, d'un cinéaste terminant par « Ski » ou « Tov »?

— Je vous ai déjà dit que votre sarcasme était très mauvais ?

M se priva d'une réplique piquante.

— Plus sérieusement, je ne sais pas.

— Permettez-moi de vous en réciter le synopsis.

L'histoire est celle d'un chauffeur de taxi. Il travaille de nuit et a pour quotidien l'écoute discrète des voyageurs discutant de leurs « grands soucis » dans sa voiture. Lui à côté, n'est pas grand-chose. Un simple outil de trajet qui fait bonne figure auprès des passants fortunés, tel un artiste qui occupe un temps avant d'être oublié. Un fantôme de la société. Rien de plus. Jusqu'au jour où le chauffeur décide de se construire, de changer pour montrer au monde qui il est. Il ira davantage vivre le jour, pour prouver et se prouver à lui-même qu'il existe bel et bien. Ce film, c'est un portrait social, une œuvre qui dépeint la vie menée par les spéciaux. Les isolés. Les marginaux. Cela m'a montré à quel point au milieu d'une société peut se trouver le plus insolite des individus, et à quel point celui-ci, s'il décide de se révéler, peut transcender la vie de ses pairs. Parce que personne ne le comprend réellement. Il est pris pour un fou, alors qu'en réalité… C'est un génie. Je m'identifie beaucoup à ce type d'hommes.

— Et vous admirez cela, avant tout pour la mise en lumière des dits « marginaux » ? répliqua M avec une pointe d'agacement. La question des inégalités et du rapport social ne vous traverse-t-elle pas l'esprit justement ?

— Si, naturellement. Cependant je trouve plutôt intéressant le fait de se concentrer sur l'aspect caractériel et sur la solitude de certains êtres.

— La solitude est un fait, mais celle-ci peut tant bien être innée que culturelle. La pauvreté et l'exclusion sociale, vous en conviendrez, ne peuvent être considérées comme seuls fruits de nature. Songez donc au passé, et à la construction de cet homme avant d'en discerner les traits semblables aux vôtres.

— C'est un vétéran de la guerre.

— Comme bon nombre d'américains des classes populaires, vous en conviendrez.

— Et alors, où voulez-vous en venir ? Parce que je n'ai pas fait la guerre, je ne peux m'identifier à lui ?

— Ce que je veux dire, c'est qu'il n'est pas seul pour rien. Son retour de la guerre est sans doute la cause de son isolement. Il n'est pas un individualiste comme vous Will. Sa solitude est un statut social. Vous êtes un marginal car vous l'avez choisi. Lui, n'est qu'un oublié, à qui cette marginalité fait subir d'horribles choses. Ne vous identifiez pas à quelque chose qui n'est pas vous.

— C'est fou, vous êtes sans cesse en train de faire des rapprochements sociaux dans le but de me rabaisser !

— Je ne vous rabaisse pas Will, loin de là. Je vous dis seulement que vous êtes privilégiés par votre statut, par votre identité, par votre passé.

— Vous savez bien que je n'ai pas grandi dans un milieu aisé. Je vous l'ai déjà dit.

— Au moins, vous vous en souvenez, le taquina-t-il. Mais souvenez vous aussi d'une chose. Vous avez grandi en France, et vous-même, êtes français, en plus d'être blanc ! Vous êtes valide et n'avez pas à supporter la moindre souffrance physique ou psychologique comme les rescapés de la guerre. Vous n'avez jamais non plus manifesté de caractéristique particulière, telle que votre orientation sexuelle ; ni milité pour des causes à risques. Cela n'avait pas de prix dans le monde d'avant, comme dans le monde d'aujourd'hui d'ailleurs. Du moment que vous grandissiez dans une famille de classe moyenne, vous étiez presque assuré de réussir. Reconnaissez-le. Moi-même, je l'admets, car j'ai grandi de la même façon. Ou presque…

— Vous savez M, répliqua Will, je ne m'intéresse pas particulièrement à la politique, car je trouve les idées actuelles futiles et les représentants du peuple guignolesques. Mais vous, je vous trouve abusivement Démocrate !

M rit.

— Comme votre film préféré, si je ne m'abuse ? Enfin, ce n'est peut-être pas abusivement mais…

Will soupira en se frottant le front.

— Ah, c'est une bien belle histoire en tous cas, conclut M avec un large sourire.

— Et vous ? questionna Will, désireux d'obtenir vengeance. Avez-vous un favori ?

— Haha, non moi je n'en ai pas. Quoique, j'ai beaucoup aimé la dernière comédie musicale.

— Ah, je l'ai vue moi aussi. Je l'ai trouvée très niaise. Comme beaucoup de comédies musicales me direz-vous ! piqua-t-il sur le ton de l'humour.

Revanchard d'une leçon de morale un peu trop consistante, Will s'attira les foudres du public.

— Vous voulez bien la fermer les deux derrières !

Ils fondirent dans un éclat de rire à n'en plus finir.

— Chut ! Chut ! lançaient les spectateurs en se retournant, créant paradoxalement un brouhaha gigantesque.

Il fallut tout de même attendre que le petit plus bas se retourne à son tour pour que tous deux cessent de jacasser, et se ressaisissent illico.

Un long silence s'ensuivit. Confus et embarassés, ils firent semblant de suivre le métrage avec intérêt.

— Il nous a vu, pas vrai ? demanda Will.

— Oui, répondit M sobrement.

— Cela fait bizarre comme sensation…

— Je le conçois.

Will fixa sa version restaurée de lui-même d'un regard méfiant et ému à la fois. Le petit garçon adorait le space opera. Il paraissait s'émerveiller devant la plus bête des scènes, et ne faisait attention à (presque) rien autour de lui. Et même s'il ne les voyait pas, Will savait que ses yeux brillaient. D'un scintillement si fort et si pur qu'on aurait cru que la voie lactée entière s'était déportée de l'écran, à l'intérieur de ses amandes.

L'homme qui accompagnait le jeune Will, devait être son père. Quelques années de moins et ce dernier semblait toujours aussi vieux ! *Plus vieux que moi en tous cas*, pensait-il pour se rassurer.

— Et dire qu'à présent c'est vous qui êtes derrière la caméra. J'avoue que c'est un beau parcours.

Will sourit.

— C'est le cinéma qui m'a forgé. J'ai compris le monde à travers lui. Ce n'est finalement qu'un parcours logique.

— L'art est un très bon outil pour comprendre le monde.

— Car il est le seul outil qui attache davantage d'importance au cœur qu'à la raison, compléta Will.

— La sensibilité de l'artiste, aussi subjective soit-elle, a le don de pouvoir toucher aux recoins les plus intimes de l'être humain qui la contemple.

— Me trouvez-vous sensible M ?

M fixa son ami avant de retourner sa tête. Celui-ci avait envie qu'on le complimente.

— Aucunement, répondit-il. Ou sinon, ce n'est pas sincère.

— Donc vous n'aimez pas mon cinéma ?

— Vos films me touchent Will. Et vous voulez que je vous dise pourquoi ? Parce que vous me faites de la peine.

— Comment cela ? questionna Will, vexé.

— À travers vos œuvres, j'ai l'impression de lire la langue d'un enfant qui peine à exprimer ses émotions et qui s'agite en déversant tout ce qu'il ressent sans attendre que son public comprenne quoique ce soit. Dans vos films, il y a ce besoin vital de communiquer. Comme beaucoup d'artistes me direz-vous ! Mais à qui communiquez-vous ? La question est complexe…

— Vous n'avez pas tort. Dans le fond, je mets en scène quelque chose d'indescriptible. Un soupçon d'émotion inconnue qui meurt d'envie de sortir de ma cage thoracique. C'est peut-être de la douleur. Une blessure que je veux guérir. Il est vrai que je pratique avant tout l'art pour moi. Car il est à mes yeux comme une solution, au sens de la vie. Mais que voulez-vous…

— Il est là ton problème Will.

C'était la première fois qu'il le tutoyait.

— En grandissant, tu as dû oublier d'apprendre l'enseignement que la majorité des vivants considèrent comme « acquis et élémentaire », si ce n'est « naturel » pour certains. Celui de vivre. L'art t'a permis de comprendre le monde. Puisque toi-même tu n'as pas souhaité y vivre. Tu es resté immobile mentalement, à observer attentivement les actions des autres, en essayant de t'en inspirer. Mais toi, William Luvenis, toi tu n'as pas essayé d'être toi.

L'artiste baissa ses orbites sur les rangées de sièges rouges, l'air décontenancé.

— Je ne voulais pas vous vexer Will, ajouta M malgré tout pour s'excuser. Je voulais juste… Vous dire ce que je pensais de tout cela.

Will acquiesça en se raclant la gorge. Il avait la mâchoire serrée.

— Vous êtes un grand artiste, et je n'ai pas à vous le rappeler.

— Ce n'est pas grave. Ne vous en faites pas, répondit-il d'une voix étranglée. Profitons plutôt du magnifique spectacle qui nous est offert.

— C'est cela, affirma M en retournant son visage face à la grande toile sur laquelle les milliers d'images défilaient.

Ainsi se fit la contemplation d'une galaxie éloignée, aux héros inspirants d'un lointain passé. Will comme M étaient éblouis par tant de nostalgie. Tant de beauté et d'émotion que de découvrir son premier « grand film » au cinéma ! Ce sont des choses comme celles-ci qui façonnent une vie. Des mots, des symboles, des visages. À travers ces œuvres, on définit le mal, le bien, l'amour aussi. À travers ces œuvres, c'est tout un tas de leçons inconscientes qui s'établissent dans le cerveau juvénile. Autant que la société et les traditions, les films et l'art en général bâtissent les esprits, socialement pour commencer, mais aussi moralement. Qu'est ce que la peur ? Qu'est ce que le courage ? C'était à la fois beau et effrayant de penser à quel point l'esprit était malléable à cet âge. Lorsque l'on ne connaît pas la critique, la remise en question et la dépression de ses idées. Le monde physique que l'on idolâtre une fois adulte, ne vaut rien en comparaison à ces concepts qui nous forgent. Car une simple image ne fait pas le poids face à une grande idée.

Dans les dernières scènes, les deux hommes sentirent le frisson les parcourir. L'émotion transparaissait dans leurs yeux, et même sur leurs visages. La lumière du projecteur se confondait à celle de leurs sentiments.

Le cinéma est un lieu de société où l'intime a sa place. Là où habituellement celle-ci ne laisse le droit qu'aux besoins, aux loisirs publics, aux attitudes restreintes par des codes de « bonne conduite » ; l'émotion ici se dévoile comme une tornade effrénée de larmes, de cris et de rires que l'on partage tous. Les cinémas, les théâtres et les musées, les lieux de cultures sont les foyers de l'humanité. Car l'art arrache ce qu'il y a de plus précieux et de plus enfoui chez l'homme. Sa dignité.

Enfin, le fondu au noir arriva. Le générique apparut et tout le public, bouleversé, applaudit. Les étrangers venus du futur battirent autant des mains. Ils avaient le cerveau complètement retourné par ce qu'ils venaient de vivre. Un en particulier. D'en haut, Will aperçut sa version jeune essuyer ses petits yeux qui eux larmoyaient discrètement. Il se cachait à son père, comme l'aurait fait tous les garçons. Mais ce dernier voyait bien l'émotion qu'il ressentait. Il y avait de la joie à l'époque. Il y avait du bon en Will.

Petit à petit, les spectateurs quittèrent la salle, et il fut aussi l'heure de partir pour les deux amis. Silencieux, Will alluma une cigarette. Lui et M étaient les deux seuls encore assis. Tous les beaux fauteuils rouge vif étincelaient sous le feu des lumières rétablies. Cela provoqua un petit sourire de ravissement chez le cinéaste aux pieds croisés.

— S'il vous plaît, pas de tabac ici ! Y en a qui lavent ! ordonna un homme de ménage qui nettoyait les pops-corns tombés par terre.

Du haut de son petit gabarit, ce dernier ressemblait au père Noël avec une calvitie et des lignes de cheveux poivre et sel.

Will, comme l'homme arrogant qu'il était, jeta sa cigarette par terre, l'écrasa d'une vilaine façon et se leva en fixant l'homme d'un regard provocateur.

— Vous crèverez ! ajouta l'homme.

— Ça, je le sais !

Et sans un mot de plus, l'artiste quitta la salle qui avait servi son enfance.

Désormais seuls, M et l'homme de ménage échangèrent comme une sorte de regard viscéral. Plein de complicité et de méfiance, comme s'ils cherchaient à se cerner intimement, bien que l'un soit beaucoup plus obstiné que l'autre. Finalement, l'homme dit à M :

— Il sait vraiment ce qu'il raconte vot' copain ?

Le vieux s'esclaffa en se levant de son siège.

— S'il savait à quel point il se trompe, croyez-moi, nous n'en serions pas là !

24 : Le choc des souvenirs

M rejoignit son compagnon qui l'attendait patiemment sur un banc de pierre en face du bâtiment. Étrangement, il semblait y avoir davantage de flux à cette heure dans les rues d'Orléans.

— J'espère que le film vous a plu, lança Will en tirant sa cigarette de sa bouche.

— Un peu qu'il m'a plu ! répondit M, d'un ton enjoué.

Il s'approcha du banc de pierre sur lequel son ami fumait.

— Vous aviez l'air ému.

— Je pense que vous êtes tout à fait, en mesure de comprendre ce que cela fait, de revivre un moment pareil, rétorqua Will en baissant les yeux.

— Je parlais du vous d'un autre temps.

Il se mordit les lèvres un instant.

— Oh, je vois…

Après cela, ils reprirent leur silence habituel, dans un pur instant de contemplation et de méditation.

Le temps était plutôt bon à cette heure. La nuit était de nouveau tombée, et l'on ne distinguait plus les pauvres nuages gris qui peuplaient le ciel. Seule une fine brise parcourait les murs. Faisant de son sifflement un simple bruit de fond, au milieu des passants.

En face du cinéma d'où ils sortaient, un

tromboniste de passage jouait les vieilles chansons de slow, avec lesquelles tout le monde avait grandi (au sens figuré). Ce devait être un sans-abri. Il n'était que peu vêtu et s'affublait d'un pauvre béret usé. Devant ces beaux airs d'une époque révolue, Will tira discrètement des pièces de la poche de son ami, plongé dans ses pensées. Il s'approcha de l'homme sans même le saluer, se pencha légèrement sur le gobelet d'acier mis en avant, et y lâcha six ou sept francs. M, cette fois-ci réveillé, sourit à Will qui lui fit signe de fermer sa bouche.

— C'est seulement parce qu'il jouait correctement. Je n'aurais pas donné un seul sous à un mendiant qui croit porter toute la misère du monde sur son dos.

Morgan rabattit ses paupières en soupirant de l'intérieur. Même après toutes leurs discussions, il se montrait toujours aussi méprisant. *Un jour, il comprendra…*

Il lui tendit la main pour l'aider à se relever.

Bientôt, ils se rendirent compte qu'ils suivaient de près le jeune Will et son père. En observant l'enfant, tous deux se dire la même chose. À cet instant, la passion qui le façonnerait, était née.

— Comme quoi, c'est toujours par le cœur, que naissent les plus grandes ambitions.

— L'enfant est aisément séduit par l'émotion. Il ne pense pas la technique et la forme.

— Et donc, est-ce important ?

— Un peu tout de même…

— Pour un enfant ?

Will regarda son ami d'un air qui voulait dire

qu'il ne souhaitait pas développer de nouveau débat avec lui, pas même sur ce sujet qui lui était cher, sous peine de se faire encore rabaisser.

— Vous étiez quelqu'un d'ambitieux Will.

— Je l'étais. Regardez par vous-même où cet état d'esprit m'a mené.

— Ne blâmez pas vos qualités.

— Le but de ce voyage n'est-il pas avant tout de me remettre en question ?

— Pas dans ce sens. Repérez donc les failles. On ne peut pas être bon partout ! Certains traits en fragilisent d'autres. C'est sur ces fissures de votre caractère qu'il vous faut vous focaliser. Et non les causes qui en ont induit le déséquilibre.

— L'amour est une fissure.

Cette fois-ci, ce fut M qui regarda Will.

— C'est bien notre point commun, cher ami.

La fraîcheur des rues ne les gênait pas. La nuit était illuminée par les lampadaires, de plus en plus réguliers au fur et à mesure des chemins qu'ils empruntaient. D'innombrables mets délicieux, en provenance de restaurants, emplissaient l'air d'un savoureux mélange de parfums salés et sucrés. Beaucoup de fumeurs, adossés sur un pan de mur, se prélassaient à cette heure. La majorité des passants riaient, au coin d'un lampadaire usé où la lampe crépitait. Et par-dessus tout ce spectacle, flottait un agréable air de guitare. La cerise sur le gâteau. Les cordes pincées sonnaient un morceau anachronique à la mélodie que l'on croirait tout droit sortie d'un lointain passé. Et, à moins qu'il n'eut été un avant-gardiste, le guitariste semblait se complaire dans le jeu de ces vieilles balades méconnues.

Soudain, au milieu des silhouettes habillées, Will aperçut sa copie plus jeune se mettre à courir impatiemment. Intrigué, il lui parut alors que le temps commença à s'écouler lentement. Très lentement... Comme si d'un seul coup, la vie avait souhaité lui montrer au ralenti, un passage éminent de sa vie. Une flamme brûlante germa sans prévenir dans son esprit, et tous ses sens se mirent à épier les mouvements du jeune garçon : le bruit tendre de ses pas sautillant sur la pierre, le frottement de son manteau auprès des gens qu'il esquivait, le souffle d'excitation incontrôlable qui l'envoyait dans sa course. L'enfant semblait ressentir une émotion d'une grande puissance. Laquelle seulement ?

Will, alors en pleine introspection, reçut soudain le choc qu'on lui avait promis. Son esprit tout entier, déconnecté du monde, se rebrancha subitement au souvenir dans lequel il se trouvait. La réalité fut telle à voir, qu'il en perdit l'usage de la voix. C'était comme s'il venait de voir en un clin d'œil sa vie défiler sous ses yeux : cet enfant au regard malicieux serpentant sur le pavé, l'émotion d'une nouvelle passion parcourant ses entrailles ; l'énergie de projets naissants. Will ne regardait pas l'enfant en train de vivre ces choses. Il les vivait avec lui. Il devinait ainsi, par quelle vision, allait s'achever ce sentiment indescriptible. C'était l'image, de ce qui à l'époque, aurait pu le motiver toute sa vie. La source d'un amour qui aurait pu lui permettre de s'aimer lui aussi, s'il ne l'avait pas abandonnée. La vision d'une maman.

La foule finit par se disperser. Derrière le voile que constituait le groupe de personnes, se distinguait la scène finale de ce moment intense. Un souffle sans fin parut traverser les poumons du quadragénaire. Il expira tout l'air qu'il avait en lui, et contre vent et marées d'émotions, se trouva en face à face avec ce qui n'était nulle autre que… la vérité.

Une mère, au teint éclatant et aux mains douces, caressait l'épaule de son enfant en lui renvoyant par la même occasion le regard que toute progéniture espère obtenir de son parent. Le merveilleux se lisait dans l'alchimie qui liait la maman à son fils ; le signe d'un amour éternel et d'une relation sincère, innocente et sans faille. Nul autre mot que la vérité n'aurait pu décrire ce qui se déroulait sous ses yeux, par deux référentiels différents. Le Will adulte revivait, pour la seconde fois de sa vie, ce qui avait probablement constitué, l'un des seuls vrais moments de bonheur, de sa vie…

— Will !

M étouffa un puissant hurlement lorsqu'il le vit chuter. Ses yeux révulsèrent. Il semblait perdre connaissance... La famille Luvenis, toujours en train de s'enlacer, jugea la scène d'un regard alarmé et surpris. M, en dépit de sa force affaiblie, parvint à coucher le pauvre Will à l'ombre d'un mur. Il leur lança un regard d'appel à l'aide.

La mère aux beaux cheveux, et aux pupilles rassurantes, se précipita dans sa direction. Le papa, au sens ardu des responsabilités, prit son fils par les épaules et lui fit signe d'avancer jusqu'à la Loire.

— Je ramène le petit à la voiture ! lança t-il à sa femme.

Celle-ci lui répondit sobrement en lui précisant qu'elle ne serait pas longue.

Elle s'agenouilla au pied du « défaillant », et lui passa délicatement la main sur le front. La chaleur maternelle et protectrice qui imbibait sa peau fit frémir l'artiste. Ce dernier entrouvrit les yeux, et se mit à respirer de manière aiguë. Les cheveux en bataille, il reprit peu à peu connaissance. Dans la pénombre du soir, il distingua deux points scintillants face à lui. Comme deux cristaux suspendus dans les airs. Suspendus dans le temps…

— Merci… Infiniment… Madame, bredouilla M quelque peu rassuré. Je crois qu'il commence à revenir à lui.

— Vous êtes sûr que vous n'avez pas besoin d'un transport pour rentrer ?

— Non, ne vous en faites pas. Nous logeons juste à côté.

La dame d'une trentaine d'années se releva. Son visage demeura gravé dans l'esprit vacant du couché.

La vision de sa mère s'en allant dans les rues nocturnes procura à Will quelques larmes qui coulèrent le long du pull de son ami, qui le releva à nouveau de ses bras fébriles. Les minutes qui suivirent lui parurent à la fois longues et filantes. L'éloignement croissant avec sa génitrice lui causait comme une intraitable douleur dans la poitrine.

Titubant sous ses pas, il se perdit peu à peu, ne sachant concrètement, si ce qui se passait sous ses yeux était réel ou non. Où était-il ? Qui était cet homme qui l'accompagnait ? Où allait-il ? Le chemin de la vie dans son grand flou était devenu noir. Invisible à ses yeux d'étranger. Le grand mystère et le doute emplissaient petit à petit son esprit...

Une pluie fine commença tout à coup à tomber sur la cité loirétaine. Et puis bientôt, ce fut l'orage qui débuta son grand tambour. Will, lassé de se faire aider par M pour avancer, le lâcha soudain. Là où ils se trouvaient, ils étaient à peu près abrités. Les halles leur évitaient les torrents d'eaux, qui arrivaient en large pour remplacer la pluie d'automne, ténue et légère. L'orchestre grondant se transforma bientôt en un théâtre de pur abîme, en même temps que le mythe de l'artiste fou, qui ici s'empara de la réalité.

M, décontenancé, ne fit même pas attention au départ de son protégé. Ce dernier, à l'esprit brouillé depuis trop longtemps, s'enfuit soudain sous la pluie. En à peine quelques secondes, il avait atteint le milieu d'une rue et était trempé jusqu'aux os. Fiévreux de par la fatigue et le bruit, M prit du temps à s'apercevoir du tragique de la situation.

Désemparé, il se mit à l'appeler, tant bien que mal. Mais l'artiste ne répondait plus. Les yeux fermés, le visage tourné vers les cieux ; le corps transparent à la lueur de la foudre sous les habits de tissus fins. La vision de M était à la fois épouvantable, et prodigieuse. L'homme, ou plutôt la chose qu'il avait en face de lui, avait l'air d'une figure fantomatique, confondue dans les torrents qui s'abattaient sur lui. Comme si la figure elle-même avait intimement désiré liquéfier son corps, en une minuscule goutte de pluie. Dans tous les cas, une déconnexion avec le monde semblait s'être établie, dans l'esprit de William Luvenis.

Heureusement, quelqu'un intervint à cet instant. Un homme perché à la fenêtre d'un hôtel, fit signe à M de se diriger vers son bâtiment. Ce devait être le propriétaire. Il allait venir l'aider... La foudre frappa. Stupéfié, M eut peur. Par réflexe, il regarda à gauche, dans la direction du furieux abattement. Rien qui puisse l'alarmer. Ce n'est qu'en rabattant la tête du côté droit, qu'il fut saisi d'effroi. La terreur le submergea. L'artiste était allongé au sol. Il ne semblait plus respirer.

Il apparaît parfois des secondes au cours de notre existence, où l'on n'est plus très sûr de ce qui nous arrive, tant l'on était un peu trop préparé à ce qui devait nous arriver. M vivait ces secondes. Il ne savait plus si c'était cela, la fin prévue. Le grand savant venait en un instant, de voir toutes ses certitudes, voler en éclat. Le destin avait d'ores et déjà décidé d'un dénouement, à cette grande histoire. Malheureusement, il n'en était pas le héros. Et celui-ci, à l'heure actuelle, semblait mort.

25 : La fin des réflexions

Un mirage lointain semblait ressurgir. Celui d'un bel après-midi. Une maison de campagne teintée de l'orange crépusculaire. Les rayons intenses du soleil descendant sur le crépit des murs blancs. L'effluve odorant des jardins fleuris. La musique aiguë des jeunes âmes, nageant dans l'eau et courant sur le sol brûlant. Le rose, le bleu, le vert, le marron et le noir formaient ce délicieux tableau. On aurait cru à une aquarelle. Une œuvre impressionniste, évocatrice de la nostalgie, prête à être tatouée sur la peau d'un homme. Un voile hyalin prêt à suivre la vie…

C'était comme s'il avait pris plusieurs dizaines de médicaments. Sa tête tournait. Son corps, il ne le sentait presque plus. Il se rappelait encore des sensations dans l'idée. Mais dans ce moment si sombre, il se demandait, s'il allait un jour pouvoir y regoûter. La folie impulsive et violente qui l'avait saisie, était le fruit de long mois, de centaines et de centaines de jours, passés dans l'amertume et l'aigreur d'un quotidien monotone et dépourvu de sens. Le cri de l'artiste, renfermant ses peines, avait éclaté ce soir là. En quel honneur direz-vous ? Un choc. Celui d'un souvenir. Mais pas celui qu'il avait vu.

— Will… Will… Will…

Il ne faisait que penser l'agitation autour de lui. Il

voyait, entendait, sentait encore la pluie et l'orage. Mais ces sensations étaient dépassées. Où était-il à présent ?

Un nouveau monde, trouble et peu clair, semblait désormais s'ouvrir à lui. Un monde plus sec, et plus chaud. Après avoir passé ces minutes qui lui étaient parues comme des heures, sous une pluie battante et glacée, ce renouveau changeait complètement la tournure de son état. Il était toujours fait de chair, de sang et d'os. Il existait toujours...

— Will.

Les lumières tamisées apparurent enfin à ses yeux.

— Je vous entends…

Il avait une voix fébrile, ténue, meurtrie par une épreuve physique mais avant tout psychologique.

Une main se posa sur son front. Ce n'était pas celle de sa mère. Mais elle était toute aussi rassurante.

— Vous m'avez fait si peur Will…

Elle frotta son visage, cette fois à l'aide d'un tissu mouillé et brûlant. Cela sembla faire du bien à Will.

Il était allongé sur un lit de petite mesure, aux draps néanmoins propres et soyeux. Il avait la tête couchée sur pas moins de trois oreillers, et une couverture le bordait. Ses habits retirés lui avaient été disposés sur une commode, en bout de couche. La couette épaisse le réchauffait.

À ses côtés, M était assis sur un tabouret en bois. Il veillait, en dépit de la fatigue.

— J'ai bien cru que j'étais mort… balbutia Will.

Il parvint à entrouvrir ses yeux.

— Mais j'ai trouvé la trace. Ma trace.

— Ça je le sais. Je l'ai vu de mes propres yeux.

— Non, vous ne l'avez pas vue.

Will vit cette fois correctement son ami. Il arborait une mine triste, épuisée.

— Que voulez-vous dire, au juste ? demanda-t-il, en se massant les joues.

— Ce n'était pas elle. Je m'en suis souvenu.

— Au contact sensitif, la trace fait ressurgir toute une suite d'autres souvenirs…

— Elle ne m'a rien déclenché du tout. C'est ce choc. La vision de ma mère qui me l'a montrée.

Il voulut se relever mais un curieux mal de dos le rallongea. Cela lui revint. Il avait chuté sur le sol à la vue de l'éclair tombant. Pas étonnant que sa colonne vertébrale l'empêche de faire le moindre mouvement.

— Ne forcez sur rien. Il faut à vos articulations le temps de se réhabituer au mouvement.

— Où sommes-nous ?

— Dans une chambre d'hôtel que j'ai louée pour la nuit. Mais nous y resterons le temps qu'il faut ce n'est pas grave

— Pas question.

Il dégagea la lingette chaude posée sur son front.

— Je l'ai trouvé M. La trace est à ma portée.

— Comment pouvez-vous en être sûr ?

— Parce que je l'ai vue ! Je l'ai sentie ! Je l'ai touchée.

M recula. Il soupira en tournant la tête des deux côtés.

— Ne comptez plus sur moi pour vous suivre Will.

— Pardon ? s'indigna t-il.

Il lui attrapa la main la plus proche.

— C'est vous M qui m'avait mené jusqu'ici. Vous ne pouvez plus faire demi tour à présent.

L'autre le regarda, l'air ému.

— Mais je vous ai fait prendre tant de risques…

— Tant de risques ? Où en avez-vous remarqué ?

M sourit malgré tout en dégageant sa main.

— Il est vrai que vous vous en êtes toujours bien sorti.

La pluie tombait toujours en trombes dehors. Will tourna son cou vers la fenêtre à guillotine qui bordait son lit.

— Et puis… commença-t-il.

M releva la tête.

— Et puis ? répéta t-il.

— Et puis, il y a encore tant de mystères que je dois découvrir avec vous.

M parut s'offusquer. Retournant sa tête, Will rit avant de dire :

— Vous ne croyiez tout de même pas que j'allais laisser passer toutes ces cachotteries.

— Je ne vous cache rien…

Will sourit bêtement comme pour lui faire croire qu'il le croyait sur parole.

— Et ce mystère de « Monsieur Will » alors ?

Le vieux leva les yeux au ciel avant de se lever de sa chaise.

— Je vous ai déjà dit que de toutes façons vous finirez par le savoir.

— Mais pourquoi diable ne puis-je pas l'entendre de votre bouche ?

Will semblait bien réveillé.

— Le destin me l'interdit.

— C'est cela ! Arrêtez donc de tout remettre sur le dos du destin.

M soupira. *Après tout, c'est peut-être le chemin à suivre,* pensa-t-il.

— Très bien, déclara-t-il en se rasseyant.

Will pencha sa tête vers lui, en s'apprêtant à écouter son histoire avec attention.

— Monsieur Will, était un homme bon. Un héros qui m'a accompagné durant mon toute enfance et mon adolescence. Un modèle exemplaire de sagesse et d'altruisme. Totalement désintéressé. C'était aussi un ermite. Quelqu'un qui aimait le calme, si bien que parfois je pense qu'il aurait préféré les modes de vies sauvages à ceux des gens de cités. De la belle image qu'il m'avait constamment renvoyée, il me semblait toujours avoir été comme cela. Un magnifique être humain en somme… Je ne savais ni quel âge il avait ni quel métier il exerçait. Et en même temps, je pense qu'il n'avait pas à me le dire. Cela aurait valu de ma part, un jugement inconscient, basé sur des stéréotypes, comme celui du gendarme rigide ou du médecin curieux. Ma seule certitude à son sujet, c'était qu'il était quelqu'un de spécial. Un homme qui ne ressemblait à aucun autre. Et cela me suffisait à lui accorder ma confiance, et à lui vouer mon admiration.

— D'où le fameux « Vous ne lui ressemblez pas », que l'on a pour coutume de me lancer à chaque fois que son nom est mentionné.

M baissa les yeux en étouffant un petit gloussement.

— Sûrement, dit-il.

Il ne souriait pas.

Les minutes passèrent. Le silence entre les deux amis s'étira comme un temps nécessaire au remaniement des choses et des pensées. Tant d'évènements s'étaient encore produits ce soir-là. Tant d'imprévus qui avaient encore tout remis en question. Mais ça y est. Ils touchaient à la fin. Ou plutôt, au début. Car ici le final se trouvait au commencement de tout. D'une vie, dont ils avaient si ardemment cherché le sens…

Sur ce, je vais vous laisser Will. Il est temps pour moi d'aller dormir. Mais je suis dans la chambre d'à côté si vous avez besoin.

Il se dirigea vers la porte à quelques pas du lit.

— Si vous vous sentez mieux, nous irons peut-être march…

— M !

Le vieux se retourna. L'artiste semblait avoir repris son visage d'enfant.

— Merci pour tout ce que vous faites pour moi. À mes yeux, vous êtes vraiment… Comme un ami précieux.

Sous ses traits tristes et fatigués de vieillard, M sourit. Il ouvrit la porte.

— Merci William.

— Et ne reprenez pas cette vilaine habitude de

me vouvoyer, renchérit l'artiste. Je pense que l'on se connaît suffisamment maintenant.

Le vieux se retourna.

— C'est certain, dit-il. Et nous nous connaîtrions encore mieux, si vous ne m'aviez pas forcé à mentir ce soir.

Le visage enfantin de Will disparut en un fragment de secondes.

— Bonne nuit Will, finit M en refermant la porte.

— À vous aussi… bredouilla l'artiste.

Il y eut un long moment de malaise solitaire dans la pièce. *Je ne saurai donc jamais toute la vérité*, songea Will un brin agacé. Ne sachant que faire pour s'occuper, il fixa la petite lampe posée à côté de lui. « N'oubliez jamais la lumière » lui redit soudain une voix. Il fixa l'objet luisant de plus belle. La lampe de chevet clignotait toutes les vingt secondes. Bientôt, en comptant, l'artiste se sentit partir. Il pensait à la nuit reposante qu'il devait à tous prix passer s'il voulait découvrir « l'origine ». Il savait que M ne le laisserait pas accomplir quoique ce soit, s'il le voyait fatigué.

Bon et puis après tout, il faut bien vivre de mystères et d'aventures ! Et ce fut sur cette pensée, qu'il éteignit la lumière.

26 : Affronter la réalité

Au matin, Will se sentait en forme pour aller marcher. Son dos lui faisait mal et il boitait un peu de la jambe droite. Néanmoins, M avait daigné le laisser sortir, pour une raison que lui seul connaissait.

Ils longeaient, cette fois sous le ciel azur, les quais de Loire avec pour seule compagnie les petits oiseaux gris, qui venaient s'y prélasser.

— Je ne trouve pas les mots M.

— À quel sujet ?

— Pour tout. Tout ce qui s'est passé en trois jours seulement.

— Il n'y a pas besoin de mots pour qualifier cela. Tu m'as déjà confié qu'avant tu n'aurais jamais cru cela possible. Il avait pris la résolution de le tutoyer.

Will avait les yeux fatigués. D'épais cernes logeaient sous ses yeux, et un sourire se dessinait tout juste au-dessus de sa mâchoire inerte.

— Même extraordinaire ne serait pas suffisant … finit-il.

— Tu admettras que ce voyage n'avait en rien l'intention d'être quoique ce soit au départ. Rien qu'une quête de renaissance. Aucune volonté d'être plus que cela. Mais il est bien que tu aies appris la vérité sur lui.

— Nous ne sommes toujours pas au courant de ce qui va se passer d'ailleurs.

— Avons-nous vraiment besoin de le savoir ?

Will parut réfléchir un instant. Puis il haussa les épaules comme pour dire qu'il n'en avait pas grand-chose à faire finalement.

— J'ai vraiment aimé partager ces trois jours avec toi William. Je tenais aussi à te le dire. C'était une belle aventure.

— Entre les combattants de la liberté, les soldats meurtriers, les français bienheureux, les danseurs de tarentelle, sans oublier les spectateurs mécontents... Oui, on en aura vécu une belle d'aventure !

Le vieux rit.

— Et moi je me rappelle encore ta tête au milieu des émeutes de StoneWall et tes catastrophiques pas de danses en Italie, lança-t-il.

Il ne put s'empêcher de sourire.

— Ce sont de merveilleux souvenirs, quand j'y repense.

M tourna la tête vers son ami. Un beau chemin avait déjà été parcouru.

— Soit ! déclara t-il. Je pense qu'il ne nous reste plus grand-chose à nous dire à propos du passé, il attrapa les mains de Will, emmènes-nous où il le faut William.

Celui-ci prit un air gêné. Il le regarda d'un air bouleversé.

— Est-ce que cela vous embête si cette fois-ci c'est moi qui vous demande d'attendre un peu ?

M baissa la tête.

— Non. Tout le temps qu'il faudra...

Ils contemplèrent ensemble la vallée silencieuse à la végétation mourante. La Loire était un si beau fleuve, même en automne lorsque la vie s'en allait.

Will, dans les parts intimes de son esprit, craignait toujours que ce souvenir qui avait émergé des entrailles de son âme, ne soit pas celui qu'il recherchait. Une peur indescriptible de l'inconnu lui saisissait le coeur. Soudain il sentit son visage se décomposer.

Je suis vide, pensa-t-il.

M, à ses côtés, prit un air mélancolique. Il voyait bien que malgré l'engouement qu'il avait montré précédemment, son compagnon était encore en oscillation.

— La dépression te fait penser des choses auxquelles il n'est plus bon de songer William. Ressaisis-toi. Pense désormais à tout ce qui t'attend.

Will, dans son malheur, sourit.

— Rien ne m'attend M, dit-il. Vous le savez très bien vous aussi. Après cette quête, il y a de fortes chances que le vide continue de venir me hanter. Aucune émotion ne viendra plus peupler mon coeur. Pas même un chagrin, pour me rassurer dans ma tourmente. Je n'aurai plus rien à moi. Et même vous, que je remercie encore pour tout ce que vous me faites, ne saurez y remédier… La vie tourne M. C'est si noble de votre part. Je crains que rien ne puisse m'empêcher de mourir dans l'oubli de ce qu'aura été ma vie. Pas même, ces si belles émotions.

Il se mit à pleurer. M dégaina son stylo et son papier ancien. Son ami, dans la réalité, n'était toujours pas convaincu.

— Tu ne sais pas ce que tu dis.

— Je vis dans le mal être depuis des mois M. Je sais parfaitement ce que je dis.

— Tu as peur Will. Et c'est normal. Sortir de cette boucle, qui t'enferme depuis tout ce temps, ce n'est pas facile. Nous sommes tous, ou presque, passés par là. Mais toi, William Luvenis, tu as le pouvoir et la chance de regarder en face. Les souvenirs nous guident Will. Et crois moi, j'en ai vu passé des milliers. Chacun a su montrer à son détenteur, la vérité sur sa vie. Ton état actuel n'aura pas la moindre influence sur cet incroyable moment qui nous définit.

Will se répétait sans cesse dans sa tête que cette chose qui lui faisait du mal ; cette blessure allait le poursuivre jusqu'à la fin de sa vie. C'était un poids, dur à porter. On l'avait privé de ses émotions. Privé de tout. *Pourquoi* ? s'était il tant répété. Aujourd'hui ? il savait qu'il ne fallait plus chercher de réponses. Mais, qu'au contraire, il fallait agir pour s'en libérer.

Et si le meilleur moyen d'agir, était de ne rien faire ? se dit-il soudain. *Confie ton esprit au présent, au passé, au futur*, lui murmura une voix. *Confie ton esprit au temps. C'est aussi comme cela que tu sortiras de ta boucle.*

— Ne pense plus à rien. Laisses-toi envahir… lui murmura une autre voix.

Une soudaine motivation l'envahit. Il avait toujours une part vide, mais elle était sincère. Là où tout au long il n'avait cessé de « croire » à ce pouvoir de « salut mémoriel », parfois même farouchement, avec comme seul espoir les paroles d'un vieil homme ; aujourd'hui il se sentait prêt à devenir « certain ». Certain de croire à cette magie, qui jusqu'ici lui avait permis de retrouver un peu de légèreté et de bonheur. Certain de savoir, et non plus de croire.

Il s'assit sur un banc entouré d'arbres. En fixant la Loire, il se dit qu'il était enfin décidé à accomplir sa destinée dans la franchise.

Il attrapa le morceau de papier et le stylo que tenait M dans ses mains. Celui-ci le regarda faire dans le silence complet. En à peine une minute, il avait fini d'écrire son petit quatrain. Par la suite, il se leva, les deux boules à la main, et s'approcha du grand fleuve au bord des pavés beiges. Ses narines s'imprégnèrent du bon air qui régissait le lieu. Il focalisa son attention sur l'atmosphère qui l'entourait. Ce que l'on appelait les « petites choses de la vie ». Les oiseaux gringalets becquetant les déchets de la veille. Les bruits de pas tranquilles derrière lui. Les nuages blancs flottant au dessus de sa tête. Le soleil éblouissant du matin qui illuminait la ville toute entière. La sensation d'un monde nouveau et ancien à la fois, mais qu'il venait, au cours d'une simple minute, pleinement de redécouvrir…

Le temps de la déprime était presque fini, il le sentait. Il allait redevenir heureux, rempli de l'émotion qu'il n'avait plus eue. Il avait de l'amour à revendre. Une envie d'offrir du plaisir aux gens qui l'entouraient. Aux gens qu'il avait perdus… Il allait réussir. Ils allaient réussir. Ensemble. Oui, pour la première fois depuis des mois, si ce n'était des années, il allait gagner quelque chose. La conviction inattendue d'une victoire le saisissait soudain.

Si M lui avait appris une chose, c'était que nous portions tous un combat en nous, si ce n'est plus. Notre destin nous y confronte, et toute notre vie durant, nous sommes forcés de l'affronter. Quelque chose l'attendait, et il était désormais en mesure de le rencontrer. Will était prêt à faire face à son destin.

— Je suis prêt, déclara-t-il.

Ils échangèrent un long regard, rempli d'émotion. Will n'avait plus ses yeux habituels. Quelque chose au fond de ces derniers, semblait avoir été bouleversé. Comme l'apparition d'un éclat scintillant. Celui que seul les combattants ; les « olympiens » arboraient.

Baissant les yeux au sol, Will boita jusqu'à M et lui tendit la feuille froissée.

— Je sais que c'est sans doute le dernier voyage que j'effectuerai. Je vais donc tâcher d'en profiter.

M, la gorge nouée, approuva. Ils se prirent les mains.

— Ensemble, dirent-ils.

Ils approchèrent la boule de leur bouche. Une connexion très forte les unissait. Par la paume de leurs mains, c'était leur amitié qu'ils scellaient. Mais pas seulement à Orléans. Avec ce pacte, ils s'inscrivaient dans l'Histoire.

Tous deux s'envolèrent soudain dans une explosion de flammes bleues qui fit frémir les oisillons.

La beauté du monde m'émerveille…

27 : La pureté des âmes

« On y trouvait la lumière du soleil
Comme la chaleur d'un éveil
D'un enfant décontenancé
Vivant dans un parfum de miel...
... C e s   d e r n i e r s   i n s t a n t s   d e   b e a u t é ...   »

L'univers ici, semblait ne plus être. Cette maison ; ce sanctuaire avait comme l'air de n'exister qu'en souvenir, et rien d'autre. On aurait dit qu'elle était unique, que rien ne pouvait lui ressembler, dans l'âme, et surtout dans l'aura qu'elle dégageait ici et là.

Le vent sentait bon la lavande et les fleurs d'été. Une surprenante odeur de miel se dégageait également du terrain qui semblait accueillir de joyeux visiteurs. La maison, surélevée par rapport au sol grâce à un garage logé au creux d'une pente, surplombait un jardin où poussaient toutes sortes de plantes. L'allée pavée qui s'étendait à l'arrière du petit portail brun, était bâtie à partir de pierres roses. Un banc de photinias servait de grillage et de bordure au grand chemin qui lui paraissait mener à la cour des invités. Au loin, des nuages aux motifs impressionnistes éclipsaient la lumière du soleil...

Immobilisés devant la demeure surgie d'outre-tombe, les deux visiteurs venus du futur patientèrent un moment face au portail de bois. L'artiste, fatigué d'user de sa tête, finit par y poser sa main. Une sensation étrange parcourue son bras. Comme une bouffée d'air, insufflée par le vieux matériau qui avait servi à bâtir cette modeste entrée. Le parfum de la rouille, qui émanait de l'étroite serrure, lui chatouilla les narines. Sans perdre un instant de plus, il saisit la poignée, avant de l'actionner délicatement. Cette dernière avait le don de faire beaucoup de bruit au moindre passage. Il s'en souvenait nettement. Comme cette fois où il avait voulu fuguer, mais où le chien du voisin avait été réveillé par le simple bruit de cette foutue porte…

— Will, ne faudrait-il pas se montrer plus discret ? suggéra M qui le suivait de quelques mètres en arrière.

— Ne vous en faites pas, ils sont devant.

Sans un mot de plus, le vieux lui emboîta le pas.

Will, d'un pas assuré, s'avança dans l'allée quadrillée au sol. C'était le terrain de son enfance, où il marchait à petits pas le soir venu. Quand les autres s'amusaient à jouer au foot de l'autre côté du quartier, lui se promenait silencieusement dans son jardin, dans le but d'éclaircir ses pensées et d'entrevoir les possibilités que lui proposait son imagination.

Du bout du doigt, il caressa une fleur à moitié fanée, qui ressemblait à un bleuet. Les pétales indigo avaient mauvaise mine, et tiraient la tête vers le bas. Il se tourna dans la direction où la majorité des fleurs regardaient. Le ciel pamplemousse de l'après-midi estival, aux cumulus voilant la lumière de l'astre couchant. Celle qui l'attendait, et qu'il attendait avec impatience… Par la suite, il dirigea son regard sur la parcelle de jardin, parsemée de cailloux blancs, pas toujours à leur place. Il balaya du coin de l'œil les statues de grenouille et d'oiseau, dissimulées entre les plantes. Leurs yeux espiègles qu'il connaissait si bien lui causèrent le même sursaut interne que trente-huit ans auparavant. La candeur et les charmes de l'enfance semblaient un à un rejaillir, au contact de toutes ces émotions.

Arrivés au carrefour de la cour et du sous-sol qui faisait office d'entrée, l'artiste prit le second chemin et fit signe à M de le suivre. Ils pénétrèrent dans un lieu grisonnant et froid (même si l'adjectif adéquat aurait plutôt été « rafraîchissant »). Une vieille bagnole se trouvait là. Encore une fois, Will ne put s'empêcher de l'effleurer. C'était avec elle qu'il avait connu la mer, ainsi que la montagne. C'était avec elle qu'il avait fait ses premiers pas à l'école. C'était avec elle, qu'il s'était aussi rendu à Roissy, pour faire ses adieux à sa famille. Cette « antiquité » comme il l'appelait autrefois, l'avait conduit dans bien des endroits au cours de sa vie. Des tournants qu'il n'oublierait plus dorénavant.

Il prit ensuite le chemin d'un couloir. Ce dernier menait à un escalier de béton peint en blanc, qui lui-même conduisait à l'étage. Délaissant l'agréable odeur d'huile et d'essence qui tapissait le garage, il grimpa les marches une à une, le temps de profiter à leur juste valeur des senteurs plus raffinées dont étaient pourvus les murs de l'escalier : des effluves pâtissières, d'épices mais aussi d'autres substances plus ténues comme celle du vinaigre ou de la sauce balsamique. Arrivé au palier de la porte, il tâta la poignée. Derrière lui, il se surprit à écouter les soufflements bruyants de M qui se fatiguait à monter les marches. Alors, pour ne point le faire attendre après tout ce qu'il avait fait pour lui, et pour à son tour, se libérer, il ouvrit…

Le silence du sous-sol et la pénombre de l'escalier laissèrent place à un océan de lumière éblouissant, ainsi qu'à une sorte de jacasseries venues de la cour. Faisant quelques pas dans l'entrée archaïque, Will n'eut même pas à se demander si la maison était vide. Les fenêtres étaient de partout ouvertes, et les seuls sons que l'on entendait étaient ceux des enfants en train de jouer de l'autre côté du jardin. Les adultes eux discutaient plus tranquillement, mais l'artiste reconnut toute suite le ton de son oncle Patrick, qui avait toujours eu l'habitude de s'exprimer d'une voix sourde et forte.

Toujours plongé dans un mutisme mélancolique, Will demanda à M d'attendre dans la salle à manger qui débouchait sur l'entrée. Pendant ce temps, il commença à s'aventurer dans le couloir des chambres, peuplé de photos et de cadres. Sous ses pieds, le carrelage brun traçait des motifs obliques difficiles à suivre. Il eut l'impression de voir tout le contraire de sa villa. Dans son élan, il ne prit même pas le temps d'observer les souvenirs étendus sur les murs. À dire vrai, il était pressé de parvenir à la pièce qui, malgré tout, lui avait permis de trouver refuge durant son enfance.

Sa petite chambre se trouvait tout au bout du couloir à gauche. Il releva la tête. C'était une porte blanche qu'avaient choisi les parents pour la chambre de leur unique fils. Ils s'étaient dit qu'il ne fallait pas typer les goûts de leur enfant, juste en fonction de son sexe, et qu'il fallait de préférence attendre qu'il naisse pour le laisser choisir de repeindre la porte d'une certaine couleur. Impassible comme il était, Will ne s'était jamais occupé du moindre détail de sa chambre. Néanmoins, il se rappelait de cette histoire, que ses parents lui avaient souvent racontée. Il avait fini par bougonner à force de l'entendre. « *Toujours les mêmes histoires* », c'était redondant. Pourtant, aujourd'hui, cela lui faisait tellement plaisir. Tous ces petits gestes attentionnés, que l'on aime tant exposer au reste du monde. Ce n'était pas cet ego superficiel qui anéantissait sa vertu si chère. Cette bonté dont on ne prend compte de l'importance qu'une fois adulte…

Comme il l'avait toujours été, le lit de bois était collé dans l'angle au fond de la pièce. Le bouquet de thym offert par sa tante Marie nageait encore dans l'eau parfumée du vase sur sa table de chevet. En tous temps, l'étagère de charme où étaient posées diverses figurines de cinéma s'élevait face à sa couche. Enfin, entre deux sachets de lavande, sa commode beige, elle, abritait toujours ses petits habits finement pliés. Rien n'avait changé. Il se trouvait bel et bien dans sa maison d'enfance.

Il sortit de la pièce, referma la porte et se dirigea vers la salle à manger. Arrivé là, il fit un instant face au balcon. Il huma rapidement l'odeur de miel qui flottait dans la cuisine, et chercha M du regard. Il le trouva assis, dans un des deux sièges d'osiers, placés au bord d'une fenêtre qui donnait sur la cour où les invités festoyaient. Une surfine moustiquaire permettait simplement aux deux d'observer la scène depuis leurs chaises, sans qu'on ne puisse les apercevoir. *En même temps, si tout cela est écrit, il n'y a aucun risque*, songea Will. Il vint donc rejoindre son ami, qui lui, fatigué, semblait contempler avec beaucoup d'émotions la scène qui se déroulait en bas.

Dehors, des enfants, les cousins de Will, s'amusaient autour d'une piscine gonflable. Des cris bien connus sortaient de leurs bouches, tandis que les parents riaient des bêtises de leurs progénitures en dégustant des gâteaux préparés par le père de Will. Sa mère, vêtue d'une fine robe de soie blanche, souriait comme une princesse de contes de fées. Elle avait une façon de rire si rassurante, et des yeux si protecteurs.

Le jeune Will de sept ans tout juste, était le seul bambin à être encore habillé. Il se tenait à l'écart, les bras croisés dans le dos. La tête baissée sur le granit rose de la grande terrasse où l'amusement régnait. Il n'avait pourtant pas l'air puni. À vrai dire, c'était presque s'il appréciait ce moment. Simplement, à sa façon si unique, il ne semblait pas réussir à interagir avec le réel. Will, malgré les efforts, ne parvenait pas, à vivre dans le présent, en même temps que ses pairs...

— On aime à dire que l'expérience découle de l'idée. Qu'elle n'est qu'un fruit que l'on croque, après l'avoir longtemps contemplé. Et que généralement, on est déçu par son goût. Es-tu déçu Will ?

— Je n'ai écrit que quatre lignes pour réaliser ma strophe, déclara Will au lieu de répondre directement à la question, mais j'en ai clairement pensé cinq. J'imagine que le souvenir était tellement fort que, même incomplète, cette petite strophe aurait réussi à nous amener ici.

— Ce qui sous-entends…

— Que mon idée est amplement égale à ce que je vis en ce moment même.

— Et que vis-tu ?

Soudain, le soleil fit son apparition. Le visage de Will s'anima d'un subit apaisement, comme s'il l'attendait depuis une éternité. Ses rides explosèrent à la lumière omnipotente de l'Apollon céleste. Son visage, en outre, s'éclaira d'un bonheur pressé d'apparaître depuis si longtemps.

— Je vis la vérité…

Cette fois, ce fut un océan expressionniste de couleurs et d'ombres qui déferla sur son visage. M vit cela comme la métaphore de la montagne de sentiments l'envahissant. Will contemplait, buvait, sentait, entendait, tâtait de ses doigts la vérité tant désirée. Tout ce qu'il lui fallait à présent, c'était la comprendre. La première leçon que lui avait rappelée M revenait de ce fait, au dénouement de sa quête.

— Nous étions en l'année 1980, expliqua-t-il. Le temps était bon. Le soleil inondait les visages de mes cousins. L'ombre mature des arbres, tenait le rire de mes oncles et tantes à l'écart. L'eau volait. Le sol lui, brûlait. Ma mère, allait et venait, sans jamais se reposer. Ma mère, que j'aimais tant, venait de temps à autre veiller sur moi. Ma mère…

L'aïeul ferma les yeux.

— Cet après-midi j'ai senti ce que j'avais toujours su. Ce que je n'avais jamais compris. Un mot, m'a été donné. Depuis ce jour, mon inconscient s'est vêtu d'un visage. Ma peur, mon cœur. Mon chagrin, mon refrain. Mon ennui, ma vie.

— Quel était ce mot Will ?

Pile au beau milieu des paroles lancées en bas du balcon, quelque chose se fit alors entendre :

— Dites Anne et Christophe ! Vous ne voyez pas comment est votre garçon. Non mais regardez-le ! Ce petit gars est si timide et si seul. Viens un peu jouer William !

— Oui viens jouer Will ! lancèrent les enfants qui jouaient dans la petite piscine.

Sur le visage du jouvenceau se dessina un semblant de sourire, mêlé à une profonde gêne.

Il fit quelques pas, se défit de son t-shirt, avant de se dévêtir de son short. Le corps nu tremblant au vent, pourtant agréable de la saison chaude, le jeune garçon s'avança sous le regard attentif de ses oncles et tantes. Ses parents, appuyés contre la rampe de l'escalier du balcon, l'observèrent du haut, émus et craintifs à la fois. Will fit un pas dans la piscine. Ses cousins le regardèrent avec une joie innocente et un ravissement d'excitation. De peur de se faire éclabousser, le petit Will choisit de se fondre dans l'eau, comme le plus discret des poissons. Ses petits yeux se fermèrent. Il croisa ses bras au niveau de son entrejambe, et cela fait, demeura statique. Défaits de leur joie, les autres enfants le regardèrent alors d'un air curieux. Le plus petit des cousins lui offrit sa main.

Will, sur son genou émergé, sentit la chaleur des petits doigts entrer en contact avec sa peau. Mais cette chaleur n'était pas suffisante. Alors, l'autre aussi vint lui toucher le genou, tout délicatement. Will rouvrit les yeux. Il les poussa un à un, et se releva. Dans ces conditions, tous trois s'observèrent. Et puis, soudain, par un curieux miracle, Will passa sa main dans l'eau, et fit virevolter quelques gouttes en direction des deux autres. Rapidement, ses cousins l'imitèrent. Avec calme, pour commencer, puis bientôt dans le même état d'esprit que toute à l'heure. Les enfants jouaient tous ensemble.

M et Will, perchés depuis leur fenêtre, analysèrent cette scène de leurs yeux attendris.

— « Seul », est-ce bien cela ?

Will acquiesça de la tête.

— Ce fut aussi la seule fois. La seule fois où je parvins à m'amuser en compagnie d'autres enfants.

— Vraiment ? demanda M.

Il acquiesça encore une fois, la larme à l'œil.

Ils contemplèrent un moment, en même temps que les parents de Will, ce dernier s'amuser aux côtés de ses cousins, sous le regard ravi de ses oncles et tantes.

— Le conflit interne entre l'aversion à l'humain et l'envie de lui faire plaisir. C'est quelque chose que tous les hommes auront ressenti. Crois-moi Will, tu n'étais pas seul…

— Pitié M…

— Quoi ?

— Arrêtez. Sur ce coup, je pense que je peux me passer de vos analyses et de vos conseils. Ce moment que je vis, il m'appartient. Regardez, et s'il vous plaît, taisez-vous…

Surpris, le vieux se mura dans le silence. Il n'était pas vexé. Au contraire, il appréciait et comprenait parfaitement cette requête.

— Cette trace hyaline est une prédiction, une prédiction sur la vie. Cette maison, je m'en suis défait. La famille, je la considérais comme un moule. Pire que la société, comme quelque chose qui tente de nous conformer ! J'ai voulu m'en affranchir. Et bon sang M ! Je ne veux pas savoir si j'ai eu raison. Peut-être ai-je bien fait ? Peut-être pas… Honnêtement, je n'en ai plus rien à foutre aujourd'hui. Ce qui est sûr, c'est que j'ai fait quelque chose ; autre chose de vraiment très mal. J'ai manqué à… J'ai manqué de… J'ai manqué. Toute ma vie, j'ai seulement pensé à être différent. Mais la vérité, aussi terrible soit-elle, est bien plus simple. Je n'avais pas à chercher à l'être. J'étais déjà différent du fait de ma solitude. Et c'est cette différence, que je ne saurai définir comme trait naturel ou culturel, qui m'a rendu si mal. J'étais si seul, et je le suis toujours. Toujours à la recherche inépuisable d'un but inatteignable et futile. Un but qui n'existe pas.

— La solitude peut-elle représenter toute une vie ? questionna M d'une voix étranglée de chagrin.

— Je ne sais pas. Je ne veux pas non plus savoir si je suis « normal », ou si je suis juste un être « spécial » qui se plaint de son mode de fonctionnement. On dit souvent que les adultes ont une connaissance plus importante de la vie que celle dont les enfants sont pourvus. Mais dans l'ensemble, les enfants voient bien mieux que les adultes. Car ils sont ce qu'ils sont. Des êtres purs, à l'aube de leur aventure, avec un point de vue impartial sur tout ce qui les attend. Un adulte, lui, est tissé de mensonges, de choses qui font que nous ne sommes plus ce que nous étions. Un être corrompu à coup d'idées et de mœurs. Un être sans vrai visage... Alors, est-ce bien ma solitude qui aura su représenter toute ma vie ? C'est ce que ma pureté d'enfant semble vouloir me montrer. Mais dans mon état, je ne peux l'affirmer.

— Quel est le plus important sentiment que tu ressens en ce moment même ?

— Que pensez-vous...

— Alors, ne cherche pas plus loin.

Will se montra à son tour étonné. M qui n'avait cessé de lui dire qu'il fallait chercher profondément pour réussir, lui accordait ici la victoire au bout d'une simple esquisse d'esprit ?

— Je suis désolé Will. Désolé pour ce que je t'ais dit l'autre jour, au cinéma. Aujourd'hui, je comprends ce que tu voulais me transmettre.

Une épine pointue passait et repassait à l'intérieur de son torse, dans le but de recoudre les morceaux de son cœur déchiré, tiraillé, percé par la solitude et le temps passé dans le sentiment d'incompréhension le plus total. Le marginal ne comprend pas la vie d'un meilleur point de vue que les autres. Le marginal, quelque soit son statut, la subit.

— J'ai commencé à m'en rendre compte lorsque

nous étions à Paris, ajouta Will. La vie, est une furieuse et hilarante plaisanterie que les hommes ont rendue d'autant plus délirante à destination de leurs progénitures.

Ils entendirent les adultes rirent en bas. Si seulement ils savaient ce qu'il était en train de se passer, à la fin d'un après midi si banal. Si seulement, ils connaissaient toute la vérité…

— Il n'y a d'enfance, de vieillesse, d'innocence et de maturité que dans nos traditions les plus fermées. On peut tous rire. On peut tous pleurer. On peut tous sentir cette boule, au milieu du ventre, qui nous fait mal à nous en arracher des cris infantiles. On peut tous regretter, sentir la lourdeur de la vie et du temps qui passe sur nos épaules.

— J'ai parfois le sentiment d'être un enfant. Car je ris. Beaucoup. Et cela me fait du bien.

— J'avais remarqué. La maturité n'est pas non plus votre fort…

M rit muettement.

— Comme tu le soulignes si bien, il n'est question ni de joie ni de maturité. Je suis un adulte qui regrette de nombreuses choses. On peut seulement dire que j'ai su garder une part de « pureté ».

— C'est l'avantage de voyager régulièrement.

L'aïeul se priva de lui conseiller de faire pareil. *Il le sait tout seul*, songea-t-il.

Le crépuscule éclairait les visages des deux hommes d'un orange peu commun. Les poils sur leurs joues, les nœuds dans leurs cheveux, les gouttes dans leurs yeux ; s'animaient tous ensemble sous la lumière prophétique de ce souvenir ancien. Il aurait suffit qu'une caméra se pose en face d'eux, qu'elle descende quelques centimètres, qu'elle coupe son plan au bout de quelques secondes, et le film s'en serait fini. Or, comme vous lisez ces mots, vous savez que ce n'est pas le cas…

Nous grandissons. Le temps passe. Le soleil se couche. Les rideaux se ferment… Puis se rouvrent à nouveau. Émerge alors un nouvel astre à l'horizon. Quant à nous, nous évoluons sans cesse, avec la mission de changer, tout en restant nous même. Fidèle à l'être que nous nous sommes jurés de demeurer étant enfant. Simplement, tous les enfants sont différents. Certains n'ont pas eu recours à l'aide d'Artemis. À moins, qu'ils n'aient simplement pas eu la chance, de la trouver.

Sans plus attendre, il se leva de sa chaise en osier. Et sans l'attendre non plus, ce fut cette fois-ci l'émotion de ces derniers mois, qui lui revint…

28 : L'enfer du vide

Il replongea dans des souvenirs qui n'étaient encore pas si lointains :

« *Pleurer...*

Parfois, je me demande comment tout roule. Comment le monde peut-il encore fonctionner, avec tous ces hommes qui l'anéantissent ? Comment les gens peuvent-ils encore avoir la force de vivre, et pourquoi le soleil ne nous a pas déjà abandonné depuis bien longtemps ? La vie menée par chacun est sans doute incompréhensible mais peu pensent à ce phénomène que l'on nomme souvent « le sens de la vie ». Je ne puis savoir, si au-delà de cet océan, il existe quelqu'un qui pense comme moi. Peut-être que ce ne sont que des réflexions que l'on a à la fin de la vie...

Je vais mourir. Le temps, en attendant, est abondant. Sans doute trop à mon goût. Je ne supporte plus de m'entendre, de sentir mon odeur ou encore d'observer mon corps, que j'ai le sentiment de voir partir de jour en jour en le bousillant. Je ne m'y suis jamais retrouvé mais là je crois que c'est encore pire qu'avant. C'est vrai, quand je le regarde, rien ne me va. Quelle est cette enveloppe qui recouvre mon âme ? Que me veut-elle ? Je n'ai pas demandé à l'avoir, et si j'avais pu m'en débarrasser, je l'aurais fait depuis longtemps. En fait, il n'y a que mon esprit auquel je tiens, ou plutôt auquel je tenais. Il a fait germer mes plus brillantes idées et a tout fait pour m'accorder la renommée que j'ai aujourd'hui. Une renommée que je n'avais pas particulièrement demandée d'ailleurs si je me souviens bien. Mais bon, après tout, qu'importe, car elle aussi ne représentera bientôt plus rien…

Et j'ai envie d'en pleurer.

Je sens la douleur parcourir mon dos. Mon infirmière me dit que c'est parce que je ne fais pas assez d'exercice. Or je ne l'ai jamais vraiment écoutée, cette pimbêche ! Et je n'ai jamais aimé le sport non plus. Qu'elle aille se faire foutre avec ses conseils de puristes ! Je préfère encore fumer au bord de la fenêtre, contempler le vide de ma tête et ne pas faire le moindre bruit. Je n'ai pas de visite. Pas d'ennui. Pas de responsabilité immédiate. Pas d'impératif urgent. Je refuse les interviews depuis quelques temps. Je m'en suis lassé, et encore une fois je n'ai pas envie de me retrouver en face à face avec une de ces jeunes premières chaudes comme la braise, tout droit sortie de son école de journalisme. Elles et leur monde des médias, du show-biz, de la télé ! Tout cela me répugne. Moi je ne suis que pour l'art, le « vrai » de préférence. Je ne vis que pour ça, et en même temps, je ne vois pas d'autres choses plus importantes. Je ne déconsidère pas les autres métiers mais en ma personne j'élève celui qui est artiste à un niveau supérieur à toute autre profession. Si l'on peut même considérer que c'est une profession, et non un rang de classe.

Pourtant, je ne songe plus trop à l'art ces temps-ci.

Par manque de temps, mais aussi par lassitude. L'art, mon joyau, ne m'importe plus en ces jours. Je ne prends plus plaisir à exercer mes talents artistiques. Même quand l'autre jour j'ai regardé ce fameux film, lauréat de la Palme d'Or, j'ai ressenti un vide profond. Mais ce n'était pas dû au film, qui ma foi je dois l'admettre, n'était pas trop mal. Non c'était comme si, je ne ressentais plus rien. De manière générale, on m'a toujours dit que j'étais quelqu'un de froid. Cependant, je ressens des émotions comme tout le monde. Et là, rien. Nada. Que dalle. Niet.

Et j'ai envie d'en pleurer.

Ça a commencé voilà bientôt trois ans. Le vide s'installe d'abord dans les loisirs avant de s'installer partout. Je néglige mon corps. Je méprise mes réflexions. Je rejette toutes les lois. Je me défais petit à petit de mes besoins vitaux, et pour compenser je fume, je fume… Je sais que cette période a commencé bien avant l'arrivée de ma maladie dont je ne me rappelle point. La baisse de libido, la perte de sentiments comme la colère, le dégoût, la tristesse. Les insomnies, d'autant plus fréquentes et ce que j'appelle « les chutes mentales ». Les migraines et l'addiction à la cigarette. Tous ces facteurs ont pris place bien avant que le reste n'arrive. C'est quelque chose que je n'ai apparemment pas su refuser, puisque aujourd'hui, malgré tout ce que je vis, je semble m'en accommoder. Je n'appelle pas ça la « dépression ». J'appelle ça la « routine ». Au fond, mon quotidien est fait de vide. Alors, sur ce point, ma vie n'est-elle pas inéluctablement vouée au néant ?

Je sais pertinemment ce que beaucoup penseraient en entendant cela. « Quel égoïste ! », « Il ne sait pas de quoi il parle », « Encore un fragile d'artiste qui fait des pieds avec ses problèmes d'élite ! », « Si seulement il savait c'que c'était que la vraie vie ! ». Et j'en rirais sûrement. Après tout, les gens peuvent bien dire ce qu'ils veulent. Ils ne m'ont jamais touchés. Personne ne m'a jamais fait de mal. Personne, sauf moi.

Et j'ai envie d'en pleurer.

L'autre jour, je me suis ouvert les veines du bras droit, pour voir ce que cela faisait. J'ai enfoncé doucement, la lame de mon couteau qui traînait depuis longtemps sur ma table de chevet. J'ai vu le sang jaillir en grosse quantité, l'écarlate ruisseler sur ma peau blanche, la « vie » me quitter petit à petit et la douleur, étouffée par mon âme, être avalée dans le vide de mes bas-fonds. Mais devinez quoi : c'était tout pile le jour où cette puriste d'infirmière devait passer me voir. Elle m'a alors pris en charge à sa manière moralisante. En me soignant, elle n'a fait que réciter pompeusement les recommandations des psychologues, de la bible et de « papa maman ». Moi je n'ai pas répliqué. Je ne ressentais ni joie ni peine en entendant cela. Juste de la douleur. Et c'était au moins une chose, dans ce vide…

Et j'ai envie d'en pleurer…

N'étant pas un grand adepte du suicide, je n'ai pas tenté de choses puériles pour m'ôter la vie plus rapidement. Comme les spiritueux disent : « J'attends mon heure ». Et rien d'autre que mon « destin », ne pourra décider de quand je partirai. N'étant pas non plus un adhérent à la religion, je me suis répété « pas question de prier pour accélérer le temps ! ». On verra, ou du moins je verrai tout d'abord, où cela me mènera. De toutes manières, je ne compte plus les jours. Tous se ressemblent et tous se confondent. Je me lève parfois la nuit, et me couche au midi. Le temps n'a plus trop de sens chez-moi je crois. Plus trop de sens, chez moi…

Tout ça me donne envie de pleurer…

~

Lorsque je me penche vers mon miroir, je jette un regard plaintif, un regard empli de douleur, car il est le seul avec qui ma douleur puisse être partagée. La peur se lit dans ses yeux. C'est ma peur, mais il la voit. Un instant, je crois qu'il va sourire, mais il ne le fait jamais. Souvent, j'ai l'impression que mes lèvres s'agrandissent, et que mes joues s'écartent. J'appelle ça sourire, mais au final, ce n'est qu'une vilaine grimace. Un moment, j'ai bien cru, que tout allait bien se passer. J'aurais au moins aimé que le miroir se brise. Que ce reflet disparaisse. Qu'il me laisse seul dans ma souffrance. Qu'il arrête de me la rappeler constamment. Même si, au fond de moi, je le sais. Je ne mérite que cela…

Je souffre, je veux pleurer…

La dite « dépression » est une boucle qui nous enferme dans un présent répété. Le temps devient trouble. On tente de se repérer, de se rattacher à quelque chose, mais l'on n'y parvient pas. Pour ma part, je ne cesse de me faire mal, de chuter en tentant d'attraper un bout du monde. On échoue à la recherche hédoniste ; à la recherche idéaliste d'un bonheur miraculeux. Ça fait bizarre d'utiliser « on ». Ça fait bizarre de se considérer comme un « dépressif ». Qui l'aurait cru ? On ne peut sans doute pas le prévoir. Il n'y a pas vraiment de pathologies antérieures pour préparer cela. Mais au fait, c'est ce genre de questionnement qui nous rend encore plus fou. Après, on commence à douter de tout, de plus en plus. De notre propre identité…

Je dois pleurer…

Ce n'est peut-être pas assez clair mais je tiens aussi à dire que les gens, tous autant qu'ils sont, me dégoûtent au plus haut point. Ils sont si plats. Leurs mots ne sonnent à mes yeux que comme le plus froid des silences. Parfois, j'ai même l'impression que ce sont eux, les grands vides. Et c'est pour cela que je les méprise. Ça ne tiendrait qu'à moi, je me serais depuis longtemps permis de leur cracher à la gueule. Leur dire de fermer leur bouche. Les étriper. Les étouffer dans ma propre douleur, celle que l'on ressent vraiment. Qu'ils goûtent un peu à ma vie, qu'ils peuvent si souvent fantasmer. « Ma vie de star », je leur offrirais bien volontiers à ces imbéciles ! La colère déborde et je ne contrôle plus mon courroux. C'est dans ce genre situation que j'ai envie de me faire du mal. Je perds le contrôle. L'existence ne représente plus qu'un supplément révocable. J'ai envie d'hurler. Je ne le fais pas. Néanmoins, je prends plaisir à m'étouffer dans un oreiller. Aucun son ne sort. J'écrase alors mon poing, contre le dossier du lit. Je tombe à la renverse par terre. Je reste au sol. Et je contemple, essoufflé, mon très grand plafond gris. Gris comme moi. Vide de toute substance. Vide de sens. Vide de vie.

Il me faut à tous prix pleurer...

Je m'endors en conséquence. Je repars dans mes cauchemars, et soudain je sens, cette envie définitive d'en finir, de m'envoler très loin ; là où je trouverai la moitié qu'il me faut, le remède à ce que je ressens. Je ne veux pas admettre que je me sens seul. C'est peut-être le cas, mais en même temps la solitude me convient. Y a-t-il un intermédiaire entre l'isolement et le regroupement ? Le tête-à-tête ? C'est déjà trop pour moi. Dans l'idéal, j'aurais besoin d'un ami, qui ne nécessite pas de grand-chose, et qui ne me sollicite pas trop non plus. Un ami de ce genre me conviendrait probablement. Toutes ces réflexions me tordent de rire. Je m'amuse avec sarcasme de mes propres désillusions. Je me sens comme un gamin sans copain avec qui jouer... N'est-ce pas ironique au vue de ma vie ?

Aidez-moi, faites moi pleurer…

Le pire c'est que je ne connais pas ce qu'est l'amitié. Qu'est ce qui peut bien me la faire tant désirer ? C'est un manque naturel ? Mais un manque que je ne connais pas culturellement ? Je n'ai rien perdu. Je n'ai rien eu. Je veux dire, parmi toutes les personnes que j'ai connues dans mon milieu, aucune ne m'a jamais importée. À l'inverse, aucune ne m'a jamais abandonnée. Je n'ai strictement rien fait. Rien fait du tout. Rien subi non plus. Je n'ai rien tenté… Oh et puis non, il ne faut pas que je dise ça. J'ai tout de même tenté beaucoup de choses, moi, dans ma vie. Mais alors comment se fait-il que je me sente si… Désempli ? Pourquoi suis-je comme ça ? Pourquoi l'art ne me motive plus ? Pourquoi plus rien ne me plaît ? Pourquoi… Je suis comme un enfant qui attend une réponse de son dieu qu'il ne peut représenter dans ses pensées.

C'est peut-être justement pour ça que je vais mourir. Parce que je n'ai plus rien à faire. Et cette « apathie », n'est que la frustration de ma vieillesse précoce. Cela voudrait donc dire, qu'il ne me reste que mon cœur de vieillard pour me rattacher au monde. Les « émotions » comme on dit. Les sensations me quittant, une à une, comme mes ambitions et mon désir de réussir ! Les larmes sont les seules choses qu'il me reste. Les seules ! C'est ce qui me rend humain ; me maintient dans ce que l'on appelle « la réalité ».

Je sens mes yeux prêts à éclater en sanglots. Je les sens émus par toutes ces pensées, si tristes et miséreuses. Et au fond je prie pour qu'elles arrivent ! Je sens qu'elles aussi, elles ont envie de me le montrer. *Tu es un homme sensible Will. Tu es un homme sensible, un homme mélancolique !* Je les écoute avec excitation. Mon cœur bat de plus en plus vite. Ça m'impatiente. Ma poitrine se sert. Je sais qu'il est l'heure. Le temps est venu pour moi de plonger dans les larmes. De laisser paraître mon affreux chagrin. Le mal qui m'habite, va s'échapper. Il court si vite dans mes tréfonds. Je le sens qui serpente, qui appuie, le long de mon ventre. Il écrase tout sur son passage. Frappe ma poitrine. Noue ma gorge en quatre. Contracte mes joues. Remonte jusqu'à mes yeux…

Pitié faites que je finisse en pleurs….

Et pourtant, vous le croirez ou non, amis qui n'existent pas. Mais je n'arrive toujours pas à pleurer. »

29 : La rédemption inattendue

Un à un, il s'amusait inconsciemment à coincer ses doigts dans le vieil osier. Cela ne lui faisait pas mal. Au contraire, son objectif était de se saisir du maximum de choses qu'il pouvait sentir. La plante violette du jardin d'enfance caressait elle aussi ses narines de son parfum suave. Dehors, il avait repéré le lancement d'une musique à la guitare, probablement depuis un vinyle. Il ouvrit les yeux.

Les sensations avaient fini d'imprégner son corps. Il se sentait à présent connecté à la *vérité*. En repensant un peu à tout ce qui lui était arrivé depuis ces longs mois, Will était parvenu à une conclusion.

— La futilité des actions perpétuées par les gens avait le don de m'irriter. Les besoins naturels, les « habitudes », les « principes » ! Toutes ces choses formatées et pourtant si bien tâtées par le mensonge ne faisaient que m'agacer. Je ne me reconnaissais dans rien. J'étais perdu. Un enfant ne sachant où aller. Un petit garçon, qui n'avait rien de plus, si ce n'est le fait d'être différent des autres, dans sa manière de voir le monde.

— Un adulte est un assemblage de mensonges et d'hypocrisie, alors qu'un enfant, qu'il soit bon ou mauvais, est toujours une petite lumière de vérité.

Will se tourna vers son ami M.

— C'est toi-même qui as voulu le dire, murmura-t-il ému au fond des yeux.

Will se pinça les lèvres.

Il se leva. Silencieusement. Il fit quelques pas dans la pièce baignée de soleil. Il posa délicatement ses mains sur la table à manger, où ils avaient autrefois dégusté de si bons mets. Il appuya son front contre le bois d'une chaise, ce qui parut lui transmettre une poignée de ces délicieux souvenirs. Et puis, pendant qu'il remettait son esprit en place, une autre pensée lui vint. C'était inattendu.

M se leva à son tour. Lorsqu'il le vit, il ressentit comme un étrange frisson dans le dos.

— Qu'y a-t-il Will ? demanda-t-il à celui qui se tenait en piquet au centre de la pièce.

Ce dernier avala sa salive avant de lever les yeux. Il s'approcha par la suite de son ami, avant de lui chuchoter fébrilement :

— J'ai envie de faire quelque chose.

— Quoi donc ? demanda M dubitatif.

Will s'abstint de répondre et fit d'abord mine de réfléchir la tête en bas.

— J'ai envie… d'aider quelqu'un, balbutia-t-il.

Au moment où Will releva la tête, M recula la sienne très doucement. Ils échangèrent un long regard viscéral.

— Dans quel sens veux-tu…

— Je souhaite apporter mon aide à quelqu'un. Quelqu'un que je ne connais pas. Au hasard ! Comme ça le destin décidera pour moi.

— Mais par quel moyen souhaiterais-tu agir ?

— Combien de morceaux de parchemin reste-t-il ?

Le vieux farfouilla dans ses poches.

— Quatre seulement.

— C'est parfait.

M frotta sa poitrine comme s'il avait mal. Il tourna son visage en direction du soleil couchant, respira intensément le temps d'une minute, avant de retourner sa tête. Il connaissait le plan de Will.

— Es-tu sûr de vouloir le faire ?

— Il n'est pas question de vouloir M. Je dois le faire.

Un éclair traversa les yeux du vieil homme.

L'artiste attrapa le stylo qui dépassait de la poche de chemise de M. Celui-ci lui tendit alors le papier, et il s'attela à sa tâche. Dehors, les cris des enfants résonnaient déjà comme une vieille chanson. Le temps était venu d'achever cette aventure, déjà bien chargée. En choisissant l'altruisme, Will se découvrirait quelque chose d'insoupçonné. Un élément fondateur de son être, qui marquerait la fin, mais aussi le début de quelque chose de bien plus grand.

Will tendit le parchemin avec beaucoup d'honneur à l'aïeul qui enfin laissait paraître sa fatigue au grand jour. Il respirait difficilement et semblait avoir comme des douleurs pulmonaires, de plus en plus fréquentes et aiguës.

— Tout va bien M ? s'assura Will.

— Oui tout va bien, répondit-il affaibli, surtout

ne t'en fais pas.

Il attrapa le papier et le lut, intéressé.

— Tu es un garçon rusé William… murmura-t-il.

— J'aurais espéré un meilleur adjectif mais soit, rétorqua ce dernier avec humour en se passant la main dans les cheveux.

M leva les yeux sur lui. Il le toisa de la tête au pied. Au final il rit, avant de se corriger gentiment :

— Tu es quelqu'un de bon Will.

Ce dernier jeta un regard à M, plein d'affection.

Il s'apprêtait à avaler la boule de feu. Patient, il ferma la bouche, et s'approcha de celui qui l'avait mené jusqu'ici. Une fois en face, il ne put s'empêcher d'écarter les bras. Heureux, M écarta les bras à son tour, et tous deux se prirent comme s'ils se connaissaient depuis des lustres. Une amitié très forte les avait réunis. Quelque chose, qu'on ne voit qu'une seule fois dans une vie…

Un instant plus tard, tandis qu'ils avaient cru entendre la mère de Will annoncer qu'elle allait remonter, ils se prirent les mains. Cette fois, Will avala sa boule le premier. Le son de l'explosion ne parut même pas alerter les invités plus que cela. Les flammes bleues patinèrent quelques secondes sur le vieux tapis jaune, avant de s'éteindre dans le plus appréciable des silences. Si appréciable, qu'il en fut savouré par l'ancien, toujours présent, en train d'humer l'air au parfum de miel et de lavande. M avait les yeux qui pleuraient.

— Merci… chuchota-t-il.

À qui ses paroles pouvaient-elles bien s'adresser ?

Il réitéra plusieurs fois ses remerciements. Douze

fois pour être exact. Il ajouta ensuite cette curieuse phrase :

— Le commencement est l'arrivée ; et l'arrivée est le commencement… Je le sais, la boucle est maintenant bouclée mon chéri.

Au diable, qu'est ce que cela voulait bien dire ?

Sans doute trop pressé de rejoindre Will dans sa « fantastique » rédemption de dernière minute, M choisit de ne pas perdre plus de temps. Quoique, l'idée d'une petite danse lui aurait bien traversé l'esprit ! Mais à l'heure actuelle, ce n'était point possible. Il avait un autre chemin à suivre, et il le savait fort bien.

— Une autre fois, peut-être, se dit-il.

Il avait fini sa quête…

30 : La Promesse

« Lieu inconnu qui saura me conduire
Suivant les lignes de ma destinée
À la noble merci d'un esprit gai
Rêvant simplement du chemin à suivre »

Il apparut en amont d'une colline enneigée. La bise résonnait de part et d'autre. Un épais ciel gris recouvrait les rayons du jour. La couleur immaculée du sol suffisait à offrir l'éclairage nécessaire, pour que son œil humain puisse voir, dans ce paysage de montagne. Il fit quelques pas dans la neige. Ses vêtements n'avaient pas changé. Il avait fallu attendre le dernier souvenir ; le plus froid, pour que sa tenue daigne ne pas s'adapter à l'environnement ! Après tout, qu'importe, vu qu'il n'était tout au moins pas là pour profiter du cadre.

Au cours du bref instant de téléportation, il avait eu le temps de réfléchir à ce qu'il pourrait faire, une fois la personne rencontrée. Il lui chuchoterait quelques mots très simples. Très doux aussi. Il ne voulait pas en faire des caisses pour montrer à l'autre ce qu'il devait faire. Au contraire, s'il était là, c'était pour aider la personne à trouver son chemin. Et les mots, aussi puissants soient-ils, feront l'effet qu'ils feront ; tels les piliers qui bâtissent une vie, avec lesquels il n'avait pas eu la chance de grandir. Il lui offrirait la pierre pour les construire, les stratégies pour les élever. Et ensuite, il la laisserait aller…

Il parvint bientôt en haut du petit mont. L'autan

s'envola loin d'ici, et le souffle s'apaisa pour laisser place… au silence. A travers les flocons virvoltants, Will aperçut une lumière de couleur chaude, coincée entre quelques planches de bois. En se rapprochant, il distingua la forme d'une petite maison, toute simple, perdue dans la montagne. Le chatoiement du lieu l'attirait. Les pieds gelés, il commença à trottiner dans la neige poudreuse, bruyamment, comme un enfant de huit ans.

C'était un petit chalet, à peine plus haut qu'une maison classique. La fenêtre, recouverte de buée, laissait voir le feu dansant d'une cheminée à l'intérieur. Les odeurs, étouffées dans le froid, donnèrent à Will l'envie de frapper à la porte. Arrivé sur le seuil, il baissa les yeux sur le paillasson, et hésita.

Maintenant que je suis ici, pensa-t-il, *je ne peux pas laisser passer cette occasion de me repentir. Je dois le faire, c'est mon devoir !*

— Eh, oh ! Vous ! entendit-il soudain.

Il fit quelques pas en arrière mécaniquement, et chercha la source de la voix.

Qu'était-ce ?

Subitement, dans le rideau de neige, surgit un enfant.

— Eh, oh, répéta-t-il plus doucement.

Will le toisa de la tête au pied.

— Euh…

Sous son bonnet rouge, il avait du mal à l'imaginer. Il n'aurait su affirmer si l'enfant qu'il avait en face de lui était un « garçon » ou bien une « fille ». Figé, il se demanda s'il valait mieux lui demander son prénom. Après réflexion, il se dit que le flou du genre conviendrait mieux à la situation. Cela lui permettrait d'éviter le moindre stéréotype, et par conséquent d'écarter toute possibilité de jugements.

— Je… Bonjour, je m'appelle Will.

Le petit être le fixa sans un mot. Will, incrédule, ne put s'empêcher de frissonner, en attendant que quelque chose se passe. Enfin, dans l'hypothèse, où quelque chose se passerait…

— Tes parents sont-ils là ? bredouilla t-il au bout d'une minute de silence.

— Veux-tu venir m'aider à faire mon bonhomme de neige ? proposa l'enfant.

Curieusement, Will fut frappé par cette demande. Il n'avait jamais eu l'habitude que l'on requiert son aide pour… ce genre de chose.

— Euh, oui, avec plaisir même !

— Super ! Suis moi !

Un instant après, l'enfant lui prenait la main, et l'entraînait encore plus loin dans la neige. Will ne traîna pas, bien qu'il eut peur de perdre la maison de vue (élément qu'il considérait comme seul point de repère dans le paysage).

Ils arrivèrent bientôt sur un terrain plus mou.

— Allez, aide-moi ! lança l'enfant en commençant à creuser au sol.

Il s'agenouilla au sol avec lui. Le souci était que, contrairement à son compagnon de travaux, il n'avait ni gants, ni manteau. Faisant abstraction de toutes les sensations qui l'entouraient, Will prit son courage à deux mains et commença à passer ses mains une à une dans la poudre blanche et à aider la petite (ou le petit) à construire son bonhomme de neige.

Les travaux avançant, l'enfant se décida à lui parler :

— Alors comme ça, tu t'appelles Will ? dit-il.

— Oui, c'est cela. C'est un diminutif, mon vrai prénom est William.

— C'est quoi le diminutif ?

Surpris, Will hésita avant de répondre :

— Le diminutif, c'est l'abréviation de ton prénom. Comme Mike pour Michael ou Sab pour Sabrina ! C'est un peu comme un surnom que les gens se donnent entre eux, ou qu'on se donne à soi.

— Moi, les gens ils m'appellent « le mouflet ». Pourtant, je n'ai pas le souvenir d'avoir demandé ce diminutif.

Il avait dit cela d'une voix mi-triste mi-réjouie. Comme s'il ne savait pas trop où s'en tenir avec ce sobriquet.

— Oh… réagit Will, compatissant envers l'enfant mais incapable d'exprimer l'émotion adéquate à la situation.

— Mais, maintenant que tu le dis, reprit l'enfant, je pense que je devrais peut-être me trouver un surnom à moi seul. Je vais y réfléchir.

Will ressentit de la joie pour l'enfant.

Pas trop longtemps quand même, lui dit une voix dans son esprit.

Un choc lui parvint. Sa main se stoppa dans la neige. Il savait ce qu'il devait dire à l'enfant. Une chose, semblable à un sifflement inconnu, lui décrivait précisément ce qu'il devait lui enseigner. Un signe, en provenance du monde extrasensoriel. Un murmure du vent, du bois et de l'eau glacée. Un souffle, tel celui du destin…

Tout en reprenant sa mission de construction (pour ne pas paraître trop singulier aux yeux du petit être qu'il avait devant lui), Will écouta ces paroles. Mais, plus il écoutait, plus il trouvait cela dur. Terrible. Ignoble ! C'était impensable de raconter tout cela à un enfant ! Et pourtant, il savait que c'était ce qu'il devait faire. Pire, il savait que c'était le seul moyen d'aider cet enfant.

— Songes-tu parfois au temps qui passe ?

L'enfant releva la tête. Même si il ou elle paraissait intelligent(e), il avait l'impression que cela allait être compliqué de lui faire comprendre ce qu'il voulait lui inculquer.

— Le temps qui passe ? s'interrogea l'enfant. Eh bien, oui, j'y pense. Comme la neige qui tombe du ciel et qui vient s'écraser sur mes mains. Ou le soleil qui se couche le soir après avoir brillé toute la journée.

— Non, je parle du temps qui passe sur des mois, des années. Le temps dans son long terme.

L'enfant ferma la bouche et le dévisagea. Un moment, Will regretta en croyant qu'il ou elle allait se mettre à pleurer de peur d'avoir fait une mauvaise rencontre. Et puis, étonnamment, ses petites mains repassèrent dans la neige et il recommença à construire son bonhomme comme si de rien n'était. Will, désorienté, reprit à son tour la construction, en se disant que l'enfant avait préféré fuir la question par flemme de la comprendre.

— Je pense que le temps est quelque chose qui nous rend triste. Ou en tous cas, c'est ce que les adultes nous montrent. C'est pour ça que parfois je me dis que je ne veux pas grandir. Le monde a l'air si dur plus tard. On regrette tant de choses et on a plus la force de penser simplement.

Ebahi par tant de maturité, Will reprit :

— Tu as tout à fait raison, bégaya-t-il. Et, penses-tu qu'à l'inverse, le temps puisse se montrer facteur de bonheur ?

— Si vous voulez dire que le temps peut aussi finir par apporter des lettres d'affection à ceux qui sont tristes, alors oui bien sûr j'y crois.

Will rit innocemment.

— Oui, c'est tout à fait cela, répondit-il.

— Toi tu es triste, pas vrai ?

Will se mordilla les lèvres. Son cœur battit soudain plus vite, avant de se calmer petit à petit.

— J'ai connu la tristesse en effet. Mais depuis je vais mieux. Beaucoup mieux.

— Ah, donc ça veut bien dire qu'un facteur t'a livré une lettre d'affection ! Pas vrai ?

Le plus bon des facteurs, oui…

— On peut dire ça.

— Moi, je n'ai jamais ressenti la tristesse, sauf

celle des autres, ajouta l'enfant subitement pris par l'envie d'évoquer son passé. Je n'ai jamais pleuré quand un autre avait cassé mon jouet à l'école. Par contre, j'ai été très en colère quand les parents de mon amie sont venus lui coller des claques alors que la journée n'était même pas finie. Et, quand je suis rentré chez moi le soir, j'ai pensé tout de suite à ce qu'elle avait pu endurer en rentrant chez elle. Tous les coups qu'elle avait dû prendre pour cette bêtise dont je ne connais même pas le nom, mais dont ceux-là, avaient voulu la punir. Je n'ai pas compris l'intérêt de faire ça. De punir. De faire souffrir quelqu'un pour lui prouver encore et encore qu'il est mauvais. Qui étaient-ils pour faire cela ? Des parents ? Des humains ? Des gens qui s'autorisent le droit de punir ? Qui sont-ils pour en décider ? Et qu'est ce qui leur prouve, qu'une punition servira à quoique ce soit, à part faire pleurer leur fille ? Alors, je n'ai pas de honte. Moi aussi, je me suis mis à pleurer. J'étais « courroucé » comme disent les grands !

Will était très ému par ce court récit.

— Tu es quelqu'un de bon… déclara-t-il.

L'enfant lui sourit.

— Mais la prochaine fois que quelque chose se passe mal comme ça, poursuivit-il, essaie de comprendre d'où vient ce mal. Essaie d'imaginer non pas ce que la personne vit en ce moment même, car c'est quelque chose que l'on ne peut pas changer, mais plutôt tout ce qui l'a menée à être traitée ainsi. Les parents de ton amie sont de vilaines personnes, qui n'ont pas le droit de faire ce qu'elles font. Cela s'appelle l'injustice, et il y en a beaucoup. Ce que je vois en toi, c'est que tu es compatissant, probablement altruiste et surtout quelqu'un qui croit en la justice. Il faut que tu pourchasses sans relâche les causes des choses qui ne te semblent pas justes. Que tu ne t'arrêtes pas à la situation. Tu as un pouvoir que les adultes n'ont pas. Garde-le. Et surtout ne te laisse jamais rabaisser par eux. Crois-moi, c'est en perçant l'origine des choses, qu'on peut sauver le monde.

— Je…

Cette fois-ci, l'enfant semblait vraiment au bord des larmes. Will, perturbé, demanda :

— Tout va bien ? Je suis désolé, si tu as besoin de…

L'enfant sauta dans ses bras avant d'éclater en sanglot. Will l'attrapa, en lui collant instinctivement la tête contre son épaule. Bouche bée, il sentit subitement la chaleur qui lui manquait. Celle d'un enfant. D'un être si pur. Will ne put s'empêcher de comparer cette sensation à celle d'une victoire. Il ne put également s'empêcher de poser son nez sur son bonnet, pour le sentir. Le tissu exhalait la nature et les arbres. Will s'en imprégna autant qu'il le put. Jusqu'à ce qu'une larme ne vienne d'elle-même écarter sa peau du tissu qui recouvrait la tête de l'enfant. À nouveau, il ressentit ce lien qui unit deux âmes. L'affection de deux inconnus qui traversent les mêmes émotions et transcendent les rapports sociaux. Car après tout, l'inconnu, n'était-ce pas ce qui lui avait réussi pour l'instant ?

« L'inconnu et le connu, quels beaux concepts à placer

sur l'échelle des sources à problèmes ! »

— Merci, bredouilla-t-il en dégageant sa tête avec un sourire mêlé de larmes. Merci pour ces paroles.

Le bonnet s'envola. Avant que l'enfant ne se tourne pour aller le chercher, Will passa sa main dans ses cheveux, ce qui lui fit garder la tête en face. Son nez tout humide luisait pour l'artiste qui l'observait

— C'est moi-même qui te remercie, murmura-t-il en sanglotant. Mais je ne veux jamais que tu l'oublies petit ange, il y a tant d'amour à donner en ce monde, et si peu de temps pour en donner assez. Chaque minute tu grandiras, tu vieilliras et ton envie de faire le bien s'épuisera. Tu risqueras de perdre tes joies, de te lasser de la vie. Le seul remède qui puisse te permettre de faire subsister tes rêves, c'est de donner de l'amour, d'en partager et pour autant en recevoir. Et quand je te parle d'amour, qui est sans doute un mot que tu ne comprends pas encore très bien, je te parle de chaleur, de présence, de soutien ; mais aussi d'espoir, et de liberté. Tu dois offrir ces trois choses, à tous ceux qui t'entourent : la chaleur ; l'espoir et la liberté. Je te fais confiance.

— Vous pouvez. Je promets que je n'oublierai pas vos paroles… Et vous aussi bien sûr.

Will lui tendit sa main. L'enfant la saisit. Ensemble, ils échangèrent un regard qui traduisit leur « pacte ». En l'observant, Will vit cette forme de sagesse innocente. Cette pureté qui semblait définir l'enfance. Or, comme il l'avait appris, les concepts d'enfance et d'adultisme n'étaient pas sujets aux jugements prévisionnels. Cet enfant était différent de tous les autres.

Bien avant qu'il ne le rencontre, il possédait déjà ce don très rare. Cette « force de l'âge » prodigieuse.

La « promesse scellée dans le temps », ils se reprirent plus doucement dans les bras. L'artiste avait réussi sa mission.

~

Du haut d'une colline voisine, un vieil homme dressé sur la neige, observait avec méditation le duo de bâtisseurs en plein échafaudage du bonhomme de neige. Cette jolie scène lui procura quelques petits sourires curieux. Il avait la mâchoire serrée. Comme si quelque chose le gênait dans tout cela. Il avait vu les deux se prendre dans les bras. Il avait eu l'impression que cet instant n'avait duré que quelques secondes. À vrai dire, pour la beauté du geste, il aurait souhaité qu'il dure beaucoup plus longtemps…

Il s'assit dans la neige. Cette dernière ne semblait point le gêner. Après avoir longuement contemplé le paysage et senti la puissance de l'autan, il choisit de fermer les yeux. Pliant son ventre sous l'expiration de son souffle, il profita d'un instant paisible, perdu dans les montagnes. Il y avait quelque chose de beau dans tout cela, quelque chose d'incroyablement puissant. Quelque chose, comme de la poésie.

Il se sentait comparable à un enfant nu, à l'esprit vide et au corps tout juste prêt à fonctionner. Son imagination débordante lui laissait penser qu'il n'avait encore rien accompli. Qu'il n'avait pas encore menti. Qu'il n'avait pas encore entrepris son voyage. Qu'il n'avait pas encore aimé. Qu'il avait toute la vie devant lui… La fin qui l'attendait lui faisait peur. Il ne voulait y penser. Après tout, l'idée d'une fin était bien moins savoureuse que celle d'une naissance. Et justement, une naissance se produisait en la minute où il pensait. Une naissance, tout sauf comme les autres d'ailleurs…

~

Tandis que Will s'éloignait après avoir fini son bonhomme de neige, il discerna dans la brume, la forme d'un homme âgé qu'il connaissait bien.

S'approchant, au seul son de ses pas s'enfonçant dans la neige, il fit bientôt face à son sauveur. Celui qui l'avait conduit jusqu'ici. Sans dire un mot il le salua de la tête, un petit sourire en coin. M lui renvoya tendrement son sourire, avant de chercher dans sa poche les deux morceaux de papier vierges, nécessaires à leur retour.

— J'ai aidé un enfant M, déclara Will. Je l'ai aidé et je pense qu'il suivra ce que je lui ai dit.

— C'est même sûr, répondit M avec néanmoins un étrange manque d'entrain dans la voix.

Il sortit les deux morceaux de parchemins. Après avoir poussé un petit cri d'exclamation, il leva le papier dans la direction de Will.

— Allez-y, dit-il.

Will commença à s'en approcher. En même

temps, les cris de l'enfant revenant à la maison se firent entendre. Il peina à avancer. Il attendit même un peu d'aide de la part de M, mais celui-ci demeura figé, comme cristallisé. Sans faire attention à la marche de neige, il finit par chuter à ses pieds. Le visage plongé dans la neige, il finit par se relever, tout humide. C'est là qu'il vit M, le visage larmoyant.

— Êtes-vous sûr de ne pas vouloir rester ? dit-il. Il aurait eu besoin d'un guide vous savez.

Comment savait-il que l'enfant était un garçon ?

— Au revoir Monsieur Will ! entendit-il soudain derrière lui.

Il fit volte-face. L'enfant avait retrouvé son bonnet. Il lui faisait de grands signes, avec ses bras. Les pensées de Will recommencèrent à se bousculer dans son esprit. Une sensation d'asthme agressive, brûlante, incontrôlable apparut soudain en lui. Haletant, il voulut se retourner auprès de M, son éternel compagnon de route. Or dans sa désorientation, il ne découvrit derrière lui qu'un désert de glace, ainsi qu'un pauvre morceau de papier virevoltant dans les airs.

Et c'est uniquement à cet instant, au cœur de l'infini sifflement du blizzard, que Will comprit toute la vérité.

31 : Entre la pensée et les sens

Tout juste avait-il ingurgité le morceau de papier, qu'il se retrouva plongé dans l'obscurité la plus totale. La musique cuivrée du vent avait été remplacée par le plus ténébreux des silences. En temps, il avait suffi d'un son : celui de l'explosion, percutant comme un tambour. Néanmoins, maintenant qu'il était ici, il se demandait si ce silence, était celui de sa tête, ou bien celui du monde qui l'entourait.

Ses pieds ne touchaient pas le sol. D'ailleurs, il ne le voyait pas. Il lévitait dans une sorte d'immense gouffre, déchu de lumière, privé de matière : semblable au néant. L'endroit n'avait pas non plus d'odeur. Il n'avait que son esprit pour penser, et imaginer éventuellement les secrets que ce néant renfermait. En ce sens réconfortant, cela suggérait qu'il existait encore bel et bien. Sa conscience vivait encore. Mais ce détachement du monde, lui faisait se sentir très seul. Un peu comme « paraplégique ».

Le monde sensible paraissait avoir complètement disparu. Était-t-il donc arrivé dans ce lieu que l'on appelle « l'au-delà » ? Était-il mort ? Son esprit était-il vraiment l'unique chose qu'il lui restait ? L'émotion de détresse se manifesta brutalement en lui. Mais il ne put en ressentir le petit frisson, ni même le pincement au coeur. Tout était intelligible ; rien n'était réel. L'homme, arrogant, détaché de l'expérience qu'il négligeait, sentit soudain ses sentiments se déchirer entre eux, dans les tréfonds de son âme. « Pourquoi ? » se demanda-t-il alors. C'était la question que tous les morts se posaient en arrivant ici.

Il commença à réfléchir sur sa condition, sur son humanité, et son rapport à l'existence. La religion, qu'il n'avait jamais suivie, avait-elle un quelconque lien avec son arrivée ici ? Était-ce une punition ? Pouvait-il seulement considérer la perdition de son corps comme une « punition » ? L'essence de l'humain résidait-elle uniquement dans l'esprit ? Qu'est ce que cette arrivée ici voulait bien dire, sur sa vie ? Tout était forcément significatif.

« *Trouve ta voie…* », lui dit une pensée. Ce n'était pas l'une des siennes. Une entité supérieure, comme il l'avait déjà entendue bien des fois, ces derniers temps, lui sifflait des ordres. *Ma voie ?* songea-t-il. « *Le sens de ta vie, et à quelle conclusion l'existence t'a permis d'arriver* ». Tout cela devenait très étrange. Était-ce « Dieu » qui lui parlait ? Comment pouvait-il le savoir ? Il ne connaissait pas celui que l'on appelle « le Créateur ». Or, il connaissait cette voix.

Les pensées se bousculèrent. Un tourbillon d'images, de sons, de fausses sensations se déchaîna soudain à l'intérieur de son âme. La barrière de l'inconscient fut franchie à l'arrivée d'une première image. Celle du vieux qui l'avait amené jusqu'ici. Le vieil homme et son chapeau lui réapparurent mentalement, au point exact où il l'avait vu pour la première fois. Son sourire, ses premiers mots. À partir de là, tout ralentit…

Tout commença par l'aventure qu'il avait vécue. Le chemin et les allées parcourues dans le temps, au côté de cet être, que l'on ne pouvait vraiment saisir. Cet être qui nous dépassait par son mystère et sa complexité… Will en vint rapidement à une première conclusion. Mais cette conclusion ne pouvait en être une. Ce n'était pas possible. Il la redescendit donc au rang d'hypothèse.

Entre temps, les images et les scènes se succédèrent. Il revit leur virée au Vietnam. Ce morceau de route dangereux dans leur quête, où sa mortalité l'avait rattrapée, et où il avait repris pied avec le réel. La boue, les arbres et les explosions dans la jungle se réimprimèrent dans sa conscience comme des tampons sur une feuille déjà tâchée. La cigarette, l'alcool et le napalm vinrent s'adjoindre à ces sensations, déjà férocement inscrites en lui. C'est par ailleurs ici qu'il comprit ce que la voix, « Dieu », désirait. Surligner les passages importants, comme dans un dossier où l'on note les grands points d'un sujet. Il repassait au crible, ces souvenirs « majeurs ».

Inconsciemment, cela réussit à le blesser. Pourquoi ces souvenirs de récompenses, d'accomplissements personnels ne se réimprimaient-ils pas eux aussi ? « *Ils ne sont que superflus*, lui dit la voix, *ils ne représentent pas ton essence* ». Le retour à la Guerre du Vietnam caractérisait son humanité, déchirée en lambeau, fragilisée face à l'horreur de l'ancien temps. La voix appuyait sur des morceaux essentiels. Comme quelqu'un d'autre l'avait déjà fait par le passé...

Les émeutes de StoneWall lui procurèrent une de ces émotions qu'il n'avait pas ressentie sur le moment. Quelque chose, comme de la pitié, mais aussi : de l'espoir. Il avait du baume au cœur en voyant cela. Enfin, dans son esprit toujours... Et ce n'était pas pour rien si la voix lui avait d'abord montré le Vietnam, avant de revenir en arrière. Dans le premier souvenir, elle lui démontrait à quel point sa conscience humaine le vouait à une lâcheté et à une fragilité sans faille. Et dans le second, la bonté qu'elle pouvait lui permettre d'exercer. Dans ce souvenir, Will pensait le bien, la liberté, l'égalité. Il pensait l'humanisme.

Par la suite, arriva ce fameux souvenir de festivité à Paris. Cette splendide victoire, où toutes et tous célébraient l'accomplissement d'un milieu. *Honnêteté, société, vitalité*. Tels sont les mots qu'il pensa subconsciemment. En revanche, nulle critique du chauvinisme ou du patriotisme ne lui vint à l'esprit (ce qui aurait très bien pu être le cas en temps normal). Car ce qu'il avait face à lui, était seulement des gens. Il n'en avait rien à faire du « pourquoi ils festoyaient ? ». Lui, tout ce qu'il voyait, c'étaient des gens qui, comme dans le précédent souvenir, s'aimaient follement et profitaient vraiment de leur liberté. Et ce, sans la moindre discrimination. C'était un temps où les esprits s'unissaient encore. Encore...

Le courant que prit la voix l'emmena dans des recoins les plus intimes de son âme. L'amour comme un manque. L'amour comme une obsession. L'amour comme une fascination… L'amour, ce joyau qui lui avait fait tant de mal. Avec cette tarentelle en Italie, et ce baiser refoulé, Will revit toute sa jeunesse. Ses questionnements, ses déceptions, sans oublier ses frustrations. Le paradoxe entre la légèreté et la dureté des scènes prit la forme d'un mirage instable. Jusqu'à cette discussion paisible avec M, au bord de la route. Ces réflexions sur l'Eros et ces moments de vérité. Á partir de cet instant, il ne chercha plus qu'elle. La vérité. Rien d'autre. À partir d'ici, sa lecture des lignes du destin se fit comme par magie, et il se concentra uniquement sur son essence avec la volonté qui lui était nécessaire.

Sa venue à Orléans, elle, le fit réfléchir à propos du réel, des émotions et de l'idéal artistique. L'art comme moteur, et le cinéma qui transmet une émotion qui parvient à traverser le sensible pour atteindre l'intelligible (comme ses souvenirs qu'il ne voyait, n'entendait, et ne sentait toujours que par la pensée). C'est ici que la vérité d'un monde des idées supérieur au monde de l'expérience naquit, ou plutôt, « renaquit » en lui. Il contempla ce chemin arrosé de nostalgie, jusqu'à sa terrible damnation. Cette dernière qui avait tout de même réussi à l'arracher au monde réel, dans lequel il vivait consciemment quelques minutes plus tôt ! Cependant, pour autant qu'on l'eut trop rapidement jugé, ce choc brutal avait réussi à le remettre une fois pour toutes sur les rails de la vérité.

L'esprit rempli, c'est ici qu'advint le dernier départ pour son introspection. À l'opposé du commencement, il était parvenu à se reconnecter à un autre monde. « Le monde intelligible ». Or ce qu'il ne savait pas à ce moment là, c'était qu'il était seulement revenu dans son état classique ; tel qu'il avait toujours été. Il se décida à partir dans son ultime souvenir, à la rencontre de sa solitude enfouie : blessure de sa vie toute entière. À l'époque comme aujourd'hui, il se sentait comme un introverti, habitant dans un monde peuplé d'idées, d'intuitions et de choses abstraites. Ce fameux monde de l'intelligible. Un monde non raccord avec la réalité. Un monde à son image. Mais, un monde, qui ne l'empêchait pas de se sentir seul...

Sa quête personnelle en apparence terminée, il se rendit compte (par quelques réminiscences) qu'il lui manquait encore une chose pour que sa quête soit accomplie : une rédemption. Il choisit donc de partir, en mission d'aide, à destination d'une âme inconnue. Son arrivée se voulant aléatoire, il écrivit son quatrain dans le but que ce soit le destin, et uniquement le destin qui décide de son sort. Celui-ci l'abandonna en plein cœur des Alpes, à Annecy plus précisément. Là-bas, il rencontra un enfant. Ce dernier lui parut d'abord comme l'image parfaite de ce qu'il avait pu imaginer. Un peu surpris, il fit face à la situation et s'attela à sa tâche qui était de transmettre à l'enfant ce qu'il avait appris, pour que lui-même réussisse sa vie du mieux possible selon sa voie. C'était jusqu'à ce qu'il ne découvre l'improbable vérité qui avait guidée sa quête, et même au-delà, sa vie entière... S'il avait imaginé l'enfant ainsi, ce n'était pas pour rien. Une force supérieure, « le Destin », comme il l'avait pensé, avait bel et bien frappé son esprit. Il devait sauver cet enfant. Il devait lui donner la force d'accomplir sa destinée. *C'était écrit…*

Il repensa à cet homme. Quel était son nom déjà ? Quel était le nom de cet homme qui l'avait aidé à venir jusqu'ici ? Cet homme ? Oui c'en était bien un. Quoique ? Comment pouvait-il savoir que c'était un homme ? Et si au contraire, cet être n'était nul autre que...

Son visage, perdu dans la neige, lui réapparut en tête. *Et si cet homme… c'était Dieu,* pensa-t-il. Après tout, c'était lui, celui qui l'avait conduit jusqu'à la vérité. Jusqu'à sa blessure, et jusqu'à sa rédemption. *Serait-ce donc lui ? Aurais-je confondu un simple humain avec une figure divine ?* Il avait dû mal à s'en rappeler. Son identité, son prénom… Tout s'était envolé en même temps que la neige dans le blizzard.

Will sentit son esprit s'arracher, se débattre, s'autodétruire. Il voulut à tous prix sortir d'ici. Tout comme n'importe quel homme, qui enfin, comprend la vérité sur sa vie. Son voyage ayant pris fin, il souhaitait repartir dans le monde, pour un bref instant du moins. De toutes manières, il savait bien qu'il devrait mourir ! Il voulait juste revoir une dernière fois la réalité, telle qu'il avait réussi à y goûter. Mais était-ce seulement permis ? Ne devait-il pas plutôt être condamné à rester ici ? Était-il vraiment mort ? « *Tu y retourneras, car tu dois y retourner.* », entendit-il en provenance d'une voix mêlée de sensible et d'intelligible. Alors soudain, il sentit ses muscles, son cœur se régénérer en lui. *C'est bien cette voix,* pensa-t-il. *C'est bien sa voix…*

L'homme avait enfin trouvé ce dont il avait réellement besoin pour vivre en paix. Une réponse à la question de l'autre. Celui qui nous observe. Désormais il avait une image à suivre. Un symbole. Et même, des souvenirs : des enseignements, des sons, des paroles... Ainsi, à l'image de tous ceux qui sur cette Terre se sentent seuls et requièrent la présence d'un ami ; d'un « dieu » pour subsister, et en réponse à son incroyable histoire, Will avait fini par trouver le sien. Une simple personne, pour le comprendre...

    ... Et il avait à son tour fini la sienne.

32 : La Lettre

Il avait l'étrange impression de se réveiller d'un long coma. Il ne se souvenait de rien. Ou presque…

La pleine lune était là. Il se leva du lit. La texture des draps lui plut. Il passa puis repassa délicatement ses doigts le long du tissu de haute couture. Il inspira. Il était bien de retour à Los Angeles.

S'approchant de la fenêtre, par laquelle le voile laiteux du ciel venait éclairer sa figure, il observa le rivage. L'océan était quiétude à cette heure. Il faisait un froid de canard dehors ! Pourtant, l'idée de fermer le volet ne lui traversa pas l'esprit. Car il se rappelait encore la promesse qu'il avait faite. Profiter le plus possible des sensations qu'il avait loupées. Le froid, tout comme la douceur de sa couette, en faisaient parti.

Il retira sa chemise, couverte de sueur, et la jeta par terre. Le torse nu, il avança jusqu'au rebord de la fenêtre, où il passa le haut de son corps. Ses cheveux gris malmenés par le vent du soir : il sourit. Il sentait cette énergie. Celle qui unit le moindre souffle de vent au plus petit capillaire. Celle qui accorde l'humain à la nature et décide de tout. Celle qui fait que le monde n'est qu'une seule et unique chose… Will lisait les signes.

Il passa ensuite une jambe, puis l'autre. Assis sur le rebord de sa propre fenêtre, il se mit debout. Il se rappela alors de cette légende, qui disait que le souvenir ressurgissait au moment de la mort. Enjoué, il se réjouit de bientôt pouvoir la revoir : cette trace hyaline. L'image ? C'était celle d'un enfant. Le son ? Le cri de ses cousins. L'odeur ? La lavande, aux bouquets présents dans la maison. Le goût ? Celui du miel, liquide sucré au parfum de jeunesse innocente. Le temps lui murmurait qu'il lui fallait dorénavant s'en aller.

Son cœur battant de plus en plus fort, il commença à attendre impatiemment la venue de sa damnation. Il avait regoûté à la réalité. Il ne pouvait s'offrir de plus belle fin ! Debout, les cheveux au vent ! La vie ne pouvait l'empêcher de mourir à présent !

Il sentit son esprit se déconnecter progressivement de la nature, et de cette force qui habite le monde. « *Ce n'est pas ton destin…* » Ses envies cupides d'humain reprenaient petit à petit le dessus sur sa sagesse pensée. *Bon sang !* pensa-t-il. Á cet instant, il entendit la porte claquer derrière lui. Rapidement, ses sens se raffûtèrent et il fit volte-face.

La pièce était vide. Néanmoins, en observant bien, Will remarqua la présence d'un étrange morceau de papier cacheté au pied de l'entrée. Il descendit rapidement du rebord de la fenêtre, avant de se précipiter illico en direction de la porte. Prêt à attraper la poignée pour tenter de poursuivre l'intrus potentiel, il glissa subitement sur sa chemise posée au sol et se prit le menton dans la moquette. Étouffant un petit cri de douleur, il se retrouva nez à nez avec le morceau de papier.

En se relevant, il comprit qu'il s'agissait d'une lettre. Adossé à son lit, il prit le temps de la décacheter. Il en tira ensuite le contenu, coincé à l'intérieur. Celui-ci paraissait bien rempli. La toute première pensée qui lui vint fut que cette lettre lui rapportait tous les impôts qu'il avait omis de payer au cours de ces derniers mois. Cependant, en observant attentivement le long morceau de papier, Will vit bien qu'il s'agissait d'une lettre à « long texte », avec des mots et non des chiffres. Des mots, comme de la poésie…

Cher Will,

Vous ne pouvez pas vous imaginer à quel point vous m'aviez manqué. Le temps aura été si long avant que nous nous retrouvions. J'ai passé des nuits entières à rêver de vous. Si vous saviez à quel point vos mots sont restés capitaux tout au long de ma vie. Je prie pour que l'émotion de ce retour en enfance, équivaille à l'inspiration que vous m'aviez autrefois transmise.

Je vous écris cette lettre, pour vous exprimer tout ce que je n'aurai malheureusement pas pu vous dire au cours de cette quête. Et (détrompez-vous) quelque chose me dit que ces mots vous serviront, un jour ou l'autre. Cette aventure que je vous ai fait mener, vous a fait comprendre qui vous étiez. Ce n'est pas dans la recherche d'un souvenir que nous nous sommes embarqués, mais bien dans celle d'un homme. Enfin ! Là où je veux en venir, c'est dans la partie dite « sous-couche » de cette aventure. Ce que je souhaitais vous montrer, en dehors de votre propre identité, c'était cette chose. Cette chose, que l'on appelle l'humanité.

Vous savez Will (je vais continuer de vous vouvoyer pour le moment), il n'y aura peut-être jamais de paix véritable dans le monde. Jamais. À l'inverse, il y aura des combats, des combats qui s'éterniseront, et qui ne se termineront peut-être jamais. Quel serait alors l'intérêt de les suivre me direz-vous ? Eh bien, je vous renverrai à cette quête que vous venez d'accomplir. Jusqu'au bout nous ne savions où cela nous conduirait. Et pourtant, nous l'avons suivie. Quelle aura donc été notre motivation ? Je vous laisse y répondre William. Vous trouverez sans doute la réponse en vous. Toujours est-il que ces combats doivent être suivis. Chaque personne doit continuer de chercher sa voie, et de se battre toute sa vie, en faveur d'un bien commun. Le souci que vous aviez, était de ne pas comprendre ceux qui vous entouraient. Ceux que l'on nomme vulgairement « les gens ». Vous ne les compreniez pas, car eux-mêmes, par le passé, n'avaient jamais cherché à vous comprendre vous. Comment peut-on appeler cela ? De la « méprise » ? Non, Will. C'est de la naïveté, de la faiblesse d'esprit. Et la première leçon que l'on apprend de l'humanité, c'est qu'il faut savoir respecter les plus faibles. Les respecter pour leur naïveté. Même la plus cruelle…

Alors, voilà ce que je vous dis. Oubliez tout ce qui vient de se passer. Toutes ces peurs, toutes ces crises, toutes ces péripéties. Désormais, rien n'importe plus que le futur. Un futur dont vous ferez partie. Car oui, Will, vous vivrez. Vous ne mourrez pas. Vous ne mourrez pas, parce que vous n'êtes pas malade. Votre « maladie » c'est de vous être mis en tête une situation qui n'est pas la votre. C'est probablement la dépression qui vous a conduit à penser qu'un bénin problème de poumon, lié à votre surconsommation de tabac, vous ferait vous en aller. Mais moi je vous dis que non. Vous n'allez pas mourir Will. Et c'est pour cette raison, que vous avez encore un grand rôle à jouer.

Sauf que là tu dois te dire, « Mais pourquoi m'avoir montré le passé, si c'est le futur qui importe » ? Et je te répondrai simplement en te disant qu'il n'y a pas de futur sans passé, tout comme il n'y a pas de passé sans futur. On a beau associer les souvenirs au passé la plupart du temps, les souvenirs, dans leur indéchiffrable complexité, se trouvent autant dans le passé que dans le futur. Le but, peu importe le temps, c'est d'arriver à forger les plus beaux. Et pour cela, je compte sur toi Will. Tu as pour mission de forger des souvenirs, en continuant ce que tu as commencé à faire. Apporter ta richesse d'esprit à celles et ceux que tu rencontreras, car tu es loin d'être quelqu'un de vide. Une nouvelle vague de héros se lève. Des générations d'artistes, de militants et de sages formeront bientôt les nouveaux inspirateurs de ce monde. Un monde où il n'existera plus cette dichotomie qui sépare les bienheureux des autres. Un monde moins binaire, je l'espère...

Il t'appartient désormais de bien vouloir les guider.

Au cours de ta vie, il est possible que tu rencontres des gens spéciaux. Ceux qui, comme toi, seront différents de la norme, et te sembleront souvent comme étant les plus difficiles à aider. Or, tu constateras qu'une majorité des personnes que l'on considère comme « lambda », est très fermée à l'aide et à l'ouverture. Ces gens qui pensent que rien ne peut changer, qui ne voient pas plus loin que le bout de leur nez. Ceux qui ne se réfèrent qu'à leur propre vision du monde. Les gens qui ne réfléchissent que par l'aide de la société et de la culture qui les entourent. Les « idiots », si je puis me permettre, qui ne se lèvent pas le matin, avec le désir de vaincre et d'apprendre, même si c'est difficile. Les gens qui se reposent uniquement sur leurs acquis, et qui s'en accommodent. Ces gens là, ce sont eux les plus difficiles, à aider.

Outre cela, tu sais bien, comme je te l'ai si souvent répété : il est malheureusement pour moi impossible de prédire l'avenir. Pourtant, vois-tu Will, il y a tout de même deux choses auxquelles je crois ardemment concernant le futur. La première est qu'une nouvelle victoire de la France à la Coupe de Monde de football n'est pas à exclure cette année. La seconde (soyons sérieux) est qu'un jour, tu l'auras atteint. Un matin, tu te réveilleras, dans un jour non moins classique que d'habitude, et à ton tour sans y penser, tu le sentiras. Tu le penseras, mais tu ne l'imagineras plus, car il sera là. Je ne sais pas quand cela arrivera. Mais tu le trouveras, Will. Le bonheur ne t'échappera pas… Parole de vieillard, mais la vie te réserve encore bien des surprises William. Si des connaissances j'ai acquise sur la vie, ce que j'ai le mieux compris c'est qu'elle nous laisse toujours, et ce quel que soit notre passé, une chance de nous rattraper.

Cependant prends garde ! Les hommes oublient souvent que s'ils se trouvent ici et maintenant, c'est pour une bonne raison. Et tu la connais cette raison Will. On dit souvent que le présent est étroitement lié au passé et au futur. Comme un temps continu scellé entre l'antériorité et l'avenir. Sauf que tout le monde sait d'où il vient (ou presque mais je crois avoir précisé que j'arrêtais les blagues), et tout le monde est en mesure de connaître le passé. Mais le futur, le futur lui est si incertain que personne ne peut vraiment arriver à le cerner. On peut l'appréhender, à l'aide de nos connaissances, mais rien n'est jamais sûr dans nos approximations. Parce que rien n'est sûr dans le futur, il est de mesure de vivre maintenant, avant que l'on ne se laisse surprendre par l'inconnu. Les souvenirs constituent notre vie. Le futur, lui, a le pouvoir de les détruire en un instant.

Maintenant que tu as effectué ce voyage, il est temps pour toi de te ressaisir. Pour le temps qu'il te reste, tu ne dois plus vivre comme tu le faisais. Désormais, il est temps d'aller de l'avant. « Le passé t'est maintenant revenu, le présent n'a plus qu'à être lu, mais c'est le futur qu'il te faut avoir en vue ! » Songe donc à toutes ces choses que tu dois encore accomplir. Allez Will songes-y ! Tu as encore le temps de te projeter dans l'avenir, alors coures-y, accomplis tes oublis, comme tes plus tendres rêves. Vois-le, ce futur. À présent, il t'appartient de décider ce que tu souhaites en faire...

Tu ne t'en rends peut-être pas compte, mais à mes yeux, c'est une relation inqualifiable qui s'achève. Celle qui m'aura permis de devenir qui j'ai été. Au revoir Will, et merci infiniment. »

M

P-S : Au fait, il n'est pas impossible que la presse parle de toi au côté d'une légère « constipation », dans les prochains jours. Je tenais juste à te prévenir...

« M » ! C'était son nom !
Pas son vrai nom, si ?

Soudain, en se relevant, Will aperçut quelque chose sur la plage. On aurait dit que l'eau répandait du sel partout sur le sable. Curieux, il s'approcha de la fenêtre. Il passa à nouveau sa tête à travers. Le vent soufflait vigoureusement dehors. Un frisson étrange lui parcourut le torse. Cela lui rappela un froid qui n'était encore pas si lointain… La cité des anges toute entière semblait morte cette nuit, tel un château de cendre, prêt à s'écrouler. Une ville qui, bientôt, se peignit de blanc.

Mais alors, était-ce vraiment du sel qui tombait du ciel ?

33 : Dernière danse pour l'humanité

Il ne prêtait plus attention aux tremblements réguliers de son vieux corps, si frêle et maigre.

Les pieds vacants, le vieil homme vagabondait dans la nuit, tel un oiseau veilleur des premiers rayons du jour. Faible comme il était, il s'efforçait tant bien que mal de rester droit. Il n'avait plus sa canne pour s'accrocher à la terre ferme. Il était livré à lui-même. Guidé par l'unique son des vagues, remuant le sable au vent d'hiver.

Après toutes ces années de confiance, d'espoir, de rêves de paix, l'aïeul commençait tout juste à se questionner sur la vraie nature de ses ambitions. Valaient-elles vraiment la peine d'être suivies ? C'était Will qui l'avait mis sur ce chemin. Quoique c'était lui qui avait guidé Will jusqu'à ce que celui-ci le guide. Ne pouvait-on pas plus simplement dire que c'était lui-même qui s'était confié ses ambitions ? Le destin avait prévu qu'il devrait toute sa vie apporter la lumière et le réconfort dans l'esprit collectif. Une entité supérieure l'avait donc décidé.

L'humain est voué à aider l'autre. Non à le haïr. Aimer son prochain est tout ce qui compte.

Mais cher M, se répondait-il, *cela serait bien trop*

simple, si la morale et l'éthique se limitaient à de pareilles citations…

Il est réel que l'on se questionne avant de mourir. À quoi aurons-nous finalement servi ? Notre importance dans le monde aura-t-elle été capitale ? Nous ne pourrons jamais vraiment le savoir. C'est d'ailleurs pour cette raison que des gens attendent encore une réponse…

On envisage la mort, l'après, de bien diverses façons. Etait-ce une libération ? Ou au contraire, une punition ? M lui, n'avait jamais su que croire. Si ce n'est ses propres convictions, d'altruisme et d'eudémonisme collectif. Il était un très grand universaliste. Mais, en réalité, il ne s'appuyait sur rien d'autre que le bonheur des autres pour comprendre le monde. C'était sa seule philosophie. Celle d'un philanthrope.

Pour moi, qui aide à vivre, que signifie la mort ? Un pas de plus dans cet univers ? Un pas de plus dans le temps… Personne ne m'a jamais compris, pensa-t-il. *Mais à qui puis-je en vouloir vraiment ? Cet homme a été le seul à me comprendre réellement. Car il savait déjà tout. Seulement, ce fut purement le fruit du destin, encore une fois… C'est bien triste, car je ne peux remercier personne finalement. Que penser de cette vie ? Fallait-il encore lui dire merci ? Ou bien lui en vouloir ? C'était une des grandes questions de l'existence. Mais sans doute fallait-il encore, simplement arrêter de réfléchir sans arrêt. Se laisser guider, par nos émotions, car tout est déjà écrit. On nous dit qu'il faut vivre avec ce que l'on a. Mais il faut surtout mourir en repensant à tout ce que l'on a eu…*

Sur cette pensée fataliste, M songea sans

tourment à tout ce qu'il avait connu dans sa vie. Tout ce qu'il avait pu vivre : ses voyages, ses rencontres, ses aventures... Son esprit vadrouilla jusqu'en Andalousie, des couleurs rubescentes, une chaleur étouffante et des senteurs de la méditerranée. L'Egypte fut bientôt mêlée aux souvenirs, et il se revit sur le dos d'un adorable dromadaire, recouvert d'un épais drap de tissu blanc, trottant lentement, en direction des pyramides, grands solides d'or à la pierre lisse et éclatante, baignés du soleil de midi. Le sable volant dans l'harmonie au cœur du désert ; ébauchant le dessin de romanesques personnages. C'était impressionnant. Majestueux.

Une course effrénée dans les rues de Mumbaï. Un survol vertigineux en hélicoptère dans les recoins perdus de la Cordillère des Andes. Une figure de cirque sur une moto en Arizona. Une séance de yoga en solitaire, sur les sommets de l'Himalaya. Un bain de foule, brûlant d'humanité, dans un village camerounais. Un jeu de touche-touche, avec les enfants de Sao Paulo...

Tous ces beaux souvenirs de voyages l'éclairaient un peu plus sur le sens de sa vie. Ceux des rencontres auraient été interminables à repasser. Néanmoins il ne put s'empêcher de repenser, à quelques individus qu'il avait autrefois croisés. La première personne qui lui revint en tête fut une dénommée Arianne. C'était une jeune anglaise d'origine grecque. Elle était humble, attentionnée, comblée d'une sincérité qui plaisait à M. Pendant un temps, il avait même cru qu'il était tombé amoureux elle. En réalité, ils s'étaient connus au cours d'une période où ils travaillaient dans le même fast-food.

Ils préparaient à mi-temps des sandwichs, et étudiaient chacun de leur côté dans de grandes écoles à Londres. Arianne était atteinte d'hypersensibilité et présentait une forme développée de TDI (trouble dissociatif de l'identité). Elle était discriminée partout où elle allait, et les moqueries qu'elle subissait étaient récurrentes. De plus, même si elle gardait des liens étroits avec sa famille, elle n'avait aucun ami à qui parler. Lorsque M apprit à la connaître, et découvrit tout son potentiel intellectuel, il lui proposa de l'emmener, chaque après-midi après le travail, dans un lieu où elle aurait l'opportunité de stimuler son intellect. Les deux choix d'Arianne furent la bibliothèque et le cinéma. Dans le premier, ils étudiaient en légèreté et rigolaient ensemble de leurs découvertes insolites. Dans le second, ils se réunissaient pour vivre à deux l'émerveillement qu'offrait le septième art. Ce rituel quasi-quotidien permit à Arianne de s'affirmer en tant que personne handicapée. Aujourd'hui, M conserve encore une ou deux photos d'elle dans sa maison à Paris.

La seconde personne qui lui vint en tête fut Niels. Niels travaillait dans un coin perdu du Kansas. Il était propriétaire d'une vieille station d'essence. Au moment où il fit sa connaissance, Niels venait de perdre sa fille. Sa femme était morte depuis longtemps, et sa petite jouvencelle de huit ans avait été malheureusement écrasée par une voiture, un mois auparavant, à cette même station service. Depuis, il y dormait chaque nuit, dans l'espoir de la voir un jour « réapparaître »… M avait été très ému par le vécu de cet homme, pour qui son enfant avait représenté huit ans de fine joie après le décès de sa compagne au moment de l'accouchement. Pour le soutenir, il avait décidé de passer le plus grand nombre de nuits possible à ses côtés. Il y passa en tout quarante-neuf. Il l'aida à la station service pendant tout ce temps, tout en essayant de lui remettre un peu de joie, dans son verre quasi-vide. Simplement au bout de la cinquantième, Niels se leva. Il se rendit dehors, au beau milieu de la route, à l'endroit pile où sa fille était décédée trois mois plutôt, et s'y allongea, comme si de rien n'était. Réveillé en pleine nuit par le son assourdissant d'un véhicule percuté, M découvrit avec stupeur le corps inanimé de son ami. Ce fut l'une des seules fois, où il ne réussit à sauver la personne en difficulté. La religion de l'homme, comme lui, avait été infructueuse. Car, en dépit tous ses efforts, Niels avait bel et bien succombé, au mal de ce triste monde.

Enfin, il songea à Jessica. Jessica avait trente et un ans. Jessica était mariée. Jessica était battue par son mari. Un mari, qui chaque soir après les coups, l'obligeait à coups de chantage, à garder le silence sur sa condition. Un beau matin de mai, M croisa la jeune femme en compagnie du monstre qui la martyrisait. À la vue de ce visage, balafré, abîmé par les coups, M eut le bon réflexe de faire semblant de reconnaître la jeune femme. « Salut ! Ça fait longtemps ! » avait-il balancé innocemment dans le but incertain de distraire la grosse brute à côté. La jeune femme, incrédule, avait fini par sourire, avant de répondre un modeste : « Comment vas-tu ? ». La voyant effrayée par la situation, M l'avait invitée au restaurant, et usant de sa diplomatie, était parvenu à se débarrasser de l'homme qu'il supposait être un énième pervers narcissique. Finalement, à force de multiples rendez-vous, M avait trouvé le moyen de libérer Jessica de son mari violent. Les autorités étaient directement intervenues au domicile après plusieurs entrevues au commissariat. M reverrait toujours ce regard méprisant, haineux, diabolique que lui avait lancé l'homme arrêté. « Chien, je te brûlerai pour avoir volé ma femme ! » avait-il tonné. M ne s'était pas dégonflé. Son courroux retentissant ne l'avait même pas effrayé. Il avait maintenu le regard. Il l'avait jugé à son tour. D'un air de héros triomphant, il avait continué à tracer sa route, en laissant derrière lui, la liberté à une femme de mener sa propre vie, malgré le danger qui à jamais cours sur le dos de ces laissées-pour-compte.

Ce souvenir, évoqua à M le nombre incalculable de causes qu'il restait encore à soutenir. Les militants des quatre coins du globe attendaient que le reste du monde leur vienne en aide. Tous ces combats, qu'un seul humain ne pouvait résoudre à lui seul : la lutte contre le sexisme, le harcèlement scolaire, le racisme, la transphobie. La lutte pour une nouvelle façon d'aimer. La lutte, pour un monde plus beau. On avait presque l'impression de parler d'oxymore, à force d'associer le monde à cet adjectif « beau ». Il fallait que cela change. Il fallait qu'une nouvelle génération enterre les crimes de ses aïeux naïfs. Le monde avait besoin d'enfants.

Il s'arrêta soudain.

Tu n'oublies pas de penser à quelque chose M ?

Il ne voulait y prêter attention. Il savait que cela lui ferait du mal.

Qui te dit que tout est fini entre vous ?

Pour lui, c'était terminé. Il ne pensait pratiquement plus à lui. Leurs chemins s'étaient séparés.

Tu te trompes.

Il rouvrit les yeux.

Un étrange vent chaud passa à cet instant, caressant son dos telle la douceâtre peau d'une vielle main, attendrie et mielleuse.

Je n'ai plus à penser à présent, répondit-il à sa propre voix.

Si, tu le dois encore. Mais tu dois arrêter de penser avec ta tête. Pense comme tu l'as toujours fait inconsciemment. Pense avec ton cœur M.

Sa voix intérieure lui disait la vérité. Malheur à ceux qui ne naîtront pas avec l'intelligence de s'émouvoir face à la beauté de leurs propres esprits et celui des autres. Malheur à celui, qui pensera avec logique tout au long de sa vie. Une force de sentiment supérieure viendrait à la fin, lui faire regretter ces moments passés à trop réfléchir. Pour M, c'était l'inverse. Désormais vieux, il pensait beaucoup avec pragmatisme, ce qu'il faisait peu auparavant. Or, cela détruisait toute la richesse émotionnelle qu'il avait accumulée en lui. Sa voix intérieure lui conseillait d'arrêter de penser, pour qu'il puisse préserver ces moments passés. « *Les souvenirs constituent notre vie. Le futur, lui, a le pouvoir de les détruire en un instant.* » La phrase qu'il avait dit à Will vallait pour la courte durée d'une vie, passant comme une ombre dans l'espace. Cependant, lorsqu'il ne restera plus rien, lorsque la nature aura décidé d'arrêter sa machine, les souvenirs seront les seuls encore vivants pour nous subsister.

Il descendit du trottoir. Libérant ses pieds de ses chaussures de cuir serrées à bloc, il profita de l'agréable texture du sable, pour détendre quelque peu ses os. Étirant, sans doute pour la dernière fois, ses vieilles jambes toutes fripées, il marcha ensuite en direction de l'eau, qui elle faisait encore des va-et-vient à cette heure.

La brise épineuse vint se frotter à son visage qui prit l'aspect d'une grosse tomate. Ce froid brutal lui rappela quelque chose. D'ailleurs, c'était étrange mais il en appréciait la sensation. Et puis, subitement il sentit une pression, presque imperceptible, sur son bras. Fixant la petite chose, il eut à peine le temps de la voir avant qu'elle ne disparaisse. Heureusement plusieurs autres tombèrent sur lui, et les points blancs, de leur véritable aspect, mirent plus de temps à s'effacer sur sa peau. Oui, il neigeait sur une plage de Los Angeles.

Emerveillé, Morgan leva les yeux vers le ciel. Il sourit. L'esprit joyeux comme celui du jeune de huit ans qu'il était, à l'époque où il avait rencontré Will. À présent, sa légende se confirmait. La trace hyaline ressurgissait comme il l'avait prédit. Comme prévu, il voyait la neige. Il en sentait l'odeur, délicate et fraîche. La musique composée par le vent, berçait ses oreilles fragiles. Une chaleur rassurante, dans le but d'imiter la présence inattendue d'un prophète, fit également une courte apparition. Comme on aurait pu s'en douter, il songea une dernière fois à Will, avant d'accepter de repartir, dans d'autres souvenirs. Au côté de l'homme, qui occupait la première place dans son cœur…

Une marche sous les cascades du Costa Rica. Un saut en parapente depuis les montagnes au Chili. Une plongée sous-marine avec les mille variétés de poissons en Polynésie. Un concert de rock perdu dans l'Afrique… Tous ces souvenirs, et toujours cette autre présence. Cette autre partie de lui-même, qui le faisait se sentir complet. Un baiser suffisait à les rassembler, et une aventure, plus belle que toutes les autres : la vie, leur avait permis de s'en offrir plein. Une nuée ardente de manifestants déferla dans son esprit, par le biais d'un souvenir que ni l'un ni l'autre n'aurait pu oublier. C'était une marche pour le climat, qui avait eu lieu à Paris, au moment de la première COP. Il y avait tout un tas de pancartes, vertes et jaunes, qui circulaient de mains en mains. Tout le monde faisait entendre sa voix pour protéger la planète.

Une fois les années de beauté écoulées, l'inéluctable dispute arriva. Il aurait tant voulu l'oublier… Un silence comme peu en témoignerait. Dans le salon de leur appartement à Vienne, ils s'étaient jetés un regard. *Ce regard*. Chacun y avait mis son ressenti, sa haine, sa rancune. Cependant, aucun n'y avait démontré sa tristesse, ni son désespoir. Darius, la valise à la main, avait retenu ses larmes, la mâchoire crispée, et avait foutu le camp. Tandis que M avait baissé les yeux au sol, dans l'impossible prière d'oublier cette relation. Après coup, il avait regretté. Jamais il ne voudrait oublier ces magnifiques instants de bonheur... La nuit, il n'avait pas dormi. La nuit suivante, ce fut pareil. Alors, la troisième nuit, il avait fait le choix de partir. Il avait tout abandonné. Sa maison, ses affaires, ses plans. Seul, les pieds nus pour marcher, il s'en était allé serpenter tel un ivrogne au milieu de la grande route déserte devenue subitement métaphore de son coeur. Il avait poursuivi son pèlerinage quatre nuits durant, chaque fois dans la hâte que le soleil se couche. La nuit à son tour, était devenue son sanctuaire. Un antre de méditation, dans lequel il pouvait noyer sa solitude, et où les pensées vagabondaient toujours jusqu'à d'autres nouvelles pensées. Mais toujours, celles-ci revenaient. La jalousie. L'obsession. La perte. Le corps de Darius l'avait depuis longtemps quitté. Il ne pouvait se résoudre avoir perdu ses yeux...

Le sixième matin, il s'était réveillé dans une ferme, entouré de chevaux. Il en avait volé un, et était reparti, quatre jours cette fois-ci. Il avait fini dans un bordel. Là-bas, il s'était blessé avec un verre, sans même qu'on ne l'eut touché. Il avait été transporté jusqu'à l'hôpital le plus proche, et la onzième nuit, enfin, il avait appelé Jérôme. Celui-ci avait accouru, et l'avait aussitôt ramené à Paris. Il avait alors passé quatre vingt dix jours en tout et pour tout, sans sortir une seule fois de son appartement. La folie et la dégénérescence l'avaient guetté de près. La nuit, où il avait finalement choisi de reprendre contact avec le monde, il avait entendu des coups de feux au loin. Cela l'avait traumatisé. La pluie battait dans les ténèbres d'octobre. L'opacité effrayante du monde aurait pu le décourager. Or, il ne voulait plus retourner chez-lui. C'était au dessus de ses forces. Il partirait alors au Costa Rica, sans le dire à son majordome. Là-bas, au pays de Darius…

Sa mémoire fléchit. Il n'avait plus aucun souvenir de ce qu'il avait bien pu faire au Costa Rica. Les seules images qui lui revenaient étaient les mêmes : un foule de visages, dans laquelle il avait sans cesse eu l'impression de l'apercevoir. Il s'était laissé envahir, pour que son propre visage se trouble petit à petit dans son esprit. Tout cela avait-il marché ? Ces pérégrinations avaient-elles eu un sens ? Oui, et non.

C'était dur de l'admettre, mais encore aujourd'hui, il se sentait épris de celui qu'il avait autrefois chéri. Furieusement, maladivement, passionnément. Peut-être l'avait-il trop idolâtré ? Il aurait tant aimé qu'il soit là. À ses côtés, pour profiter du trépas avec lui. Et pour que lui, puisse offrir à quelqu'un, l'amour qu'il lui restait. Il redescendit ses yeux face à l'océan. Il le voulait, imaginait qu'il se trouvait là, sous cette pluie d'étoile. Il ne pouvait se l'admettre, pas après tout ce temps, que Darius n'était pas là avec lui. Il sentait son pouls battre contre le sien. Il sentait ses mains lui agripper les hanches. Il sentait même ses lèvres s'occuper des siennes, sa peau mate collée contre la pâleur excessive de ses joues.

Il fit quelques pas de côté. Darius était avec lui, dans ses bras. Ils s'enlaçaient ensemble, et valsaient, comme deux amants qui ne s'étaient plus vus depuis des décennies. C'était un peu le cas, en quelques sortes. Le corps vacant, M se faisait soutenir par son compagnon. Ils dansaient, si joliment sous la neige, les pieds dans l'eau. La scène, vue de l'extérieure, était à en perdre le souffle. À peine croyable. Plus d'amour était impensable... La neige avait commencé à tomber plus fortement. Le vent soufflait très fort. La ville des étoiles était complètement endormie. Les deux amants se sentaient uniques au monde.

Darius murmura dans l'oreille de M :

— Qui suis-je pour toi ?

M réfléchit avec le cœur.

— Tu es mon âme sœur. Mais tu es supérieur à moi, siffla-t-il en s'imprégnant de l'odeur de son partenaire.

— Est-ce là vraiment la vérité ?

M songea à nouveau avec le cœur.

— Tu le sais Darius, pour mon cœur tu es un cadeau. Or, tu ne m'appartiens pas. Car si tu m'appartiens pleinement, mon amour ne rime plus à rien. Et si je ne t'aime plus, c'est mon existence qui perd tout son sens. C'est comme un croyant qui n'a plus de dieu à qui se vouer.

— Alors, je suis un dieu pour toi ? Ce n'était pas qu'une petite plaisanterie cette histoire d'Apollon et d'Artemis ?

— Cela n'en a jamais été une. J'ai toujours eu l'exigence de te sentir près de moi pour continuer à vivre Darius. Pour moi, tu as toujours été comme un besoin existentiel. C'est pour cela que je t'aime.

— Mais l'amour, existe-il vraiment ?

— L'amour… siffla-t-il. L'amour est la première chose qui ait commencé à exister. Elle est l'essence du monde. Il s'est bâti sur elle. Elle a fait naître l'union des hommes. L'union de la nature. L'union des deux.

— Alors, en quoi consiste-t-il ?

La tête appuyée contre l'épaule de son amant, M versa une larme.

— L'amour c'est de ne pas se sentir seul. L'amour, c'est de sentir qu'il y a quelqu'un ou quelque chose qui, quoi qu'il arrive, nous complait en nous aidant à vivre.

— Dans ce cas, le monde est amour M. Le monde entier a besoin de cela. Le monde entier est attaché à quelque chose.

— Je n'en suis plus si sûr. J'ai bien peur que les gens ne s'aiment de moins en moins.

— Tu es inquiet pour le futur, avoue-le ? Tu ne penses même pas à toi ; à ce qui va t'arriver. Tu penses encore à tous ces gens, que tu as déjà tant aidés.

Il ne voulait se l'admettre.

— Il n'est pas normal que je m'inquiète ?

— Le monde connaîtra toujours l'amour M. Tu le sais, le monde entier est fait pour aimer.

— Le monde entier aime ce qu'il veut bien. Dieu, par exemple, est le plus aimé de tous. Mais au bout d'un temps, les gens ne l'aiment plus vraiment. C'est un amour trop permis, trop libre. Les hommes ont besoin d'un non-acquis pour aimer pleinement.

— Mais il existe l'amour véritable. Et celui-là tout le monde finit par l'obtenir, à un moment ou à un autre.

— Pas tout le monde non. Lui… il ne l'avait pas.

— Oui, mais comme tous les autres, il l'aura.

— J'ai si peur Darius…

— Tu n'as pas à t'en faire, répondit sa moitié.

— Comment peux-tu en être si sûr ? Comment peux-tu être aussi confiant en l'avenir ?

— Car tant qu'il y aura le temps, il y aura de l'amour. Et le temps est éternel…

La discussion entre les deux se clôtura sur ses mots.

Il est temps de danser, siffla la voix céleste.

Sur cette neige, ce sable et cet océan salé.

Il est temps de danser.

Sur cette neige, ce sable et cet océan salé.

Il est temps de danser…

« Au revoir joli monde… », entendirent les gens qui n'étaient pas là.

Epilogue : Le premier jour du reste de ta vie

Vingt ans auparavant

Les oiseaux chantaient et le bruit des voitures signifiait que la vie était en marche. La ville était dans un de ses jours normaux : agréable pour certains, agaçante pour d'autres. Pour lui, elle était l'allégorie de la déshumanisation ! Les gens n'observaient plus le beau. Ils ne voyaient plus les choses légères et artistiques qui peuplaient le monde. La société les avait depuis longtemps aliénés dans ce travail à la chaîne à laquelle était rendue leur misérable existence…

Le pommeau d'or sous les doigts, Darius vagabonda quelques temps dans les rues de Paris. Il avait quitté son appartement, était descendu jusqu'à la Tour Eiffel, avait fait un détour au Louvres, avant de se diriger finalement vers son lieu de destination. Il avait beaucoup hésité à se rendre là-bas. Cela faisait très longtemps, qu'il n'y avait plus mis les pieds. *Il ne doit pas y être*, essayait-il de se persuader. *À l'heure actuelle, il est peut-être déjà mort.*

Accélérant son pas, il se pressa d'y parvenir. Il s'avoua, alors anxieux, de ne plus être réceptif à la beauté du monde. Néanmoins, il se rassura en arrivant à la conclusion que cette force qui le guidait, outrepassait allégrement les guides de la société en état de production. C'était une puissance indicible, mystique, toujours extraite de Dame Nature. Quelque chose que la société n'avait jamais su conformer.

Il se surprit à trottiner. Était-il si pressé que cela ? Apparemment oui. *S'il était encore là, il se serait moqué de moi*, pensa-t-il. Il sentit les papillons lui remonter dans le ventre. *Cela suffit !* Il ne contrôlait plus ni ses songes, ni son corps. Un surplus d'émotions ? Un surplus d'excitation ? Que lui arrivait-il ? Son seul souhait était de ne plus y penser jusqu'à son arrivée.

Enfin, il parvint au lieu de destination. Toisant de ses vieux onyx affûtés chacun des nombreux bâtiments invétérés qui peuplaient la rue, il repéra assez aisément l'entrée de celui qu'il recherchait. Il remarqua de suite, les motifs cousus d'or et d'argent qui ornaient l'élégante porte en bois ainsi que le pommeau en forme de tête de lion, toujours fixé à la poignée. Il hésita à l'actionner. La porte n'était jamais fermée. Toute présence était la bienvenue ici. Il choisit pourtant de frapper. Par politesse, mais ce n'était pas la seule raison. Il ne voulait risquer d'être surpris en train de voler le moindre objet. Sachant qu'il connaissait bien le maître des lieux, et qu'il avait pour enseignement que ce celui-ci était toujours aux aguets, de la moindre anormalité…

La porte s'ouvrit.

— Bonjour, que puis-je faire pour vous…

Le majordome se stoppa. Ahuri, il recula.

— Bonjour Jérôme, lui lança Darius en levant son chapeau.

Ce dernier garda le silence. Le regard tranchant qu'il lui lança parut à Darius comme la monnaie de sa pièce. Jérôme était loin d'être son meilleur ami.

— Puis-je entrer ? demanda-t-il poliment.

Jérôme ravala sa salive. Après un instant de réflexion, il s'écarta en baissant les yeux.

Darius s'élança calmement à l'intérieur. La maison sentait toujours aussi bon.

Avant qu'il n'ait le temps de dire quoique ce soit, Jérôme commença à le dévêtir de ses affaires.

— C'est gentil, mais je ne reste pas longtemps, répliqua Darius en tirant son manteau vers l'avant.

Jérôme s'écarta. Il repartit dans la pièce principale. Après l'avoir correctement jugé, Darius se décida à avancer dans la maison.

Le parfum de jasmin lui rappelait sa jeunesse. Ces moments passés ici, en compagnie de l'autre qu'il voulait oublier. Il traversa rapidement la grande salle, qu'il jugea toujours aussi impressionnante. L'immense fresque au plafond avait été peinte à sa demande. C'était lui qui en avait voulu. Elle avait servi de cadeau à son compagnon, pour son retour de voyage en Indonésie.

Il se rendit dans le couloir des chambres. En actionnant une poignée, on avait toujours l'impression de changer de monde. Lui, en tous cas, voyageait à chaque fois qu'il passait la porte d'une pièce. La seule qui l'intéressait était celle avec la poignée rouillée. C'était son ancienne chambre. Après s'être frotté la main par dépit sur son pantalon, il y fit quelques pas. Un bouquet de violettes était disposé sur la commode de sapin.

C'était ses fleurs préférées. Sur le lit, des draps jaunes avaient été pliés. Plus personne ne viendrait dormir ici désormais.

S'asseyant sur le matelas, il contempla la fine lumière qui passait au travers de la moustiquaire. Les rayons perçants du soleil s'offrirent soudain un moment d'éclaircissement. Le flux de lumière transperça le tissu et une agréable ondée de jaune vint imprégner le visage de Darius. Ce dernier se délecta de la chaleur qui lui parvenait. Sa peau métisse, propre et douce en dépit de son âge, prit un ton orangé. Ce moment lui rappela toutes les fois où M se tenait assis avec lui, sur ce même lit. Toutes ces fois où, à l'image d'aujourd'hui, le soleil baignait son visage, et où son compagnon s'amusait à se frotter à lui. Cette courte minute, au cours de laquelle il prenait du plaisir à l'embrasser sur ses joues mates et brûlantes. Cette courte minute où il passait ses mains si délicates au milieu de ses cheveux. Cette courte minute où…

Le soleil devint blanc. Une larme coula le long de son visage soudain tiédi. Il eut envie d'en lâcher une autre. Baissant les yeux, il allait pour se prendre le visage à deux mains, quand soudain, une main relaxante se posa sur son épaule. Il fit volte-face.

Jérôme se tenait en piquet, les yeux dirigés vers la moustiquaire. Lui aussi avait les larmes qui coulaient. Ils s'observèrent sans un mot. Après un court instant de complicité, Darius lui fit une place sur le lit. Jérôme s'assit à ses côtés, et tous deux se remirent à fixer la lumière émise par le soleil avec intensité.

— Pourquoi pleurons-nous ? demanda Darius.

Jérôme ferma les yeux.

— Cela ne doit pas être un hasard si vous aussi vous pleurez.

— Que voulez-vous dire ?

Jérôme conserva à nouveau le silence.

Après quelques secondes de mutisme, il déclara :

— Sauf échec, il a dû partir cette nuit. Il se sentait épuisé. Il m'en a parlé il y a tout juste quatre jours.

— Par partir vous sous-entendez…

— Oui.

Le visage crispé, Darius sentit son cœur se fendre en un millier de petites pièces. L'effort qu'il dût faire pour ne pas se mettre à geindre, fut sans le moindre doute comparable à celui de soulever un quintal de béton à la seule force de ses bras. *Alors ça y est,* pensa-t-il, *tu es parti maintenant. Tu es mort !* Une colère inconnue prit le contrôle de lui. Le maronné de son visage vira au rouge, et ses joues au vermeille. Il attrapa le premier morceau de bois qu'il trouva, en l'objet plat d'un serre-livre, et le mordit de toutes ses forces. En le voyant hurler sa rage, Jérôme eut le réflexe de replacer sa main sur son dos.

— Darius ? dit-il pour s'assurer de son bien.

Ce dernier continuait d'étouffer ses remords dans le serre-livre.

De peur qu'il s'asphyxie ou qu'il ne se casse une dent, Jérôme lui retira sèchement de la bouche. Darius tourna sa tête vers lui, désemparé. Le majordome le prit dans ses bras. Ensemble, ils se mirent à pleurer librement, tout juste le temps qu'ils se calment.

Cette étreinte terminée, les deux hommes se séparèrent, et Darius repartit silencieusement, arpenter les pièces voisines. Les jambes tremblantes, il s'attarda sur le coin salon. La photographie de M et lui, parvint à son tour à lui décrocher quelques larmes. Il attrapa le mince cadre, le contempla un instant, avant de le glisser discrètement dans son sac. *Une idée, une simple idée peut tout réussir*, pensa-t-il. *Elle peut tout faire gagner. Et il ne suffit que d'un simple écart pour qu'elle détruise tout. Une simple idée peut détruire un couple...* Il prit ensuite les deux lettres exposées sur le comptoir de la cheminée. Celles qui évoquaient la nature, le jour, la nuit, le début, la fin. Ils en avaient chacun écrit une. « M & D ». Ensemble, le petit recueil qu'elles composaient formait « La Poésie du Temps ».

— Si c'est cela que vous cherchez, vous feriez mieux de le prendre maintenant.

Il fit volte-face. Jérôme lui tendait la canne à pommeau de loup. Celle-ci brillait sous la lumière convergente des très larges fenêtres.

Esquissant un sourire, ce qu'il n'avait pas l'habitude de faire, Darius adressa un signe de remerciement à Jérôme, avant de s'emparer de l'objet. Il le jugea. La canne était en parfait état.

— Il a également laissé une petite inscription, là, sous le pommeau, précisa-t-il en tapotant la tête de loup. Elle est pour vous.

À la fois étonné et ravi, Darius s'enjoignit de tirer sur la tête de loup. À peine avait-il approché sa main que

Jérôme la lui dégagea en bloquant la tête.

— Une fois dehors, pas avant. Je ne dois pas voir un seul morceau de ce message.

Darius le regarda. Après réflexion, il acquiesça.

— Dans ce cas, je crois qu'il est temps pour nous de nous quitter. Le temps n'est peut-être pas propice à nous dire adieu. Je vous souhaite donc du bon temps Jérôme. En attendant que nous nous revoyons…

Sans attendre la réponse de ce dernier, Darius se dépêcha de prendre la porte à l'autre bout de la maison. Cependant, au moment de fermer l'entrée, la voix du majordome revint, comme d'entre les morts.

— Darius ! entendit-il.

Il rouvrit la porte à demi close.

— Qu'y a-t-il ?

Le majordome s'arrêta pile devant l'entrée. Il sauta les marches du petit pallier avec empressement, et dit :

— Malgré tout, vous savez qu'il aura besoin de vous.

Darius prit un air curieux. Le ton qu'avait pris Jérôme était de la plus haute instance.

— Je verrai ce que je peux…

— Vous êtes l'avenir Darius.

Son visage se fendit en deux.

— Si des centaines de vies sont en jeu, alors je veillerai à accomplir ma mission. Je ne veux pas gâcher le travail que M a mit tant de temps à construire.

— Vous pouvez dire son nom.

Il se pinça les lèvres. C'était difficile de

prononcer un nom qu'il n'avait plus utilisé depuis trente ans bientôt. Encore plus, maintenant que son porteur, était décédé.

— Martin… Il s'appelait Martin.

Jérôme s'en vit satisfait.

— Il compte sur vous. Vous devez vous rendre aux Etats-Unis. C'est là-bas que le jeune Will évoluera désormais.

Darius hocha la tête.

Tous deux se saluèrent. Après un ultime coup d'œil, pour de déchirants aux revoirs, l'ermite reprit sa route. *Son prénom, son vrai prénom, c'était Martin.* À force d'user à outrance de son pseudonyme, ou du faux nom qu'il avait choisi, on en oubliait presque quel était son véritable prénom.

Martin Nix avait vécu. Il avait sauvé des centaines de vies. Et c'était à présent à lui, Darius, de prendre la relève de sa lourde tâche. En marchant, il songea aux instants que Martin et lui avaient vécus. Celui-ci avait tellement pris à cœur sa quête, qu'il ne l'avait jamais autorisé à le nommer de la sorte. C'était une règle d'anonymat, qu'il avait à tous prix souhaité préserver. Pour sa sécurité, mais aussi pour qu'il puisse continuer d'accomplir ses missions sans que personne ne puisse le reconnaître au travers des époques. « Morgan » était le dernier nom qu'il avait choisi. Mais avant il y avait eu : « Marcel » », « Marius », « Marco », « Marty », « Matthias », « Maxime »… Cet homme avait pris de si nombreux visages au cours de sa vie.

Arrivé en bord de Seine, Darius se posa sur un

banc, et prit la canne à tête de loup sur ses genoux. Il se trouvait tout près du Pont-Neuf et l'odeur des pots d'échappement remontait jusqu'à son nez. Tirant sur le pommeau, il réussit difficilement à l'extirper du manche d'ébène. De l'intérieur de la canne, tomba un bouquet de violettes minimaliste. Il tourna le petit objet sur lui-même (le pommeau d'argent), pour tenter d'en discerner les écritures. Cependant le métal brillait trop. Il se rapprocha d'un arbre pour s'accorder une part d'ombre. Ici, il put lire les mots qui étaient gravés au dos du pommeau, sur la surface plus ou moins épaisse d'un disque de liège fixé au métal :

« *Los Angeles. Mercredi 19 Février. 20 années. Brûler la Lettre. Luvenis. La Neige Tombera. Pas Avant.* ».

Il comprit immédiatement à quoi correspondrait ce jour. « La neige tombera ». Martin mourrait, ce 19 février 2018. Et cette date marquerait la fin de leur aventure à tous les trois. Will, M et lui. Mais, le reverrait-il seulement avant que celui-ci ne parte ?

Trèves de questions ! Concentre-toi plutôt sur ta mission petit rêveur ! Le monde a besoin de toi ! lui ordonna une voix qu'il connaissait bien. En levant les yeux au ciel, il sourit de nouveau. Au beau milieu des cieux inondés de blanc, il eut bien l'impression d'apercevoir la forme d'une petite âme, qui lui faisait des signes.

— Je saurai m'en tenir au plan, cher monsieur…

~

Vendredi : 11h43

Il avait attendu un certain temps avant de se décider à ressortir pour une petite promenade. Il avait aussi dormi beaucoup. La seule chose qui l'avait surpris en se réveillant, c'était de ne pas retrouver cette maudite lettre. Impossible de remettre la main dessus ! Il se demanda même s'il avait bien pu rêver…

Le cri des vagues comme chuchotement lui rappelait chacun des doux conseils que lui avait donnés l'aïeul. C'étaient de beaux mots, qu'il ne pouvait que respecter. L'inverse aujourd'hui, lui aurait paru inhumain. M avait dû accomplir tant de choses pour parvenir jusqu'à lui avec ses objectifs remplis. Des centaines d'hommes sauvés, secourus ou simplement aidés. Tous ces gens avaient accepté l'aide de M. Il ne pouvait à son tour, la lui refuser.

Ce matin, la météo lui évoquait Bonheur. La grande plage aux palmiers qu'il longeait, était barricadée. Un décès avait eu lieu ici même. La neige de l'autre soir avait recouvert le corps du défunt. Comme l'horrible terre noire que l'on utilisait dans les cimetières une fois le mort descendu au fond du trou. Là, la nature était venue d'elle-même, le recouvrir de son beau drap blanc. Il n'y avait pas plus soyeux ! On racontait aussi que quelqu'un était venu déposer des fleurs ; du jasmin plus précisément, par-dessus la neige dans la nuit du mercredi. Au final lorsqu'on l'avait découvert, les yeux du défunt étaient fermés. Quelqu'un, qui l'attendait sans doute depuis longtemps, était venu s'occuper de lui.

Will n'avait pas revu M avant qu'il ne parte. Il était trop tard. Il aurait encore voulu lui dire merci de vive voix. Heureusement, l'idée de l'aïeul, celle qui le conseillait, resterait à jamais dans son esprit. Toutefois était-ce vraiment l'idée… d'un dieu ? En effet, Will avait beaucoup médité à ce propos. Il avait encore de vagues souvenirs des récits de M, évoquant les dieux de la mythologie grecque. Et il se demandait si cette légère comparaison, ne pouvait pas soulever un problème plus grand. Avait-il vraiment besoin de considérer ce soi-disant « inconnu » comme une divinité ? Ne pouvait-il pas simplement vivre sans faire appel à la croyance ? Qui sait ? Personne. Pas même lui. Car qui était M ? D'où venait-il vraiment ? Qu'avait-t-il fait avant de le rencontrer ?

Personne ne connaît l'inconnu. L'inconnu, c'est cet autre. Cet ami. Ce quelqu'un dont l'idée si peu nette, résonne parfois autant qu'une figure divine. L'artiste continuerait de s'interroger. Néanmoins, en attendant d'avoir foi en l'humanité, il aurait foi en lui. En l'inconnu que sera à jamais, ce « quelqu'un » qui l'a aidé.

La foi en l'humanité ? C'était le principal souhait qu'il lui avait formulé dans sa lettre. Il l'avait encouragé à aider, à croire en l'espoir des nouvelles générations, comme il l'avait fait avec lui dans le passé. Cependant, en se baladant ce matin, Will n'arrivait toujours pas à se sentir proche des gens. Il ne les méprisait plus, mais il y avait toujours cette barrière qui l'empêchait de faire ne serait-ce qu'un pas vers eux. *Lis leurs âmes et pénètre leur cœur*, lui murmura la voix. Il tenta de se connecter à la réalité, de faire le pont entre le sensible et l'intelligible…

Une individue, rien de plus normal. Les cheveux auburn, le visage allongé et le nez aquilin. Deux prunelles marines surplombées d'une tonne de fond de teint. Elle était uniquement vêtue d'une robe rouge, très courte, ainsi que d'élégantes bottes de cuir noir. À sa triste mine, on avait dû lui faire des remarques sur sa tenue. Jugée « indécente » par certains, « non républicaine », ou simplement sifflée par d'autres. Partout, les femmes n'avaient jamais eu le droit de s'habiller comme elles le désiraient, sans être l'objet de critiques virulentes.

— T'as pas honte espèce de p*te !

La jeune femme traça sa route en ignorant les mots déplacés qu'on lui lançait.

Choqué, Will eut comme réflexe de se fondre dans sa bulle interne. Le monde de ses idées était bien plus paisible. *Tu dois accorder autant d'importance à tes idées qu'aux faits concrets. Tu te dois encore de faire la passerelle entre les deux.* Will se reconnecta donc au « vrai monde ». Les parfums, les sons, les sensations lui parvinrent plus facilement de cette manière.

Il croisa bon nombre de personnages forts intéressants au cours de sa promenade (chose qu'il n'aurait jamais pensé auparavant). Il s'amusa notamment à inventer mille et une histoires sur la vie de chacun. Un simple détail lui permettait d'étendre à l'infini le passé d'un seul être humain. Parfois aussi, il s'imaginait ce que la personne pouvait vivre à l'instant même. De la colère, comme la femme de toute à l'heure. Du regret, du chagrin. De l'optimisme, de la joie ! Il s'exerçait à percer le cœur des gens sans même les connaître. *C'est un merveilleux début*, entendit-il. Heureux, il continua à inventer des dizaines de *background* sur la base d'images et de sons. En tant que réalisateur, il ne pouvait s'empêcher d'y penser. Chaque personne méritait qu'on lui fasse un film.

— Excusez-moi, monsieur Luvenis ! entendit-il à sa gauche.

Sa timidité s'empara subitement de lui. Il se retourna, frissonnant.

— Oui...

— Bonjour Monsieur Luvenis ! lui répondit un homme trapu d'une cinquantaine d'années. Si vous saviez ! Je connais quelqu'un qui vous idolâtre complètement ! Serait-il possible d'avoir un autographe ?

Will se racla sa gorge.

— Euh, oui, bien sûr.

Un enfant surgit soudain des jambes de l'homme. Il ne devait pas être très âgé. Will lui aurait donné dix ans, tout au plus. Hésitant, il s'accroupit en jetant un regard gêné au père qui observait la scène avec ravissement.

Le petit, au moins aussi timide que lui, vint lui donner un petit morceau de papier, qu'il saisit amicalement.

— Comment t'appelles-tu ? demanda-t-il en se saisissant de son propre stylo.

— Mon nom est Alix, répondit l'enfant.

— Et quel âge as-tu Alix ?

— Neuf ans.

Will lui rendit le morceau de papier. En voyant plus distinctement le visage de l'enfant, il se revit dans une position de malaise semblable à une situation récente. À nouveau, Il ne savait pas de quel sexe était l'enfant.

— Et... Tu as aimé mes films ? demanda-t-il pour occuper la discussion.

— Tous oui. C'est... C'est grâce à vous que...

Il y eut un court instant de mal être collectif dans la discussion.

— Alix veut faire du cinéma plus tard, précisa le père. Iel souhaite devenir réalisateur.

— Iel ?

Will sentit qu'il avait fait une erreur en répétant cela. L'enfant et l'homme échangèrent un petit regard. Après cela, ils rirent ensemble, amusés d'employer un terme non connu de l'artiste.

— Alix ne se considère pas vraiment d'un genre en particulier. Iel est un pronom non binaire.

Non binaire ?

« Un monde moins binaire, je l'espère... ».

— Oh, je vois ! Excuse-moi, je ne suis pas encore très calé, sur les... pronoms...

— Ne vous inquiétez pas. Vous, au moins, vous ne me mégenrez pas.

Mégenrez ?

— Et je ne m'y risquerais pas ! Haha ! s'exclamat-il en se relevant dans l'espoir de s'en aller au plus vite.

— Monsieur Luvenis, si vous aviez un conseil à

donner pour un cinéaste, lequel ce serait ?

Gêné, Will réfléchit. Cela faisait très longtemps qu'on ne lui avait pas posé ce genre de questions. Et à chaque fois qu'il avait dû y répondre, il avait donné une réponse différente. Pour ce coup, il s'efforça d'être le plus sincère possible.

— En tant que cinéaste, dit-il, je pense qu'il est important de laisser transparaître nos émotions, et ce que nous sommes vraiment. Le métier d'artiste n'est pas facile, car à chacune de nos oeuvres, nous sommes obligés d'y laisser une part de nous-même. Mais si tu portes des combats forts en toi, et que tu as des convictions, cela ne te posera aucun souci. Tu te serviras de ton cœur, pour transmettre par tes films, des messages magnifiques.

— Merci infiniment Monsieur Luvenis, acheva le père en attrapant son enfant par la main.

— Merci William, lança Alix en s'éloignant.

Ces derniers mots lui réchauffèrent le cœur.

Après cette brève rencontre, il demeura sur place un moment, figé par une scène qu'il n'aurait jamais pu imaginer, même dans ses rêves.

— Bravo Luvenis, lui siffla quelqu'un sur sa droite.

Sans qu'il n'ait le temps d'apercevoir son visage, un homme tout de noir vêtu, lui offrit une tape sur l'épaule, et passa son chemin. Lui jetant un regard curieux, Will crut se souvenir d'un homme à pareille allure.

Las de se préoccuper de choses si superflues, il

poursuivit sa route sans se soucier de quoique ce soit. Puis, après seulement cinq ou six pas, il finit par se retourner. Sans doute déjà perdus dans la foule, il chercha du regard les deux individus à qui il venait de signer un autographe. Par un hasard inespéré, il finit par retrouver l'épaisse frimousse de l'enfant, émergeant tout juste devant le corps cyclopéen de son papa.

En l'observant, Will eut un curieux sentiment de déjà vu. Et puis, soudain, il vit l'enfant se transformer. Une enveloppe translucide homogène à son corps, s'extirpa et se mit à muter par-dessus son apparence. Évoluer, en un adulte, en un artiste brillant de talent. Les morceaux de sa vie se dévoilèrent un à un sous ses yeux d'homme âgé. Les victoires comme les désillusions. Le dernier regard. Le premier au revoir. La mort de l'amour. La naissance du jour. Il n'avait jamais vécu cela.

Désormais, l'artiste déchu n'était plus le même. Il ne ressentait plus les mêmes émotions. Le rêve hollywoodien ne pouvait dès lors lui suffire. Will, du haut de ses quarante cinq années de vie, pouvait maintenant voir cette connexion qui unit toutes les choses, sans la moindre exception. Will avait le pouvoir d'aider les gens. Le pouvoir de changer sa vie, et celle des autres en un instant…

Après avoir eu l'honneur de revoir le passé, l'artiste pouvait à présent voir de nouveaux horizons. Des méditations nouvelles arrivaient déjà au seuil de sa pensée si vaste… Pourtant, par-dessus chacune d'entre elles, il y en avait une qu'il contemplait de façon plus grande. Plus « importante ». Comme un soleil d'aurore sur la mer oubliée d'une falaise Normande. Comme un bourgeon froid humé par les abeilles de Dame Nature. Comme un enfant jouant de l'eau au vent chaud d'un été nostalgique… Quelque chose d'universel. Et il savait, avec la plus grande certitude, que quelque part, à une époque non datée : quelqu'un pensait comme lui.

— Il y a de l'espoir pour cette vie, et pour toutes celles à venir.

FIN

« La route est longue pour qu'enfin vienne la Lune.
Une pluie, des nuages et même la tramontane sont
passés. Aux quelques heures d'une journée, la météo
s'est écoulée. Petit oiseau s'est endormi. Il repose à
présent dans le noir. N'y a-t-il donc qu'obscurité ? Pas
une lueur, pas un soleil. La lumière chaude a disparu.
Le rouge, l'orange n'existent plus. Mais dans
l'apparente tristesse il y a un pourtant un astre. Qui
répand du haut de sa tour, la clarté laiteuse du fond
des cieux. Tout n'est qu'ombre et lumière ici. Mais plus
obscur est l'instant, plus puissant se dégage l'éclat.
Elle scintille plus que le soleil, cette veilleuse de nuit.
Cette étoile qui n'en est pas une, mais qui brille pour
lui. Cet animal silencieux, au silence éphémère. Car
quand vient la nuit, le loup sort de sa tanière. Il
chante de sa voix opératique la venue ténébreuse du
soir. Apportant ainsi un peu de vie, dans ce noir... »

D

Fin

Remerciements

Une vie. C'est un peu tout ce que l'on possède. Un océan d'hésitations. Un empire d'incertitudes. Parfois, on aimerait mieux sortir de ses sentiers battus. S'enfuir, pour dévier le cours du temps. Car la vie est une course que personne ne veut perdre. On va trop vite dans nos choix, dans nos actes, dans le seul but de réussir. Quelle en est la finalité ? Un semblant de victoire ? Les apparences ne définissent pas la quête de nos piètres existences. Qui marche sans regarder ce qu'il laisse derrière lui, marche vers le vide inconsolable de sa vie…

On a beau renier d'où l'on vient, ce que l'on était ou ce que l'on a été, le miroir finit toujours par nous rattraper. Qu'avons-nous fait pour en arriver là ? Qu'est ce qui nous a changé ? Faire un pas dans le gouffre immense entre l'enfance et l'âge adulte fut pour moi une épreuve. Je me suis transformé. J'ai ouvert les yeux sur des horizons nouveaux. Mais en regardant ce que je laissais derrière, j'ai compris qu'il y aurait réellement un avant, et un après. Hier, il se trouvait un petit garçon passe-partout, solitaire et discret. Aujourd'hui, un nouvel individu est né. Un «jeune » mais pas tout à fait un « homme ». Le petit garçon a dû faire des choix. Le choix d'aimer qui il voulait. Le choix de parler à voix haute. Le choix d'offrir son aide à certaines causes qui lui tenaient à cœur. Le choix d'abandonner une partie des siens… Adolescent, je suis devenu une âme vagabonde qui imagine le futur aussi bien comme un danger qu'une chance. Je n'en perds aucune conviction. Au contraire, je ne fais que comprendre un peu plus, chaque jour qui passe, l'importance de l'art dans nos vies. Pour l'impact anthropologique et mémoriel qu'il laisse à travers l'espace et le temps. Le souvenir immortel de notre trajectoire...

Certaines personnes m'ont offert des rêves que je ne pourrai jamais mettre de côté. Aujourd'hui, je contemple l'avenir en me remémorant leurs conseils. Ce sont des rencontres qui surgissent, mais dont on ne sait pas grand-chose, un peu comme tout le reste. Pour moi, il n'y a que la magie qui explique cela. Dès lors, c'est le « M » du mot magie qui restera pour moi le souvenir des « inconnus » de l'existence. Ceux qui nous ont vraiment permis d'avancer... Le destin nous rappellera bien assez, que nos histoires entrelacées, ne cesseront jamais de s'étreindre.

Merci à tous les M de ce monde.